戲非戲172

我當道士那些年

仐三 著

高寶書版集團

卷五・林深藏秘(上)

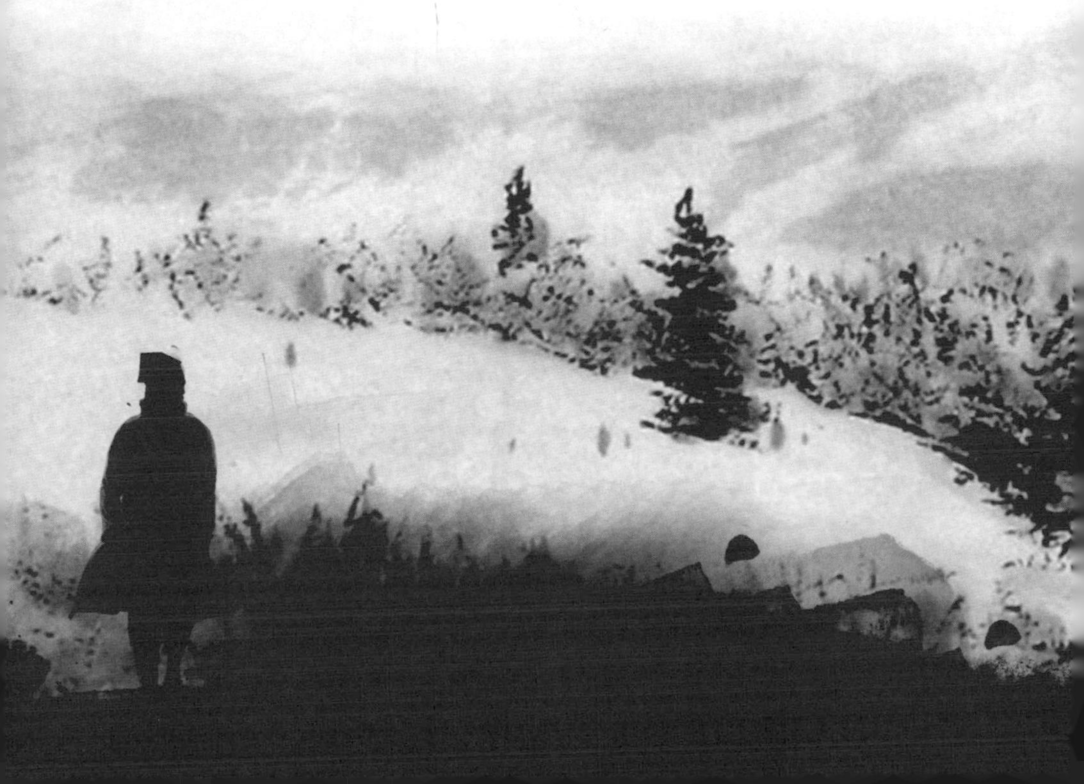

目錄

第一章　關於師傅的絕密資料

三個月以後。

天氣終於從炎熱的夏天，進入了有些蕭索的深秋，而深秋的天氣總是有些細雨綿綿。

剛才機場出來，就看見了沁淮倚在車旁等我，看著熟悉的笑容，內心稍許湧上一些溫暖，走過去，兩人自然而然的擁抱了一下。

「這雨下了好些天，再下下去，我身上都要長黴菌了，真是的，我喜歡晴天。」沁淮一邊開著車，一邊抱怨著這細雨綿綿的天氣，這小子的性格就如熱烈的晴天，自然也是喜歡晴天的。

我只是笑，沒有說話，下雨不好嗎？這細細密密的雨絲，倒是讓人的心都能安靜下來。

「在臺灣那邊順利嗎？那邊的妹子漂亮嗎？」沁淮不太習慣安靜的氣氛。

「不順利還怎麼回來？就是沒有時間看妹子。」我笑著說道，臺灣那邊其實是有單生意，這一次幫助部門行動，部門那邊承諾過的事情，自然也會及時兌現，真的給我介紹了好幾單生意，涉及的金額也是讓人滿意的，而且事情也不算麻煩，臺灣這一單就是最後的一單生意。

我想這是部門把自己的利益分割出來了一部分給我，畢竟部門也是需要大量的經費支援的，我能明白這個道理。

「去哪兒？找承清哥嗎？」沁淮沒有多問我什麼關於生意的具體內容，看我輕描淡寫的樣子，他也沒有多大的興趣。

「去××賓館吧，我有點事情要辦，晚上咱們再出來吃飯吧。」我說道，我不是要去找承清哥，而是要去找江一，我們那一戰解決了一些事情，可是還有更多的事情要江一解決，所以他一直很是忙碌，直到前一個月才接到他的電話，要給我他承諾過的師傅的資料。

至於為什麼要一個月，是因為他說了，他需要一個月來整理那些資料，有些太過敏感的東西，他不能給我，只能口述於我。

多久的日子也等了，我也不在乎再多一個月。

沁淮絮絮叨叨地說了一句：「就你忙。」然後把車子轉頭，直接朝著××賓館行駛而去。

我來到約好的賓館房間，比預定的時間早了兩個小時，自然是不指望江一這樣的大忙人先到，稍微洗漱了一下，就接到了承心哥的電話：「承一，我這邊準備得差不多了，現在已經是十月初了，一個星期以後，咱們就入山吧。我不能等到明年了，再晚就是冬天了，那時入山更麻煩。」

所謂的準備得差不多了，其實是承心哥和那個老鬼的約定，那老鬼要求承心哥先幫「它」調理一段日子，它才肯說出參精的具體所在，至於原因，它只是支支吾吾地告訴承心哥，它太虛弱。

這算什麼理由？想著有些奇怪，但是「受制於鬼」，這也沒辦法的事情，盤算了一下，一個星期以後，時間倒也不緊迫，我很是乾脆地答應了承心哥。

再隨意地聊了兩句，就掛斷了和承心哥的電話，如雪要參與這一次的行動，承心哥是知道的，剛才他也提起通知了如雪，我想我就不必再通知如雪一次了。

連續幾個月的奔波有一些疲累，我躺在床上有些迷迷糊糊，可是心裡還有一點兒掛念，那就是要去探望老回和洪子的事情，算了算今天是幾號，離約定的日子還有兩天，隨手在手機上設置了一個備忘錄，那一股股倦意就洶湧而來。

這一覺我也不知道睡了多久，醒來的時候，看見江一就坐在房間裡，頗為悠閒地喝著茶，隨意地翻著一張報紙，在等著我。

「你怎麼進來的？怎麼不叫醒我？」剛起床，我的思維還不甚清晰，不過睡醒了，忽然發現有個人在房間裡，心情總不是怎麼好。

「我要進來，自然是有很多辦法。至於，怎麼不叫醒了你……」說話間，江一看了看自己的手錶，然後說道：「你只不過多睡了五分鐘而已，如果再過二十五分鐘，你不醒來，我自然就會叫醒你的。」

我拍了拍臉，讓自己清醒，隨意地對江一說道：「江老大，你這次可真有閒，一等還能等我半個小時啊。」

我對江一說話不算是太客氣，只因為那一戰洪子的犧牲，讓我對他不滿，我猜測那個戰局背後是有人精密布置過的，也覺得既然如此，為什麼要讓援軍如此晚才到，兄弟們都戰鬥成了那個樣子，甚至洪子也犧牲了……所以，我沒辦法對行動的總指揮江一太過和顏悅色地說話。

當然，我就沒就戰局的事情和江一交流過，我的傷勢不算太重，在醫院躺了幾天以後，就匆忙地去忙碌生意的事情了，他也很忙碌，我們沒有時間交流。

江一神色依舊平靜，還是操著那口新聞聯播似的腔調對我說道：「在部門倒是沒人用這種語氣和我說話，你是在暗示我，你不是部門的人嗎？還是跟隨珍妮學了這麼一身脾氣？」

說起珍妮姐？自從那次和她分別以後，我再也沒有過她任何的消息，面對江一直接的問題，我倒是不好說話，臉色有些訕訕的。

「不要怪我什麼，如果能避免犧牲，我自然是不願意任何一個人犧牲的，甚至不願意你們戰鬥成這個樣子。你如果一定要我給你一個解釋，我只能告訴你，南洋那邊過來的巫師不只一人，煉製出來，至少在我華夏範圍的小鬼有六隻，說句粗俗一點兒話，這是拔出蘿蔔帶出泥，你和老回拿到了重要的證據，揭開了事件的一角，我們藉著這個由頭，光明正大地追查，才發現了這背後驚人的事實。我們的人手有限，而點點從某種角度上來說，是一隻有缺陷的小鬼，魯凡明也只能帶走它，我已經儘量……」江一沒有說下去了，那意思我明白，他已經儘量在照拂我們這邊了，而他要從大局出發，他也有他的難處。

六隻？我稍許有些震驚，點燃一枝菸，心裡沒由來的煩悶，莫非這就是命嗎？我不是一個糾纏不清的人，江一說出了這些，我更無從去指責他什麼，可是如果這是老回和洪子的命，我又怎能不煩悶？

不願再去想這些，我問道：「點點是有缺陷的小鬼？你是指杜琴的存在嗎？」

「是啊，它是唯一一隻可能被超渡的小鬼，你也知道，小鬼這種東西，戰鬥力不算驚人，還比不上你曾經面對過的惡魔蟲，但它真正的可怕在於怨氣太重，幾乎不死不滅，只能以絕對的力量來壓制，若能超渡，自然就算缺陷。因為杜琴的特殊經歷，她陰差陽錯地躲開了魯凡明的追殺，死的是另外無辜的人。等魯凡明察覺到杜琴的存在時，他已經不能殺死她了，你知道，小鬼不願意的。」江一淡淡地解釋，可那句小鬼不願意的，卻是讓我一怔，心底的滋味難言，總還是有很強的感情吧，強到可以大於怨氣的吧。

我發了一會兒呆，才恍然回過神來，對江一問道：「江老大，資料呢？」

江一沒有任何的拖泥帶水，從隨身帶著的公事包裡拿出了一個黃色檔袋，遞給了我，說道：「這些就是全部的能給你的資料，不能給你涉及到一些機密，你可以先看，有不明白的再問我。但是，這些資料你是不能帶走的，請你理解。」

我沒有說話，望著他遞過來的黃色檔袋，心裡莫名地緊張起來，但終究還是有些迫不及待地接過了檔袋，手有些顫抖地打開了那個檔袋。

檔袋裡的內容很簡單，一張光碟、一疊照片、幾張說明的資料，僅此而已。

望著這些，我不知道是要先看什麼，但終究還是選擇了先看照片，只因為，我太過想念師傅，而照片是最直接的東西！

第二章 記錄

照片不多，也就十來張的樣子，但是在那些照片中，幾乎每張都有我師傅的身影，有的清晰有的模糊，但是幾乎只要是能看清楚我師傅臉的照片，我看見我師傅的表情都是焦慮而沉重的，

照片的背景地點很複雜，看起來跨的區域也很大，而且憑這些背景，我根本不可能猜測出是哪裡，有看起來荒無人煙的沙漠戈壁，有平靜的河面，激流的河面，有山林，最後是大海！

在照片中除了我師傅，還有一些別人的身影，至少我看見了我熟悉的——我的師叔們，凌青奶奶，甚至吳立宇……當然，也有我不認識的陌生人。

我努力地克制著自己，我不停的告訴著自己，陳承一，你已經不是小孩子了，你甚至要獨當一面，不能哭，不准哭！特別是在別人面前！

是的，我最終沒有掉下眼淚，只是看著照片中師傅的神情，我還是忍不住眼眶有些發紅，但這些都不重點，重點是其中有兩張照片，我看見師傅受傷了，有一張特別明顯，師傅的嘴角是血，半邊身子上都血。

道士是鬥法之人，有什麼情況會讓一個道士傷到這個地步？我拿出那張照片，遞到了江一的面前，儘量平靜地問道：「你一定知道這是怎麼回事兒的，說不定這就是你隱瞞下來的資料，我

想知道我師傅為什麼會戰鬥成這個樣子。」

江一看著我，說道：「的確，還有一些被我收起來了，因為和你師傅戰鬥的東西，是絕對不能流傳出來的。」

「那是什麼？」我緊盯著江一問道，儘管這樣很不禮貌，可是我已經顧不得了。

「那是一種傳說中的存在吧，具體是什麼，你問來也沒有意義。如果有一天，你也必然踏上這尋找昆侖的道路，你和你師傅遇見的東西也不一定一樣。」江一如此告訴我。

是啊，是什麼確實不是重點，重點只是我師傅到底怎麼樣了！畢竟，江一對我開放資料，但也不是什麼都能開放的。

我深吸了一口氣，冷靜了一下情緒，只是問道：「我師傅沒有事情吧？」

「我可以確定的是，你師傅一行人，直到……直到他們一行人消失之前，都是安好的，當然，有一些傷勢，也不太嚴重。」江一斟酌著對我說道。

我沒有說話，我想要問的問題，我決定在看了那些文字資料以後再說。

這樣想著，我又拿起了那疊文字資料，開始仔細地看了起來。

這些文字資料，是一種類似於工作記錄的資料，也可以說是日記，看語氣倒是像跟著我師傅的第三人寫下來的，不是我師傅他們。

××年×月×日

終於到××架的中心地帶，做為一個部門的工作者，我沒想到還能遇見如此多能讓我驚異的事情，存在於我華夏的土地啊，我以為是已經探索清楚了的，沒想到不是這樣的。

××年×月×日

我只是一個記錄的跟隨者，知道什麼是該問，什麼是不該問，最終我也會離開這行人，帶著這些珍貴的記錄回去的，可是我佩服他們，但我也在思考，所謂的「昆侖」是那麼重要嗎？憑藉這行人的本事，可以過上另外一種生活，不是去追尋某一種虛無縹緲，這一天，又是一次失望。

××年×月×日

我沒有想到，真的在這裡，××架找到了一絲線索，得以證實了某些事情，甚至還能憑藉這條線索繼續追尋下去，這條線索太驚人，不行，我不能記錄在這裡，我必須口述報告。

我一篇篇翻著這工作記錄，越翻眉頭皺得越深，這條工作記錄給我最大的線索就是師傅曾經去到過什麼地方，甚至最遠的地方，已經出了華夏國的範圍，可是遇見一些什麼，線索是什麼，根本就是全無記錄。

我忍著這些問題，一直沒有發問，直到我看完了最後一篇記錄。

××年×月×日

終於是到了離別的時刻嗎？那一刻，我甚至有一種想法，想追隨這群神奇的人而去，可是我不能，因為我有愛人，亦有孩子，這是我在紅塵中的牽掛，我怎麼可以追隨而去？我也承認，我是怕了，只是那一瞬間，太可怕了，我都不肯定他們還是不是活著了。姜師傅太過堅定，就這樣第一個冒著如此大的危險，跟隨而去，我以為別人不會那麼決絕，可是在姜師傅第一個躍下海中以後，他們竟然全都跟上了，是要告別了，為什麼我的心會如此的難過？做為一個跟隨的記錄者，我在思考，這件事於我華夏究竟有沒有意義，人，貴在自知，貴在自知！

很是讓我心緊的一篇日記，很是凌亂的一片日記，甚至連其中的某些意思我都理解不了，就比如最後的「人，貴在自知」是什麼意思？

我放下了這些文字資料，心中有千言萬語，一時竟然不知從何問起，我甚至冷靜不下來，那一句我都不肯定他們還是不是活著了，就像一道極為強烈的光，刺得我眼睛都生疼。

我不能失控，我站起來，反覆地在房間裡踱步，然後拉開賓館的窗簾，點上了一枝菸，大口大口地吸著，當一枝菸幾乎是被我不間斷地吸完以後，我才勉強能讓自己的手不再顫抖，情緒也能在克制的範圍了。

我該相信自己的中茅之術的，每年不總是要做一次，確定師傅是不是活著的嗎？可惜，師傅沒有師祖那一身本事，可以如此神奇地與我交流，甚至傳法於我。

但，我總是該相信的。

這樣想著，我的情緒才又稍微好了一些，能夠理清楚自己的思路了，我坐到了江一面前，沒有急著開口，反倒是江一輕聲說了一句：「這樣吸菸，對修者來說可不是個好習慣。」

「沒辦法，人總要有點愛好，也不能太過於去逼著自己怎樣生活了。」我回了一句，這樣扯開話題地回覆一句，我發現我其實比自己想像的冷靜。

「我知道你要問什麼，我可以告訴你一件事，那就是在之前，我給你發過來的那張照片，就是跟隨記錄的最後一張照片，那是你師傅他們在失蹤以前，留下的最後圖像。」江一很直接，當然還是在播報新聞聯播。

「我想知道，那一句不確定我師傅他們是否活著是什麼意思？江老大，你能不能回答我？」我看著江一，其實重點不是昆侖，也不是師傅他們去了哪裡，在我心底最重要，看起來也最微小的一個重點，整個事情的基礎，是我無論如何，只是希望我師傅還活著，能夠活著，等我去他面前，問他一句：「師傅，你怎麼能這樣就走掉。」

江一默然了一會兒，然後看著我說道：「負責任地說，我不知道。我可以告訴你的，只是，在那個時候，在離你們師傅不遠的地方，就是……」

江一說到了這裡，頓了一下，握著茶杯的手也不像一直以來的他，那麼沉穩，我看見杯子裡的茶水有些微微顫抖，過了許久，江一才說道：「我欣慰你的成長，竟然沒有第一時間的追問我，而是等著。可笑的是，我又有什麼好猶豫的呢？那個地方就是傳說中的——蓬萊。」

蓬萊！我的心中巨震，但是我的神情卻沒那麼激動，面對江一我說道：「其實，我知道的，欲尋昆侖，先找蓬萊！原來，師傅也是走上了這一條路。」

江一看著我，第一次眼神中有了一些驚異，他倒是沒追問我怎麼知道，只是說道：「你比我想像的要知道得多！是的，昆侖之路具體是怎麼樣的，說法有很多種，也有很多修者嘗試過不同的辦法，但至今為止，最為靠譜的，只有這一條，欲尋昆侖，先找蓬萊，可惜知道的人寥寥無幾，你讓我驚訝了。」

「可是我還是想知道，當時到底發生了什麼？為什麼我師傅已經快成功了，反而你們不確定他的生死了。」這才是我關心的重點。

第三章　師傅的身影

面對我的問題，江一站了起來，也開始慢慢地踱步，彷彿要這個問題的答案，也不能讓他平靜一樣，他也需要平靜平靜，整理整理再做回答。

我還是耐心地等待著，只是我不知道我這個耐心能夠延續到幾時，我只是強制性地克制著，而終於在我快點臨界點的時候，江一開口了：「那一幕，我沒有親自參與，就算是回來訴說的工作人員，說得也很凌亂，估計對他們的刺激是太大了一些。我整理重要來說吧，第一，我們現有的任何設備都不能拍下蓬萊，只有人的眼睛能看見，所以，你看見的最後一張照片只是茫茫大海。」

我抿了一下嘴唇，這個我是絕對能理解的，到如今，有什麼先進的設備能做到人眼的程度？就連基本的圖元上也差了很大的距離，而且人眼絕對不是已知生物中最發達的雙眼，設備記錄不到，這有什麼奇怪？人眼不也不能看見鬼魂。

到底具體是什麼原因，我沒有辦法去猜測，無論是昆侖還是蓬萊，對我來說，都是太高深的存在，我的揣測說不定只是可笑。

我靜默不語，而江一則是繼續說道：「第二，按照描述來說，蓬萊具體的應該不是一個島吧，或者應該說它是一個漂浮物，原諒我，這個我也不能確定，因為當時……當時的情形太亂，而蓬萊自始至終都籠罩在一層迷霧裡，是什麼樣的漂浮物，他們描述不清楚。」

我點頭，表示能夠接受，我靜靜地等待著江一繼續給我答案。

「至於第三，就是問題的重點，為什麼不確定你師傅他們是否還活著的重點。」說話間，江一翻出了那張最後的照片，和那次的傳真不一樣，這張照片是一張彩色的照片，也就比傳真要清晰得多，然後遞到了我的面前。

因為我之前是看過這張照片的傳真的，加上剛才太注重師傅受傷的事情，我是沒太仔細看這張照片的，我不明白江一此刻又拿出這張照片是一個什麼意思？

「你看這裡！」江一所指之處是一片墨藍色的海域，一片海域原本是不太引人注目的，我剛才隨意看了一眼，只是本能覺得，這片海域應該就是到了深海什麼的樣子，可是江一這一指，我才驚奇地發現，原來也裡有一小截身體，因為也是接近於墨藍色的顏色，難怪我剛才沒注意，也難怪我在傳真上沒看見。

「這個你認為是什麼？」江一望著我問道。

這個我當然能認出來，元懿大哥的祖印中不也封印著這個存在的靈體嗎？這是一節蛟的身體，不仔細看不見，可是一旦看見了，我立刻就有了答案，說道：「這是蛟吧？」

「是的，重點是這是一條要化龍的蛟，也是你師傅一行人一路跟隨，甚至與之戰鬥過好幾次，在那個時候，蛟急著要上蓬萊，完成化龍的最後一步，已經懶得理會你師傅他們了，而你師傅他們……」江一說到這裡沒有說話了。

可是我已經猜測到了，按照我師傅對我一脈相承的光棍性格，他應該是奮不顧身地跳進了海裡，要和那隻蛟一起去到蓬萊，與蛟「共舞」在海裡，這是多麼危險的行為，我敢說這是一點優勢也沒有的，我不認為我師傅本事大到可以在海裡鬥法，那一刻，師傅是徹底的「光棍」了，然後身後也跟著一群「光棍」吧！

雖然我儘量地想得輕鬆，但事實上我的心不由自主地就會自己去幻想那緊張的一幕，我的聲音都變得有些發緊，我說道：「那……那之後呢？是蛟攻擊了我師傅他們，然後你才說，不知道我師傅是不是活著？為什麼我師傅只是尋蛟，還會去沙漠，去林子裡，和其他的，你不方便說的東西戰鬥？」

我隱隱覺得這其中的事情是很關鍵的，所以我連帶著這些也一起問了。

江一這一次神色難得地變了，苦笑著說道：「事實上，蛟在那兩個記錄者還能看見的時候，沒有攻擊你師傅他們，只是在那一瞬間，我該怎麼去說？總之，你可以想像，是風起雲湧，大浪翻滾，而一直凝聚著不散的迷霧忽然擴散開來，他們所在的船太顛簸，以至於只能躲了進去，再之後，就是打雷，密集的雷電風雨，有一個記錄者冒險去看了一眼，蓬萊消失了。所以，我才說不能肯定地告訴你，你師傅他們是否還活著。」

我無言以對，任何人面對這種情況，也是不能肯定地告訴我什麼吧？除非……我再次抿了一下嘴唇，只有一個除非，那就是我自己親自去體驗一次，就能知道是怎麼一回事兒了。

所以，在那個時候，我竟然奇異地不算太擔心，終究是成長了一些吧，因為我知道，我再也沒有長輩可以依靠，我不能讓自己的心亂了。

沉默了一會兒，我問江一：「你還沒回答我，那之前的戰鬥又是怎麼回事兒？」

江一看著我，這一次他沒有很直接地回答我，反而是問我：「你，終究也是會踏上昆侖之路的吧？」

我點頭，這個不用否認什麼，就算一次不成功，第二次，第三次我也會一次次地去找尋。

「簡單地告訴你吧，你師傅得到的線索比你更多，準備得比你更久遠，上蓬萊，去昆侖，是什麼人都可以的嗎？就算知道昆侖之路又如何？這中間終究還是需要一些準備的。承一，這裡原諒我不能太詳細地告訴你什麼，因為涉及到機密，我只能說，如果有一天你也要踏上昆侖之路，你最終也選擇和我們合作，我會把這一切詳細地告訴你。」江一沉聲說道，很認真，這一次，我肯定不是新聞播報。

我知道我沒有反駁的餘地，去到昆侖之路，那是一條可能一去就將不復返的路，我沒有師傅那麼瀟灑，紅塵俗世，我有太多的牽絆，我是不會那麼快就踏上昆侖之路的。

只是，那個時候的事情誰又知道？或許命運不由得我選擇呢？

我歎息了一聲，沒有說話，江一卻拿起了那張光碟，對我說道：「不想看看嗎？」

「在賓館，怎麼看？」我悶悶地說道。

「誰說沒有準備的，這次我來的時候，就叫人帶上了影碟機。」說完，江一拿出手機打了一個電話，不到十分鐘，果真就有人抱了一部影碟機上來，並且動作麻利地安裝好了。

江一把那張光碟放入了影碟機，然後對我說道：「承一，或許這個能給你一點兒安慰吧。」

我不明白江一在說什麼，有些疑惑地看著他，他卻對我說道：「這張光碟，你可以保留，給相關的人看看吧。看完了，你再問我問題。」

我點頭，因為此時影碟機已經讀碟完畢，出現了畫面，那是在一片深山老林中，畫面肯定不像是電視那麼清楚，甚至偶爾有些顫抖，可見拍攝的人並不是太專業！

想想也能理解，記錄者主要是做為人帶回重要的消息，又不是紀錄片拍攝者，不過，這有什麼好重要的，我關心的只是師傅的消息。

鏡頭在不專業地記錄著周圍的一切，在這裡，我敏感地注意到了是一個很美很美的地方，周圍有嘈雜的人聲，說些什麼因為太過嘈雜我聽不清楚。

只是過了幾秒以後，我清楚地聽見了慧大爺的聲音：「讓額先去說？你這個姜老賊，你也有不敢面對的時候咧？你還不如額呢，等等，憑什麼你叫額先說，額就先說，你又不是額二舅，額憑啥聽你的？你看額臉上寫著『瓷馬二愣』四個字？」

慧大爺。一直隱忍著，克制著眼淚的我，在此刻終於忍不住了，眼淚一下子就掉了下來。

而此時，一個身影狼狽地出現在鏡頭前面，很像是被一腳踹出來，接著我看見師傅的身影出現在了鏡頭面前。

第四章　停留的時光裡

師傅！

鏡頭裡的師傅終於站住了身子，而整個鏡頭已經由捕捉風景，變為了全程拍攝著師傅的一舉一動。

我看見師傅站直了身子，看見他怒火衝天地朝著旁邊吼道：「狗日的慧覺，竟然敢踢我過來，等一下老子要和你單挑。」

那邊傳來慧大爺的聲音：「單挑就單挑，我怕你咧？」

五年了，不管是我聽到什麼消息或者是看見什麼照片，總不及師傅整個人「活生生」站在我面前來得慰藉，即使我和他隔了一個電視的螢幕。

攝影機上有時間記錄，我一眼就看見，那是師傅離開我半年以後的時間。

我們終於再見了，很神奇的方式，空間上，他在螢幕裡，我在螢幕之外。

時間上，我已經在五年多以後，他卻停留在他離開的半年以後。

五年的思念累積著，我以為我再次看見他，聽見他說話，我會泣不成聲，一直以來都是如此啊，師傅從小告誡我的就是想笑就笑，想哭就哭，否則心氣兒不順，修心也會頗多阻礙，但事實上在此刻我剛才聽見慧大爺說話時，還在掉落的眼淚，神奇地止住了，我的臉上竟然還帶著淡淡的微笑。

沒人理解我這種神奇的狀態，只有我自己清楚，真好，還是那麼熟悉的師傅，那麼熟悉的慧大爺，我只是沉溺在時光中，又與他們在一起了，所以我不笑，難道還要哭嗎？

「姜師傅，在攝影呢。」我聽見一記錄人員的聲音，但絲毫沒有把我拉回現實，但在鏡頭中，這句善意的提醒倒是讓師傅神奇的，不好意思的尷尬了一下。

我看見他開始認真打理他那一頭亂髮，牽扯著衣服，還拍了拍身上的塵土，然後才對著鏡頭說話：「三娃兒，如果你旁邊有乖姑娘的話，前面那一段你要解釋一下，是慧覺那個老禿驢在破壞我的形象，曉得不？否則給老子抄《道德經》去，一萬次，少一個字老子都要抽你！」

沒有用官腔，是我熟悉的四川鄉音，師傅竟然在鏡頭面前說的是四川話，開口就是三娃兒，那模樣彷彿我現在就在他身旁一般，我也很恍然，彷彿還是在竹林小築，我那猥瑣的師傅，下棋下輸了啊，又要讓我幫他洗衣服啊，然後就是用這種語氣「威脅」我。

我很自然地也用四川話回答道：「我曉得囉，這兒沒的乖姑娘兒，男的倒有一個，你不用擔心你的形象，不就那個樣子邁？我絕對不得說出你一個星期都不洗澡的事。」

在鏡頭裡，師傅咳嗽了一聲，彷彿這件事情就這樣揭了過去，我淡淡地笑，他則走了兩步，停在了某個地方，而鏡頭也隨著他前行，跟著停住。

「三娃兒，其實呢，我也沒有多的話想說，你從小在我身邊長大，看我看過的風景，吃的是一鍋飯，日子過著，很多時候就我們兩個人。現在我到了這個地方，看見這兒實在是漂亮，所以就想起了你，沒有理由師傅看過了某一處美景，而不給徒弟看一下，特別是那個湖，你看看吧，是不是漂亮？」說完，師傅指著那個湖，臉上的神情也漸漸平靜了下來，從剛開始那種複雜的激動、克制、誇張的對慧大爺的憤怒變得淡然。

然後鏡頭隨著師傅所指的方向，照向了那個湖，確實是很美的一個湖，湖面上波光瀲灩，陽光下，薄霧裊裊，配合著湖邊的青青草坪，幽幽竹林，再看著遠處的巍巍雄山，人間仙境一般的存在。

師傅是想與我分享這美景嗎？我的眉頭輕輕揚了揚，但江一也在看著我，我的臉上又恢復了淡然的微笑，對著螢幕說了一聲：「看見了，師傅。不過，你估計是不太滿足吧？這裡又沒有大姑娘可以看。」

於此同時，鏡頭已經轉回了師傅，他幾乎是與我同時說了一句：「可惜哦，這裡沒有大姑娘可以看，我連蹲在這裡十分鐘的興趣都沒有。」

接著，鏡頭晃了晃，師傅一下子哀嚎了起來，我清楚看見一隻五彩斑斕的大蜈蚣不知道什麼時候就爬到了師傅的臉上，接著一雙白淨的手掐住了師傅的耳朵——凌青奶奶！

「這個人這一輩子也就這點出息了，不要讓他在鏡頭面前丟人現眼了，三娃兒，如果是你第一個看見這些，幫我也給如雪和如月那兩丫頭說一下，我很好，可以的話，也記得幫拿這些東西給她們看一下。」凌青奶奶說這些話的時候，神情是平靜的，眼神中有些許的掛念，但望向師傅的時候，又變成了滿足。

她應該沒有什麼再多的遺憾了吧？寨子的大敵已除，心疼的小輩如雪和如月也已長大成人，在生命步入老年的時候，終於可以和她心愛的人再次踏上一段未知的旅途，換一種形式成全了愛情的在一起，所以凌青奶奶才會有如此的眼神吧？

那麼到我老去的時候，如雪，她是不是也會和我一起踏上這樣的旅途呢？

想著心事，在那一刻恍惚中的我，心底終於升起了一絲哀傷，讓自己清醒了過來，但是我望著螢幕還是笑得很開心，笑師傅被凌青奶奶掐著耳朵的狼狽，太沒形象了，笑他們好像很幸福的樣子。

就這樣，很簡短的幾句話，一幕風景，一場打鬧，師傅就在鏡頭面前消失了，接著，一個熟悉的身影出現在了鏡頭面前，帶著慈悲的表情，對著鏡頭行了一個佛禮，念了一聲：「阿彌陀佛！」

慧大爺，我抱著雙膝，坐在床下，看著他笑得樂呵呵的，我的笑聲在這賓館的房間裡迴盪，聽著反倒有些寂寞的樣子，但是我卻渾然不覺，只是笑，我太瞭解慧大爺，下一刻他就會繃不住了。

果然，在慈悲的佛理過後，慧大爺和我師傅如出一轍，開始整理衣服，也想整理一下頭髮，無奈的發現自己是光頭來著，然後有些尷尬地放下了手，彷彿是為了掩飾這種尷尬，他做兇惡狀的對著鏡頭說道：「慧根兒，你給額好好的當好和尚這一門很有前途的職業啊，別一天到晚只想著吃雞蛋，吃蛋糕！但是佛家講一個緣法，若你不是當和尚的料，你就……你就……」

「就咋樣啊？慧大爺？」我對著螢幕問道。

「嗯，你就辦個養雞場，這樣吃雞蛋就不要錢咧，還可以用雞蛋做蛋糕！對了，三娃兒，你要當不好道士，就和慧根兒一起去辦個養雞場吧，養雞場是很有前途的，是……」慧大爺的話還沒有說完，一個身影忽然猛地衝了過來，一腳就把慧大爺踹了一個趔趄，然後大罵道：「你敢叫我徒弟去辦養雞場？你才養雞場，你全家都是養雞場！」

是我師傅！

我一頭黑線，知道又開始了，很習慣性地做無視狀，從前和現在，不是一直都是如此嗎？

果然，慧大爺站穩了之後，帶著一種疑惑的表情說道：「你說額都全家都是養雞場？養雞場裡只有雞，那你不就是說額全家都是雞？額跟你拚了！」

「拚就拚，我還會怕你？早就看你這個老禿『雞』不順眼了。」我師傅絕對是一個活學活用的人，然後就在鏡頭裡，兩人就扭打了起來。

可我在這個時候，卻摁了暫停鍵，鏡頭定格在了師傅和慧大爺很無形象的扭打畫面，兩人都用手抵著對方的臉，也正巧同時都很沒形象地對著鏡頭。

江一詫異地看著我，問了我一句：「不看了嗎？」

我的手指輕輕劃過螢幕，停留在師傅和慧大爺身上，我沒有哭，只是眼眶有些紅，臉上還是依然笑著，說道：「這種東西，我想我一個人看是不合適的，總是有人也等著和我分享的。」

說完這句話，我的神色已經變得平靜，問道：「江老大，這個，你可說過給我了啊？」

「當然，這個裡面沒有什麼禁忌，原本也就該給你的。」江一神色平靜地回答道。

我退出了影碟，小心翼翼地收好了它，然後望著江一問道：「為什麼我師傅會拍這些東西？」即使，我心裡已經隱隱有了答案，我仍是如此地問道。

第五章 一顆心間

「你比我想像的要平靜，這個時候哭怕也是人之常情吧？」江一沒有急著回答我的問題，反倒是問了我一個問題。

我的神情平靜，可是暗地裡卻是想從江一的神色中看出什麼來，看出他問我這個問題是什麼意思？無奈，江一的神情一直以來就極少有變化，連眼神也是滴水不漏般的不流露任何情緒，聲音除非特殊，否則都是放新聞聯播，我也看不出來個端倪。

不過，我還是回答他了，用我早就想好的答案，聲音無奈且哀傷：「我很想哭，但是我不能哭，你知道，無論是哪一脈，山字脈做為最為擅鬥之人，總是要撐起這一脈。不管以後是怎樣，我們這一脈是個輪迴，總是要進入那『昆侖詛咒』的，你說我有什麼資格哭？」

江一說道：「昆侖詛咒？這修者望都望不到，盼也盼不來的地方，你說是詛咒？只是，哭出來或者還好些，不哭，才是很傷心傷神的吧，心氣兒不順倒還在其次。」

「是，我是哭不出來，人恍惚著呢，連傷不傷心也不知道了。」說這話的時候，我的聲音無比的頹廢，是實話，卻也刻意這麼說，在看了光碟之後，我覺得我應該這樣做。

原本，我是有問題要問江一的，就比如魯凡明的說法裡，昆侖彷彿只是認可力量，這與我心目中的道家仙境很是不符，但此刻也是不問了。

我神色木然，彷彿已經陷入了濃濃的哀傷之中，可是我心裡，不知道為什麼，總是在想一句話「我在思考，這件事於我華夏究竟有沒有意義，人，貴在自知，貴在自知！」沒有為什麼？就是單純的本能讓我在想這句話，可是想了半天，仍舊是解不開其中的滋味，索性也就不想了，只是那表情顯然越發木然。

江一站在房間內靜靜地看了我一會兒，終於走過來，拍了拍我的肩膀，說了一句：「你，也別太難過了。」

我木然不答，而江一則是歎息一聲，開始收揀他帶給我的資料，這時，我才有了一絲反應，抬起頭來看著江一，眼神很是悲傷和渴望，說道：「難道就不能留下一張嗎？」

江一說道：「這些資料也是機密，看過，你記住也就可以了。再說，能給你安慰的應該是那張影碟吧，我看過，能知道你師傅其實是很思念你的。」

看過嗎？那應該是肯定的吧。

我在心裡默默想著，眼神和神情卻同時變得失望起來，江一收好資料，說道：「我的時間是有限的，我要先走了，只是還是想對你說一句，如果憋不住還是哭出來的好。」

換成從前，我應該是會感動的吧，這種長輩的關心，可此時，我心裡裝滿了心事與疑惑，不自覺地就防備了起來，但一行清淚終究是從眼底滑出，我不是做給江一看，其實，我還是難過的吧。

關門聲，漸行漸遠的腳步聲，江一離開了。

我一把抹乾了臉上的淚水，神色恢復了平靜，我想師傅應該能知道的，當我想起你，不再是青澀的哭泣時，那是成熟，也是更深的想念，把想念變成了自己的動力和呼吸般的習慣。

你也是如此想念著師祖的吧。

那一早晨，從窗口飄落的紙，上面凌亂的字跡——昆侖！

秋季的雨總是這樣，在昨日消停了一日，今早又是細雨紛紛。

我穿著黑色的襯衫，黑色的褲子，戴著墨鏡，任雨飄灑在我的肩頭，神情平靜而哀傷地站在這個陵園裡，旁邊同樣姿態站著的是小北、元懿大哥，還有高寧。

「就是如此，慧根兒這一次被他師傅的同門強行帶回了師門，說他學藝未精，連學業都必須暫停一年。至於強子，他學藝未成，行動也不算自由。但是他們說了，一年後的忌日，總是會來的。以後的幾個月，我恐怕也不能月月都來了，有事在身，但我想你們不會怪我的，也不要寂寞，因為這一輩子，我也忘不了你們兩個兄弟了，想著真是可恨啊，怎麼可以死去？」說話的是我，說到最後的時候，我老是想起老回衝回去的背影，老是想起洪子從藏身處出來，對我說：「承一，其實我已經死了。」

我不想任由這種哀傷蔓延，很是乾脆地打開了隨身帶來的酒，灑在了老回和洪子的墓前，然後自己也狠狠地喝了一大口下去，然後把酒瓶子遞給了旁邊的小北。

在大陣過後，在醫院療養過後，小北的身體無礙，一頭白髮是怎麼也變不回去了，他也狠狠地喝了一大口酒，帶著一種壓抑悲傷的語調吼了一聲：「痛快！」

一瓶烈性的，元懿大哥從北方帶來的燒刀子，在我們手裡轉了一圈，就只剩了一個瓶底兒，剩下的酒，我很乾脆地又倒在了老回和洪子的墓前，又點了幾枝菸，放在老回和小北的墓前，我說道：「菸點上，酒也喝上，這幾個月也發生了一些事兒，咱們聊著。」

我索性盤腿坐在了老回和洪子的墓前，其餘的兄弟也坐下了。

在秋日的細雨紛紛下，在陵園如此肅穆的地方，我們低聲地開始聊天，自言自語也好，瘋言瘋語也好，偶爾也會輕笑兩聲，也許在旁人看起來，像瘋子吧。

可是，自己的感情，或者所有的感情，只需要慰藉自己，有什麼必要一定要別人理解呢？無所謂，也不在乎！

從陵園出來，細雨竟然漸漸停住，一抹夕陽掛在了天空，我們竟然在這個陵園從上午待到了傍晚，元懿大哥帶來的三瓶燒刀子已經不知不覺地喝光，走出陵園的時候，我們都已經半醉。

「我這就回去了，女朋友等著我吃飯，估計這身酒氣又得挨罵。」說話的是小北，經歷了那麼多，終究在時光的沉澱下，他又恢復了那樣的靦腆，就如初見時那般。

「我也走了，家裡爸媽也等著開飯呢。」說話的是高寧，他和小北一樣，都住在這城市。部門的人，大多是住在這城市的。

「我也要走了，今晚的飛機，難得希兒有時間陪我兩天，我也有空。」元懿大哥隨口說著。

我笑了，大戰過後，這些在普通人眼裡如此神奇的「修者」，過的也是這平凡的日子，有的也是這普通的幸福，我笑，剩下的兄弟還能有這樣的幸福，不該開心嗎？

而老回，洪子……願你們的靈魂安好，是安好的吧，我師祖曾經說過一句昇華，他們都是靈魂昇華的人吧，我想起了洪子走時的那個笑容，手上卻掏出了手機，打給沁淮，讓他來接我們，說道：「元懿大哥，我也要去機場，我們一起吧，讓沁淮來接，要快一些。」

是的，我已經訂好了去雲南的機票，這一次想著我就笑了，因為我是去接如雪的，承心哥執意要讓我去接如雪，然後再到東北與他相聚。

我懂他的意思，我和如雪也都很默契地認可了他的安排，我們又怎麼捨得不認可？

哀傷過後，總是會有幸福的吧，就如現在！

也就如人生，是沒有資格抱怨命運的不公吧，因為誰的人生沒有屬於自己的那一絲幸福？不管那幸福的時光多與少，總也是幸福吧，想著應該為幸福而開心，而不是為逆境而難過，你想的是什麼，你自然就會看見什麼，感受到什麼。

所以，怪不得師傅曾經會說，你笑還是不笑，只是在你自己的一顆心間。

第六章　手勢

我的飛機比元懿大哥晚一個小時，臨上飛機前，我分別打了兩個電話，第一個電話是打給父母的。

媽媽很時髦地出去跳舞了，就是露天大壩子那種，說是為了強身健體，每天雷打不動都去，接電話的是爸爸。

一聽是我，爸很開心，問道：「三娃兒，啥時候回來啊？你媽說，等你回來，給你做紅燒排骨、水煮肉片兒。」

我微微一笑，每次聽見父母說這些家常話，心底總是溫暖，輕輕吐了口氣，我幾乎是屏住呼吸說了句：「爸，這段時間忙瘋了，恐怕要春節才能回了，這會兒我這就要趕著去雲南。」

電話那頭沉默了，我聽見自己的心怦怦直跳，屏住的那口氣兒也不敢吐出來，這是緊張，我緊張聽見爸爸失望的聲音，一直以來都是如此。

過了半晌，電話那頭才傳來爸爸貌似平靜的聲音：「忙的話，那就春節吧，我和你媽倒還好，你也不用掛著。」

「嗯，爸，我會儘快趕回來的。」我匆匆忙忙地想掛電話，同時也長長地吁了一口氣，其實不是我不願意和爸爸多講一會兒話，小時候離家的那段陰影，讓我總是這樣，一旦離家的日子長一些，或者要做的事兒危險了點兒，我就不願意和爸媽多講話，總是怕一講多了，自己也就軟弱了。

就在我剛準備掛斷電話的時候，爸有些猶猶豫豫地叫住了我：「三娃兒？」

「爸，還有啥事兒？」

「那個……那個你去雲南，是不是去找如雪那丫頭，爸沒有別的意思，既然你們都是沒結果，就別耽誤彼此了吧，你是個男娃兒，那還好說，人家如雪是個女娃娃，再這麼纏下去，耽誤找到好人家哦，哎……三娃兒，其實如月那丫頭……」爸這段話說得猶猶豫豫，但從老家人的角度來琢磨，也是這麼一個道理。

可是，一股子苦澀的滋味還是不自覺地從我心底蔓延開來，我不習慣對著爸媽說謊，但有些事情，不得不說謊，我趕緊打斷了爸爸的話，說道：「爸，我不是去找如雪，你別操心了，這上飛機的時間快到了，我不和你說了啊。」

說完，我不待爸說話，就匆忙掛了電話，猶自平復了好一會兒心情，才苦笑了一聲，但很快也就恢復了平靜。

畢竟是成熟了一些，我已經懶得去糾結這種事情，無非是車到山前必有路，船到橋頭自然直的事兒，糾結也沒有任何意義，我倒是感慨，年紀越是大，經歷越是多，我就越來越像我師傅一般「不想事兒」，「光棍」精神也越來越重。

下一個電話我是打給承清哥的，承清哥的聲音永遠是那樣，懶洋洋的，帶著一些清冷：

「就等著你電話了，說吧。」

我又是無奈地笑了，那一張影碟已經讓我「草木皆兵」的感覺，所以我思前想後，還是覺得把它交給承清哥是最好，但當時我也來不及解釋什麼，因為我找到承清哥的時候，他並不在家，而是在辦公室，我總覺得不安全，只是含含糊糊地把影碟交給了他，暗示他要一定要收好，也先別看。

果然，承清哥是知道我要解釋的，我也懶得廢話，直接說道：「那張影碟裡，如果我沒有看錯，是有重要的線索，多的電話裡也說不清楚，承清哥，你要記得，那可能是咱們最大的希望，我不信任……信任部門裡的某些人了，原因我也不想在電話裡面說，你只要記得，一定好好收藏那張影碟就好，備份也可以的。」

承清哥在電話那邊沉默了一會兒，說道：「重要的線索，你是指……」

「是的，我就是指的那個。其實，影碟本身不重要，如果遺失了，再去要，就難免引起懷疑了，我就是這意思，雖說小心了點兒，但我不得不小心。」我這段話說得夠亂的，不過我自己也說不清楚，只是直覺該這樣做，就這樣做了，而且事情也由不得我不小心。

承清哥沒有多問，語氣也沒有仄仄的了，終於帶了一絲精神，他對我說道：「放心吧，就放在我這裡。你和承心去辦事小心，等著你們回來，我們聚在一起再說吧。」

「嗯！」說完這句話，我掛斷了電話，腦子裡再次想起了那張影碟的事，想起了那個鏡頭，那個鏡頭是師傅給我指著那片湖有多美麗，看似是沒有問題的。

可是在鏡頭裡，師傅一隻手指著那片湖，一隻手則很自然地搭在了身側，可就是那一隻手，比了一個手勢，估計是怕我忽略那個手勢，他在短短的時間內，放開了手，又再次比了一下。

那個手勢的意思，我怎麼可能不記得，那是小心留意的意思！具體是小心，留意他指的那個地方，還是小心，留意別的什麼，我一時間還真的理不清楚。

我唯一能肯定的就是那個手勢，我絕對不會看錯，而且師傅還一連做了兩次！這手勢，恐怕只有我們師徒之間能懂了。

那是關係到小時候的回憶了，我初初開始練習手訣，那複雜的手勢，常常弄得我手抽筋，雖說我練功也算得勤勉，可是那個時候性子一上來了，難免就在師傅面前哭鼻子了。

於是師傅就想出了一個辦法，對我說：「三娃兒，你想當紅軍，特別是崇拜那些地下工作者嗎？師傅告訴你，那些地下工作者都有自己祕密聯繫的特殊辦法，我們也來弄個特殊的辦法聯繫吧。」

但我崇拜紅軍，什麼時候崇拜過地下工作者？想到這裡，我不由得微微一笑，師傅倒是夠能忽悠的，但到底那個時候，我還是孩子心性，本能的覺得這事兒好玩兒，也就應了師傅。

結果就是，師傅把那些複雜的手訣動作分拆開來，一個動作表示一個意思的讓我練習，年深日久，手訣我已經熟練無比，那些動作代表的意思，也深深印在了我的腦海中，看來，師傅也沒有忘記我們師徒之間的這個小遊戲。

人一回憶起來，難免就有些收不住思緒，總是想起那些竹林小築的歲月，為了讓我練習手訣，師傅老長的一段日子沒怎麼說話，比個手勢就代表要吃飯、要出去的，想來也真是有趣。

如果，如果時光可以倒流……我的腦子中剛冒出這個念頭，就被我生生地打散了自己的思緒，傷感還是不要了吧，黏黏糊糊雖說是陳承一的本性，可是在這些時光裡，當真是不適宜的。

看了看表，登機的時間也差不多了，我也站起了身，心裡反覆的只是想著，師傅為什麼要用這種方式給我留下這樣的訊息？而在影碟的後方他會不會對他的不辭而別，給我一點兒解釋？

在飛機上的時間也不算多麼難以打發，在適宜的溫度下，酒勁兒上湧，我也就乾脆地睡了一覺，當我醒來時，飛機已經快要降落在昆明的機場了。

長長地伸了個懶腰，隨意地翻看了一下報紙，時間也就這麼打發過去了，只是從我下飛機，一直到走出機場，我都沒看見任何人來接我——六姐她沒來。

我和如雪約定的地點，是在六姐那邊見面，六姐沒來，我也不是多在乎，又不是找不到路，隨意叫了一輛計程車，就直奔六姐那裡了。

在計程車上，我給六姐打了一個電話，在那邊六姐有些驚奇我怎麼已經到了昆明，我這才想起，我原來沒給六姐說我今天就會坐飛機趕來，可真夠糊塗的。

六姐在那邊笑得曖昧，半開玩笑半認真地說：「承一，你是一心急著，怕也想不起這些瑣事兒了吧？」

握著電話，我的耳朵也不自覺的有些發燙，這時，電話裡傳來了一個有些遠的清淡聲音：「他來了？那我去做飯吧。」

六姐只是呵呵地笑著，也不評論，而我的心底卻不自覺地蕩開一絲絲的漣漪——如雪做飯，很溫暖的感覺。

第七章　一樣的人

到了六姐家，卻沒見著如雪的影子，看我一愣子般的樣子，六姐笑了一下，捥了一下垂落在耳邊的頭髮　朝著我努努嘴，示意如雪是在廚房裡忙著，我傻呵呵地笑，抓抓腦袋，也不知道說什麼，抬腳就要往廚房那邊去。

六姐卻一把拉住我，變戲法似地拿出了一條毛巾，在我身上上上下下地撣著，一邊撣著一邊說：「看你，一路風塵僕僕的，也不撣撣身上的灰，還一嘴酒氣兒。」

說話間，六姐讓我站著，然後也不知道從哪兒弄來了一杯茶水，塞在我手裡，又往我嘴裡塞了一塊兒也不知道是什麼的香香甜甜的東西，才說道：「自家做的鮮花餅，吃一塊兒，再去去酒氣，看你一身酒味兒，也不怕熏著人家如雪。」

鮮花餅很好吃，花的香氣和餅裡的甜融合在一起，一下子就壓住了我嘴裡的酒氣，再喝下一口六姐自製的花茶，我再哈口氣，嘴裡的酒味兒真的就沒了。

我又衝著六姐傻樂　總感覺有如雪在地方，我就是很快樂，但同時智商也比較讓人擔憂。

「去吧。」六姐輕輕推了我一下，然後就提著我的行李，幫我放在樓上去了，都說歲月無情，但我總覺歲月一直都很優待六姐，這麼些年過去了，她也只老了一點點，但絕對不明顯，可身上的風情還是如我初見她那一般，一朵完全盛放的鮮花。

也不知道什麼樣的男子才能入得了六姐的眼。

這樣想著，我邁著急切的腳步，望著帶著小院兒的廚房那邊趕，可是走得近了，腳步卻又慢了下來，這麼多年了，還是這樣，見到她，心還是會跳。

上一次見面是在醫院，總覺得自己受了傷，顧忌也就沒那麼多，不對著如雪軟弱，還能對著誰軟弱？可一旦恢復正常了，又成了這種不爭氣的樣子。

如雪在廚房裡忙碌，一走進這裡，我一眼就看見了她，有些大的白襯衫，藍色的牛仔褲，休閒鞋，一頭長髮簡簡單單地用一根兒皮筋捆了，有些鬆散，額前還垂著幾縷沒捆住的頭髮，側臉一如既往的平靜，也一如既往的美。

我倚在廚房的門口，就這麼看著如雪，嘴角不自覺地就上揚了，很少看她穿普通的衣服，多數時候都是簡單的苗服，但如雪就是如雪，無論怎麼穿，都是一如既往的好看。

清冷依舊是清冷，可是在廚房裡忙碌的她卻不會讓人感覺高高在上，反而多了一分煙火氣，男人看見這樣的她多半都會感覺幸福吧？想著的，無非也是會有誰那麼有福氣，讓這樣的女子為他在廚房裡忙碌呢？

不行，我驕傲了，想著，嘴角的笑意就再也壓抑不住，張揚地咧嘴笑了，不能相守也不再是煩惱，這樣的幸福一瞬間，一瞬間的連接在一起，多了，也就滿足了。

「來了？」如雪專心地切著一個土豆，並未回頭，一雙手彷彿是有魔力似的，看著細細溜溜的土豆絲兒，就整齊的在刀下排列得喜人。

「嗯。」我很自然地走過去，就拿過了如雪手裡的菜刀，很自然的就幫忙她切起土豆絲兒來，不過我切出來的土豆絲兒和如雪的比起來，就跟土豆條似的。

如雪歪著頭，朝我無奈地一撇嘴，最終還是說了一句話：「你還是出去吧，別添亂了，做火腿土豆餅的土豆絲要切成這個樣子，怕是煎不好了。」

我捨不得出去，但也只有放下菜刀，重新抱著手，倚在門框，看如雪忙碌了。

不到十分鐘，六姐就進來了，身後跟著一個男人，長得周正，憨厚而強壯，可也帶著幾分彪悍的氣息，一看就是一個苗族漢子。

「喲，這麼纏綿？一步都捨不得離開？」六姐開著玩笑，眉眼都笑開了，可是我還是看出了一絲心疼與無奈，我和如雪的情況，六姐心底是清楚的。

可是，我也不在乎，能幸福的時候就幸福，懶得去想不開心的事兒，反倒是一副沒心沒肺無所謂的樣子。

「出來吧，陪我和你六姐夫喝點兒茶，說會兒話，如雪在這裡還能跑了不成？」六姐推了我一把，我倒是吃驚，六姐夫？哪來的六姐夫？剛才我還在感慨到底是要什麼樣的男人才能入了六姐的眼，沒想到真的六姐夫還就站在我面前了，是那個苗族漢子吧。

當下也不多話，趕緊跟著六姐出去了。

晚上的菜很豐盛，香氣四溢的火腿土豆餅，熱氣騰騰的汽鍋雞，清爽鮮嫩的炒筍，還有一道銅鍋魚，很典型的雲南菜，可是出自如雪之手，光是看著就讓人饞。

我拿起一個火腿土豆餅，也顧不得燙，一口就咬了下去，燙得我趕緊哈氣，卻又忍不住使勁兒往下嚥。

這怪不得我，火腿自帶的鹹鮮味兒，很自然就融入了土豆餅中，煎的火候又剛好，外面一層酥脆，裡面的土豆泥又燙又軟，和著火腿的肉，讓我差點連自己的舌頭都給吞了下去。

「你們慢點兒。」六姐笑著招呼道，因為如此吃相的不只是我，還有六姐夫——韓源。

月堰苗寨的人都有漢人名兒，六姐告訴我的，自然就是六姐夫的漢人名，我第一眼看見六姐夫就覺得這是個可靠的人，事實上也如此。

他追了六姐快十年了，沒有甜言蜜語，也不解風情，唯一的，就是默默地照顧六姐，為六姐做事。六姐剛才在喝茶時，帶著玩笑的語氣對我說：「韓源這一輩子，唯一對我說過的情話就是，我的命，如果妳要，也可以拿去。」

六姐夫就是這樣的人！

原來，能入了六姐眼的人，不需要多英俊，也不需要多有錢有權，只需要他是一個實在人，只不過，六姐這樣玲瓏的女人給的考驗的日子多了一些而已。

一頓晚飯，吃得很是愉快，六姐幾乎是每吃一道菜，都忍不住盛讚一句，最後放下筷子的時候，還忍不住說了一句：「我咋就這麼繃不住呢？如雪丫頭的菜我又不是沒吃過，可每吃一次，就是忍不住要贊，這是要多巧的手，多細的心思才能把每一道菜都做得那麼好啊？」

如雪的表情淡淡的，沒有過多的說什麼，只是用剩下的汽鍋雞湯給我燙著餌絲，然後把碗遞到我的面前，我在一旁笑得驕傲，她不是我的妻子，可是我可以把生命給她，就如我師傅對凌青奶奶一般。所以，我是有資格這樣為她驕傲的。

我想，她也是如此吧。

六姐和六姐夫也不計較如雪的清淡，一個寨子的人，那麼些年，他們還不瞭解如雪，那才真的奇了怪了。

是夜。

我和如雪隨意地在房間裡聊天，我給她詳細地講起了前些日子的事情，講起了小鬼，也講起了那場戰鬥，自然我也準備講起那張影碟，可是在講完那場戰鬥以後，發現如雪罕有的表情有一些哀傷。

我自然地握住她的手，問道：「妳怎麼了？」

「老回和洪子靈魂昇華了，是很好啊。可換成是我遇見那樣的情況，我也許更願意靈魂就隨風而去，換得多留在人世間的日子，哪怕一天。」如雪這樣說道。

「為什麼？」我揚眉問道，這個想法倒是很奇特。

「因為我放不下啊，有一天的時間，我可以用來告訴會為此很難過的人，不要難過，可以再陪陪他。」如雪望著窗外，幽幽地說道，神情依舊平靜，只是話裡的那份炙熱，仔細一想，覺得整顆心都燙了起來一般。

這就是如雪吧，這麼多年，一直沒有變，面上比誰都清冷、平靜，心裡卻如此的火熱。

我和她會相愛，也許是註定，但事實上，我們骨子裡有著一樣的特質，都是情關難過，會說著「我不放」的那種人。

我看著如雪，想握住她的手，無奈此刻我已經不是傷患，氣氛在這種時刻變得有些微妙。

可這時，我的電話響起了，我接起來，是承心哥。

「我已經在東北××省，××城了，你們過來吧，情況有些不對勁兒。」這就是承心哥對我說的第一句話。

不對勁兒，是有什麼不對勁兒，我一時間想不出來！

第八章　東北老鬼

承心哥到底沒在電話裡說清楚什麼，只是催促我們先盡快過去，這樣的承心哥倒是少見，在正常的時候，他都是那個不緊不慢，笑容溫和的春風男。

這一通電話從某種程度上也打破了我和如雪之間微妙的氣氛，也就無心再聊什麼，商議了一下，決定明天就坐飛機過去，如雪也就離開了我的房間，去六姐的房間，和六姐同睡了。

至於六姐夫，今天晚上只能委屈一下，在樓下打地鋪，畢竟他的房間讓給了我住。

第二天，我們就同六姐和六姐夫道別，買了當天最早的機票，趕往了東三省的某個省。

可惜的是，承心哥所在的城市並不能直通飛機，所以我們趕往了最近的城市，然後很乾脆地包了一輛車去到了承心哥所在的城市。

這是華夏最北方的城市，到了這裡，我才知道我是有多失策，枉我走南闖北去了那麼多的地方，由於太過匆忙真的是準備不足！

到了這裡，我才知道什麼是真正的冷，實在是太冷。

十月，華夏很多地方都是天氣微涼的秋天，在這裡的十月，比我家鄉最冷的冬天還要冷，而且看樣子是已經下過一場雪了。

所以，我和如雪一下車，都冷得發抖，我趕緊找出在北京匆匆忙忙買的兩件羽絨服，先給如雪披上了一件兒，然後自己再穿上了一件。

匆忙之中，我也只有這些準備了，畢竟這幾個月我都在忙碌，一切的準備都是承心哥在做，我沒想那麼多，沒想到是如此的失策！

如雪所生活的地方，是一個溫暖的地方，比起我的家鄉四川還要暖和一些，就算披上了羽絨服她仍是冷得發抖，顯然不適合這裡的天氣，我看得心疼，幾乎是沒有什麼猶豫的，打開了自己的羽絨服，從背後，把如雪整個人抱在了懷裡。

在我抱住她的一瞬間，如雪的整個身體忍不住僵硬了一下，而我則低聲說道：「別動，沒別的意思，就是不想妳被凍死。」

如雪的身子軟了下來，輕輕靠著我，當真也就不動了，可是也沒說什麼話，我們就靜靜站在這個街道的街頭，因為承心哥說要我們在這裡等他。

我也不知道，是不是心暖了，身體也就暖了，這樣的依偎著，如雪的髮香挑動著我的呼吸，就如同我沉溺在了她的世界，外面的風，外面的冷，在那一段時間，我幾乎已經是感覺不到了。

我希望時間過得能慢一些，再慢一些，無奈沒過兩分鐘，一聲輕笑就在不遠處傳來，我看見是承心哥倚著街道旁的路燈，笑望著我們，看見我察覺到了他的存在，他才抱歉地說道：「承一，真是不好意思，不想打斷你們的，但是我不弄出點兒什麼聲響，我怕你們就這樣在街邊站到天荒地老，凍死也不會動一下。」

我衝著承心哥做出了一個無奈加惱怒的表情，接著，就感覺胸前一空，如雪已經從我的懷裡走了出來，而我整個人這時也才反應過來，我整個人已經冷得手腳都有些僵硬了。

「快走吧，回我租住的房子再說。」承心哥倒是穿得跟個熊似的，看樣子也扛不住這冷，趕緊催促著我們。

我和如雪趕緊跟上了他的腳步，我一邊走一邊問道：「住賓館就好了，幹嘛要租住在別人家裡啊？」

「這不是事情不對勁兒，情況有變嗎？回去再跟你詳細說。」承心哥快速回答著我，和我一樣，一說話，嘴裡就冒出大股大股的白氣兒，這天寒地凍的，明明才十月中旬。

「可你咋不早說，是在這邊的老林子，我還說準備點兒羽絨服就夠了，結果這還沒進山呢，就這冷。」其實我是不想抱怨承心哥的，無奈看著如雪一張臉都凍得通紅的樣子，還是忍不住。

「我跟你說，我也是前天才趕到這個省，昨天才趕到這個城市的，你信嗎？」承心哥扶了扶眼鏡，挺無奈的樣子，對我說道。

這事情倒有些奇怪了，但是天氣冷，我也不想在這外面多待，也就沒有多問了，只是隨著承心哥默默趕路！只盼望早點兒能進溫暖的屋子裡去。

在北方的屋子裡，一般都有暖氣，進了屋子就跟春天似的，完全和外面寒冷的天氣不同。

一進屋子，承心哥就倒了兩杯熱水遞給我和如雪，我和如雪捧著熱水，連喝了好幾口才算把身子暖和了過來，這也才注意到，承心哥租住的房子不錯，兩室一廳，收拾得倒也乾淨，就是客廳裡亂七八糟地堆滿了包裹，看樣子是承心哥的東西。

發現我注意到了那些包裹，承心哥才說道：「幸虧我在北方還有哥們，今天下午才剛送來咱們在老林子要用的東西，否則，就等著被凍死在山裡吧。」

這時，我才徹底緩過了氣來，說道：「你不是準備了好久嗎？怎麼這時候才顯得那麼匆匆忙忙？」

承心哥看了我一眼，沒說話，然後拿起了一件兒東西，「嘩」的一聲扔客廳的沙發上了，然後把門重重一關，才對我說道：「你把天眼開著，防止有東西來偷聽。」

我注意到剛才承心哥扔出去的是一個小壺一樣的東西，我一眼就認出來那也是陰器的一種，是用特殊的泥土燒製的，可以稱之為養魂罐兒，聯想到承心哥要我開天眼的話，我心裡就明白了八、九分，他是在防備著鬼物，說到底還能有誰？就那個在鬼市和他交易的老鬼唄。

如雪平靜而沉默，彷彿是置身事外一般，而我卻覺得這事兒有蹊蹺，還是照著承心哥所說的做比較好，於是開了天眼。

其實這樣的狀態也沒什麼，就是看東西比較迷濛的樣子，倒也不影響交談。

「說吧，咋回事兒？」我靠在沙發上，享受著暖暖的暖氣，整個人也比較放鬆了下來！

「我覺得這老鬼有問題，這幾天就發覺有問題，說話，這麼說吧，老是遮遮掩掩的，跟擠牙膏似的，擠一點兒，說一點兒，而且我感覺它是有什麼事兒隱瞞著我，所以我在電話裡告訴你不對勁兒。」承心哥言語簡單地先給我說了一遍事情的大概。

但是言談之間並不感覺到沉重，因為他還有心思不停地撥弄著屋子裡的一口燉鍋，嘗嘗裡面的東西熟了沒有！

鍋子裡燉著的是大塊兒的肉，白色的菜，我就算再沒見識，也知道那是北方特有的酸菜，外加粉條，那燉得火候足，他一揭開鍋蓋子，滿屋子就都是香氣。

承心哥嘴裡包著一塊兒白肉，一邊哈氣一邊口齒不清地對我說道：「說是不對勁兒，但是我也不擔心，鬼市的交易哪裡能做得了假，那老鬼應該還是會老老實實地帶著咱們找參精。只不過……」

說到這裡，承心哥已經咽下了嘴裡的那塊肉，對我和如雪說道：「東北亂燉，火候正好，入味了，也燉軟和了，來，趁熱吃，咱們邊吃邊說。」

東北菜，說實在的，我還沒有吃到過怎麼地道的，承心哥一說，我早就按捺不住，和如雪一起圍坐了過去，承心哥早就擺好了小板凳兒，也準備好了碗筷，遞給了我和如雪，然後關了火，說道：「這樣吃，熱乎！等一下冷了，加點兒水，再開火熱熱又能吃。我覺著這東北菜不錯，分量足，味兒重，那東北大醬太香了，這裡是男人的天堂，大塊兒吃肉，大碗喝酒。」

承心哥真的是吃貨本色，一說起吃的，早就忘了重點在哪兒，我是餓極了，顧不得燙，就連吃了兩口，大塊兒肉，味道十足的酸菜，加上醬香味兒，真的好吃又順口，不過，我還是不忘記提醒承心哥：「你說重點。」

承心哥不慌不忙地拿出一個酒瓶子，擰開了蓋兒遞給我，然後才說道：「重點就是，我們這次找參精的行動可能不是我們想的那麼簡單了，那個擠牙膏的老鬼，告訴我們十一月份才能進山，因為有一個重要的地方，它也不說清楚，反正就必須天寒地凍的時候進去吧。這些我都能忍受，我不能忍受的是它還遮遮掩掩地告訴，要避開一些人？」

我抿了一口酒，和元懿大哥帶到陵園裡的燒刀子沒有什麼區別，一喝下去，從喉嚨到胃都火辣辣的，緩過了勁兒，我才問道：「為啥？啥意思？」

承心哥還沒來得及答話，我就聽見一個聲音傳來了，典型的「鬼話」，跟直接說在你腦子裡似的。

「幹哈啊？幹哈啊？又把我給整外面，你不能夠啊！」

有趣，我忍不住笑了，這敢情還是東北的老鬼？

第九章　仙人墓

「呸，這話說的。」承心哥的臉上出現了一種另類的煩躁，把筷子一扔，對著門外嚷嚷道：「你說幹哈啊？關個門還能真攔住你了咋的？你不知道自己進來啊？裝犢子鬧吧你！」

我一下子就樂了，吃了一大塊肉，對承心哥說道：「咋的？承心哥，還說上東北話了啊？你看我這淫（人）說的東北話正宗不？」

承心哥無奈地說道：「你不知道我是被磨的，等下你就知道了。」

承心哥說話間，我其實已經看見它了。

因為在這個時候，一個身影已經畏畏縮縮地「飄」了進來，呵，我一看就樂了，這就是承心哥嘴裡的老鬼嗎？這形象……嘖……我不知道說啥，只能悄悄在承心哥耳邊說：「你確定這是老鬼？不是時尚先鋒？」

是啊，這的確是「時尚先鋒」，梳一個油光水滑的偏分，穿一件兒花花綠綠的花西裝，下面穿條牛仔褲，再搭上一雙球鞋，戴著一副大墨鏡，把臉都遮了大半！要多時尚有多時尚！

鬼物就是如此，想你看見他什麼形象，那就是什麼形象，所以我才不得不說他時尚，跟著承心哥出來一圈兒，現代人的穿著學得是一清二楚，就是欣賞能力不咋的。

承心哥丟給了我一個無奈的眼神，可我還沒來得及說話，一個聲音又來了：「你這淫真是的，這樣，不能夠啊！有啥話咋能悄悄說呢？我都聽見了，我給你解釋一下哈，這淫啊，都是講個形象的，哈？這淫啊，也是要跟上時代的，哈？不然就是食古不化啊，哈？那不能夠啊，我跟你說啊，舉個例子來說哈……我家有幾個兄弟，分別叫吳起一吳立二吳畏三吳凡四，加我吳言五，你要問我為什麼我爹媽給整這些名呢，我跟你說哈……」

我覺得我要抓狂了，承心哥已經處於爆發的邊緣了，可我們還沒來得及說什麼呢，如雪那邊忽然傳來一聲重重的放碗聲，然後冷淡飄來了一句：「閉嘴！」

我一下子就笑了，承心哥悄悄對如雪伸出了一根大拇指，那吳言五渾然不覺，一臉無辜，嚷著：「咋的呢？咋的呢？這位姑娘妳是看不慣我嗎？也是，我是家裡最沉默寡言的孩子，一向不招人待見，可是妳不能因為淫不愛說話，就不待見淫啊！這多不得勁兒啊？舉個例子來說哈，就說我家吧，分別有幾個兄弟，叫吳起……」

承心哥被這吳老鬼呱噪得瘋了，直接跟我說：「承一，我昏了，我去昏一會兒，什麼時候這老鬼閉嘴，什麼時候你再叫我吧。」

如雪輕歎一聲，對於她這種少話的人來說，說一次你不理會，她就直接無視你了，懶得再說！

至於我，輕輕地拉住承心哥，一雙眼睛笑咪咪的，然後不緊不慢地從隨身的黃布包裡拿出了一張符籙，正陽符，對鬼物的傷害很大，然後那老鬼很快就閉嘴了，一副事不關已的樣子打了個哈欠，說道：「真是的，這人一老了吧，就容易困哈，我要去睡了。」

這次倒是言簡意賅了，可是我笑咪咪地說道：「站住，誰讓你走了？你當這張符貼不到養魂罐上，還是咋的？你敢走嗎？交易未完，你一走，天道讓你魂飛魄散也是正常的。你看看啊，和你交易的又不是我，而我呢，這個人脾氣又衝動，又爆躁，萬一一不小心給你貼養魂罐上了……」

說著，我很苦惱的樣子，而承心哥笑得那叫一個花枝亂顫，在我耳邊小聲說道：「承一啊，高！我都忘記你是山字脈了，這囉嗦老鬼還是你能收拾啊，對了，別忘了把他肚子裡那些牙膏給它擠出來，看它這個犢子還能整啥？」

我就是這意思，小爺堂堂山字脈，還收拾不了你這個小鬼，就算小爺白混了山字脈那麼多年，我和承心哥同時擺出了一副「老狐狸」般的笑容，齊齊地望著那吳老鬼，而如雪一副事不關已，高高掛起的樣子。

那吳老鬼到底還是站住了，一臉後悔加懊惱的樣子，估計心裡在想，失策啊失策，我咋就惹到這麼一個「煞星」呢？早知道，躺養魂罐裡不出來了。

但不管他怎麼想的，可是他那後悔加懊惱的神色還是一閃而逝，變得討好起來，說道：「這位小爺，哪個虎了吧唧（傻的意思）的犢子說我想走的？看我逮著了，不把他皮皮實實地抽一頓！這位小爺，你不知道啊？我一見您就親切，就沒見過您這麼敞亮的淫！一看我就想和你嘮嗑（聊天）啊，把酒言歡啊，當拜把子兄弟啊！要有我一口肉吃，就絕對不能讓您吃饃，那不能夠啊！」

真是夠囉嗦的，可是我沒有不耐煩，笑咪咪地看著他：「說完了？」

「說完了啊。」那老鬼一副傻乎乎外加忠心耿耿的樣子。

「想和我嘮嗑？」我笑得更燦爛了。

「那是！您懷疑我啊？那不能夠啊！你要能來我家，不說別的，大肥肉（這裡的肉讀you）管夠啊。」那老鬼一副赴湯蹈火的樣子。

問題是誰要吃大肥肉？我也懶得和他扯淡，直接說道：「我咋不信你？我簡直相信你是對我掏心掏肺的，對吧？」

那老鬼一聽，腦袋點得像小雞啄米似的，趕緊說道：「對對對，就是這個理！」

我笑了，承心哥也笑了，我慢悠悠地說道：「那敢情好，我也沒啥顧忌了，先前還不好意思問呢，你跟我說說吧？那參精咋回事兒？為啥要天寒地凍的日子才能去找？誰家找人參是這樣找的？又說說吧，為啥事到臨頭，才說在這裡找參精？最後，你要我們等啥人？你說的啊，掏心掏肺的實誠呢，對吧？」

那老鬼望著我，一副上當了的扭曲表情，估計是心底太驚，也顧不得那副「時尚形象」了，「澎」的一聲變了一個樣兒，挽了個道士的髮髻，穿一身有些髒的道士袍子，這倒看得我有些驚奇，這老鬼還是個道士？

但一看他那張臉，就讓我想起曾經在鬼市遇見的那個吳老二，對的，他們雖然長得不像，可樣子都是一個流派的，看起來就像臉上寫著「我是小偷，我很猥褻」的那種人，剛才他那大墨鏡遮住了半張臉，這下我才算看清楚。

看起來不咋可靠啊！不過，也不能以貌取人，至少在鬼市，吳老二那個人是靠得住的！

那老鬼也管不得這些了，也不敢走，就在這屋子裡來回地飄蕩，嘴上嚷著：「這咋整呢？這……這咋整呢？哎，真是的，我這要咋整呢？」

我和承心哥也不看他一眼，我算看透了，這吳老鬼就是一個真正的「膽小鬼」，他也不敢走，給他點兒時間考慮吧。

我和如雪、承心哥快快樂樂地吃著燉菜，快快樂樂地喝酒，約莫過了二十分鐘以後，一個聲音飄飄蕩蕩地傳來：「我說，要我把一切說出來了，你不會給我貼這符吧？」

我心裡一盤算，已經心知肚明，這老鬼果然隱瞞了很多事兒，可是我臉上不動聲色，一開口，也蹦出了一句東北話：「那哪能呢？不能夠啊！我是那樣的淫嗎？」

至此，我也算知道了，春風溫潤男承心哥為啥會說出那麼豪放的東北話了，被這老鬼的「呱噪」給帶的！

於是，那老鬼眼珠子轉了半天，總算開口了：「這件事情，說起來，要從我們家的兄弟說起，我們家有兄弟五個，分別叫吳起一吳立二……」

「說重點！」這是我叫的。

「說人話！」這是承心哥喊的。

「可是我是鬼，人話我不會啊？」吳老鬼一臉無辜。

我簡直是無言以對，直接說道：「你吧，就直接先說一句最關鍵的話，可以？」

「那參精在仙人墓裡。」吳老鬼這次果然簡潔得要命。

而我和承心哥呆住了！

第十章　五子同心陣

仙人墓？這話咋說的？這世界上還有神仙啊？有神仙，好吧，我們勉強能接受，這神仙還能死，還能留下一個墓，那就匪夷所思了。

我皺著眉頭沒說話，我以為我們只是單純來找參精的，我也以為這個參精只是「天才地寶」，自然生長在山林，沒被人發現而已，怎麼還扯到仙人墓了？

我沒說話，可是承心哥已經忍不住了，他說道：「我說在鬼市有這樣的好事兒落到我頭上了，就是供奉你十年，你就相當於是拿一根參精來換？原來你果然隱瞞了那麼多啊？」

任誰一聽見這仙人墓三個字，都不會覺得是好相與的地兒，而且貌似還扯上了什麼人，任誰也會按捺不住，就包括承心哥這種好脾氣。

那老鬼對著承心哥，可沒對著我那麼客氣，面對承心哥的質問，他只是小聲地嘟嘟囔囔：「十年供奉，供奉可不帶這麼凶的。」

「你……」承心哥沒了脾氣，畢竟鬼市的交易是隱隱受到天地約束的，他還真不能對這個老鬼不敬。供奉，供奉，既要用醫字脈特殊的方法供養，也要保持奉為上的態度，承心哥確實不敢太過分。

我拍了拍承心哥的肩膀，讓他冷靜，然後對老鬼說道：「我有供奉你嗎？沒有吧？可是我跟他是兄弟，還是師兄弟，懂了吧？你現在把事情詳細地說給我聽聽，記得是詳細，而不是囉嗦，你那些兄弟叫啥名兒，我真就沒心思聽了，我想你懂我的意思吧？」

那老鬼臉色變幻不定，想也是覺著逃不過了，一咬牙，乾脆直說了，不囉嗦，那東北腔也不見了，而是變成了字正腔圓的官話，估計是說正事兒，他也認真了起來。

「我家兄弟五個，是明末清初之人，也都是修道之人，但無奈自身天賦有限，也沒有個正統的師承，在平日裡糊弄糊弄老百姓，混口飯吃可以。但要說真本事，那算不得有，大道更是無望之事。但做為修者，誰對大道會不渴盼呢？我們兄弟五個也是如此，但這一年年的光景過去，我們兄弟五個一心求道，不婚不娶，也沒有一個成果，直到我四十六歲那一年，我大哥回來，說遇見了一個真正厲害的人物，說我們的機緣到了，我們的人生才有了改變。」吳老鬼一副陷入了回憶的模樣，開始把前因後果娓娓道來。

他說得清楚，我也聽得明白，他們是真的遇見了一個大本事的人，是一個不愛說話，看起來有些陰沉的中年道人，別看人這個模樣，但真本事是有的，而且是大本事，隨便兩手就鎮住了吳老鬼五兄弟。

他也不解釋為什麼看上了天分全無的吳老鬼五兄弟，只是給了他們一個選擇，跟他走，或者是不跟他走！

對大道有著無限渴求的吳老鬼五兄弟自然是選擇了第一個，跟他走了！

從此以後，紅塵永別，吳老鬼五兄弟在世人眼裡，就這樣失蹤了，而真實情況是，他們被那個中年道人帶入了山裡，開始了所謂的修行。

講到這裡，我和承心哥對望了一眼，所謂旁觀者清吧，我和承心哥都敏感地感覺到了，事情是絕對不對勁兒的，無奈事情已經過去了幾百年，吳老鬼也身死了，現在就站在了這裡，所以，計較這些是沒意義的。

果然，吳老鬼接著說道：「修行是修行了，他平日裡也不給我們講道，也不傳給我們其他的本事，只是讓我們兄弟五個來來回回地練一個什麼同心陣法，說是我們天分太差，也只能以人數來補拙，練成了，也可在天下的修家裡橫行了。我們五個雖說是修者，但事實上對於一些高深的法術啊，咒語啊，是一竅不通，他說什麼，我們自然就信什麼！也不疑有它，畢竟他圖我們什麼呢？於是，我們也就這麼練了下去。」

吳老二說到這裡的時候，已經有些忿忿不平了，而我則眉頭一皺，抓住了話裡的一個關鍵，問他：「他讓你們練的陣法可是叫『五子同心陣』，你們兄弟五個，是不是有兩對雙胞胎以上，彼此的年紀也相差不到兩歲？」

吳老二被我這一問給問驚住了，望著我有些難以相信地說道：「你怎麼知道這些的？難道我胡亂地抓了一個人去碰運氣，還真讓我遇見有大本事的人？」

我自然不敢說我自己有大本事，只不過師傅流傳下來的藏書太多，其中有很多孤本不提，最珍貴的還有我師祖的手劄。

手劄凌亂，有時是想起來才寫幾筆，內容也不一而足，有寫生活的，有介紹法術的，有講解對道的理解的，總之就是一本很凌亂的手記。

可是裡面偏偏就提起過了五子同心陣，這個陣法其實最標準的坐陣之人，應該是五胞胎，五胞胎心意相連，陣法自然威力倍增。

但如果找不到五胞胎，那麼找到五兄弟，裡面雙生的人是越多越好，就比如三胞胎和雙胞胎，而說起來，吳老鬼五兄弟的情況也是勉強可以修習這個陣法的，也勉強取了兄弟同心這一點。

但事實上，你要以為這個陣法是一個厲害的大陣那就錯了，在正常情況下，正常人都不會去修行！

其實，那個陣法是一個，簡單的說，是一個借力之陣，兄弟同心，靈魂力也就更加相合，相合這是了不得的事情，效果是絕對大於一加一等於二的。

而這樣一股相合的力量，加諸在另外一個人身上是什麼效果？那就是極大的，絕大的效果！

但是這樣無止境地借出靈魂力，對於本人的靈魂是有極大的傷害的，甚至魂飛魄散也不是嚇人之說，我師祖在手記裡提起過這個陣法，只是這樣評論了一句：「掠奪他人之根本，成一己私欲，為大能之邪修創造之邪法，後世子孫不得修習該陣法，切記，切記！」

這就是我對這個陣法的瞭解，而那個中年道士的心思也昭然若揭，就是誆騙了吳老鬼五兄弟為他修行五子同心陣，他們是沒天賦，但是靠著雙生子，還有兄弟間那種奇妙的聯繫，這個陣法修習起來，那絕對是事半功倍的。

想到這些，我點頭說道：「我只是從一些古籍上看到過這個陣法的介紹，我大概能明白你們是上當受騙了，對吧？」

「是的，事實確實是如此，十年修煉，那個五子同心陣已經被我們修煉得異常熟悉。而在那時，那個中年老道就說，我們已經學有所成，能成為他的一大助力，跟隨他走江湖，煉心境了。他說他是真心待我們如徒，也看重我們，見我們修習五子同心陣如此賣力，可見道心之堅固，有心提拔我們一把，為我們改變天賦，但這件事情，他一個人辦不到，我們學會了五子同心陣，應該就可以有這個機緣了。」吳老鬼說到這裡的時候，臉上浮現出了一絲悲涼的神色。

而承心哥不知道什麼是五子同心陣，問道：「陣法要有不對勁兒，你們練了十年難道沒發現點兒什麼嗎？還傻乎乎地跟著去了？」

我則在旁解釋道：「承心哥，這個陣法如果陣眼沒上，就跟一般的合擊陣法沒有任何的區別，而那陣眼，這麼說吧，這個陣法是借五子的靈魂力，無休止地借，不管不顧地借，而陣眼其實就是那個受力之人，懂了嗎？他只要沒進入陣法，就憑這傢伙兄弟五個稀鬆平常的本事，怎麼可能發現不對？」

說到這裡，我又望著吳老鬼問道：「而你所說的機緣，該不會是那中年道人，帶你們去了神仙墓吧？」

這一次吳老鬼又震驚了，問道：「你咋知道捏？」一激動，東北腔又出來了。

第十一章　昆侖人的墓

「這個很簡單啊，有啥事兒非得借別人的力不可？借來的，也只是暫時的，又成不了自己本身的力量！而仙人墓，聽起來好像很厲害的樣子，應該是有什麼陣法布置吧？破陣也有強破之法，在這種時候借點兒力，就比較說得過去了！」我摸著下巴說道。

吳老鬼聽到這裡，對我深深地做了一個揖，然後才說道：「小師傅真乃神人也，事情你竟然猜測了一個八九不離十，就如小師傅所說，我們兄弟五個就這樣傻傻愣愣地被他帶到了北方的深山中，一路千難萬險不消多說，而那仙人墓確實厲害，到最後的結果，是我們五個身死，那混帳之人重傷，卻也沒破開那仙人之墓。」

承心哥聽到這裡眉頭一皺，問道：「參精可是在那仙人墓中？」

吳老鬼回答道：「卻是在那仙人墓中，雖然我們最後沒有破開那仙人墓，但事實上也成功破壞了一大部分，仙人墓顯露了一些真容，而在墓前那塊草坪上，確實是有一棵參精，本來我是認不出來的，可是人參我總還能認識，我在那一瞬間，已經變為了鬼，我是親眼看見，那棵人參已經有靈，那靈氣聚集成一個靈體，就是一個胖娃娃睡在那裡，這是絕對不會看錯的。」

吳老鬼怕我們不信，急急解釋道。

承心哥似笑非笑地說道：「那就對了，你以為憑那個中年道士的手段，外加五子同心陣都不能破開仙人墓，你覺得我和他有什麼本事，可以拿到參精？你這交易不說也罷。」

我在旁邊點頭，其實參精說到底只是外物，我和承心哥也不是非要不可，我也更不會自以為憑藉我和承心哥兩人的力量可以破開所謂的仙人墓。

吳老鬼一看我和承心哥這樣的態度急了，急急忙忙地解釋道：「如果是真的拿不到，我怎麼可能去鬼市交易這件事情？事實上，那個大陣已經被我們破壞了大半，而我剛才的話也沒有說完，那個賊人不是遭到那個仙人墓的陣法反彈嗎？也是身受重傷，在當時也是眼看活不下來了……」

因為著急，吳老鬼說話有些磕磕巴巴，但是大概意思我和承心哥還是聽懂了，也大概還原出來了當時的場景。

在當時，六人聯手破大陣，隨著後期壓力越來越大，吳老鬼五兄弟已經看出來了不對勁兒，特別是吳老大，在支撐不住的時候，已經連連吼道：「師傅，寶貝不要了罷，我感覺我這身子都快要飛出來了，我覺得我快死了。」

無奈的是，陣法一經發動是根本停不下來，除非陣眼之人來停止這個陣法，這時，中年道人也才顯露出來了本性，說道：「死也就死了吧，待得為師取得那仙人墓中的寶貝，得到飛仙，你們也會記上一功！你們最好別搞什麼小動作，否則，陣法會反噬，拚或者有一絲機會，不拚的話，哼哼……魂飛魄散都是輕的，你們還會忍受無盡的痛苦才會魂飛魄散。」

這個道理，吳老鬼五兄弟怎麼會不懂？因為這十年來，反覆修習這個陣法的是他們，打個比喻來說，這個陣法一旦發動，就像一條很窄的高速公路，而他們輸出的靈魂力，就像在這條高速公路上高速行駛的車子，而且也停不下來，只有到達了終點以後，才有慢下來的權力，試想一下，高速行駛的車子在很窄的高速公路上來個急煞車，是什麼樣的後果？車毀人亡是必然的。

以前吳老鬼他們覺得這個沒有什麼，畢竟是他們理解的合擊之陣，輸出的東西，哪有停下來的道理？

可這時，才知道這是一枚苦果，自己得咽下。

所以，吳老鬼五兄弟並沒有辦法，只得賣力地維持著陣法，只盼望那中年道人能早日破開仙人之墓，放過他們，可這個想法也是幼稚的，說到底，就算破開了，那個人也沒有放過他們的理由。

最終的結果是失敗了，除了吳老鬼之外，其他的幾個兄弟全部都是魂飛魄散的結果。

「原本，我四哥是不必的，他比我們都要強一些，但是在最後的關頭，他忽然就停止了輸送靈魂力，要知道這個陣法，是力量合成一股了力量，但在這之前，是雙雙相合，在同時強行合併三哥的力量，我們五個兄弟裡面，只有三哥是單獨出生的，四哥和我是雙胞胎，他停下來，也就意味著我的靈魂力輸出了沒有力量接著，我可以在最後的關頭保住我不多的靈魂力，得以保全靈魂，我那可憐的四哥……」說這一段的時候，吳老鬼的臉上悲悲戚戚，可是他是鬼，並不能真的哭泣，我和承心哥也給了他一個安慰的表情，那種的時候的這種情況，怕是誰想到，都會同情的。

結果是這樣，吳老鬼堅持說，他四哥在臨死之前，在他腦中喊了一聲報仇，他當時渾渾噩噩的，後來一想，只能解釋為，四哥在魂飛魄散之前，抓緊時間給他說了這麼一句話。

而那個中年道士在當時也是重傷，重到眼看著也活不下來了，所以，他當時比普通人還弱，也就沒有能力發現吳老二的靈魂正在仇恨地看著他，在他的以為裡，兄弟五個是早就魂飛魄散了吧？

那個中年道士在第二天死掉了。

「可是，他並沒有魂飛魄散，只是靈魂有些虛弱，比我還虛弱！我想著要報仇，可是就算我的情況比他好一點兒，也萬萬是沒辦法讓他魂飛魄散的，我也沒那個能力去這樣做，你們知道，我只是一個除了同心陣，不會別的法術的無用之鬼！所以，我只能遠遠地跟著它，看它要做什麼？」吳老鬼咬牙切齒地說道。

接下來，從吳老鬼的訴說中，我們再次得知了來龍去脈，原來那個中年道士雖然虛弱，可是他還有著深厚的人脈，它的靈魂飄飄蕩蕩的一路回了所謂的「師門」，吳老鬼也跟去了。

這一路上，自然驚險非常，有好幾次，吳老鬼都差點兒被發現，所幸，它覺著是老天護佑它，它終究還是順利地跟到了這個中年道士所謂的師門。

而在師門，它通過一些方法，成為了這個中年道士師門裡一人的「養鬼」，然後讓它發現了一個驚人的祕密，關於仙人墓的祕密！

「我要的只是報仇，如果你們能幫我報仇，我就說出這個祕密，仙人墓是絕對可以進去的，而且好處不只參精，但我也要說清楚，那個賊人多年來受著供奉，早就已經恢復，也成了一個厲害的鬼修，到今日它的門人應該是糾結而來了。」吳老鬼認真地說道。

我和承心哥對望了一眼，看來這個找參精真的是不簡單啊，看來還要和別的勢力鬥，我們這一脈說起來也可憐，從不拉幫結派，長輩離去，說到底也算勢單力薄，如何和別的勢力鬥上？

承心哥歎息了一聲，說道：「看來參精還是與我們無緣啊，承一，比起參精，還是命重要，畢竟我們那麼多事兒沒做，我也不能讓你為了一棵參精去冒險，那就會從為你好，變成害你了。」

說到這裡，承心哥也抱歉地對吳老鬼說道：「這樣吧，我還是心甘情願地供奉你十年，是我自己為難，不去找參精的，想來你也不會受到什麼懲處，你的遭遇我很同情，但事實上，我和他去了，也是雞蛋碰石頭，抱歉啊。」

承心哥這話是真心說的，吳老鬼急切地望向了我，說道：「如此厲害的小爺，你真的怕了他們嗎？」

我抱歉地看著吳老鬼，這不是怕與不怕，而是值與不值得，我和承心哥真就沒把所謂的寶貝放在心上，因為師承已經夠為豐富了。

而吳老鬼的報仇我其實很想幫忙，但是這種是非恩怨，我參與其中，也是徒增因果，更何況，我沒那個能力！

吳老鬼絕望了，長歎一聲，說道：「罷了，兩位小哥也是正直之人，也貴在有自知之明，不是那貪婪之人，昆侖人的墓又如何？總有人不稀罕它。」

昆侖人的墓？我「霍」的一聲站了起來！

第十二章 等待的日子

相比我的不冷靜，承心哥也比淡定不了多少，原本是拿著碗的手，一晃神都忍不住鬆手了，「哐啷」一聲脆響，在這寂靜的房間裡迴盪，格外刺耳。

吳老鬼有些反應不過來地看著我和承心哥，估計是沒反應過來，原本還淡定理智的兩個小哥這是咋了？

而我和承心哥因為激動，一時間反而說不上什麼話，卻又很想說，結果只能在喉嚨裡發出「咕嚕，咕嚕」的怪聲兒。

倒是如雪很是平靜，聽聞昆侖，也只是放下碗，許是吃飽了，擦擦嘴，淡然地說道：「昆侖的消息，真好，不是嗎？」

這時，我也才完全平靜下來，論個心性兒，我是拍馬也及不上如雪，連承心哥也比我強點兒，畢竟我看他已經淡定，只是在等著我的意見。

「老吳。」我開口是這樣說的，既然決定要真正「合作」了，倒也不如坦誠一點兒：「參精我想要，但還算不上眼饞，你說昆侖墓裡有啥寶貝，說實話，要能拿到，我高興，不能拿到，也無所謂。只有一點兒，很重要，那就是你說的仙人墓是昆侖人的墓，我需要關於昆侖的一切消息，哪怕是一丁點兒。」

吳老鬼面有喜色，一個控制不住，東北腔又出來了：「那敢情好啊，咱東北淫不怕小哥你去打聽，講義氣哇，夠敞亮啊，特別是我，你去俺們那疙瘩打聽打聽，誰不知道吳老五出了名兒的少言義氣，人稱俠義小郎君啊。」

少言我保留意見，看看吳老鬼這形象，估計跟什麼小郎君之類的名字做鬼都扯不上關係的，倒也不拆穿他，笑著說：「你讓我去你們那兒打聽，跟誰打聽去啊？跟鬼打聽怕都不好找了。」

「呵呵，呵呵……」吳老鬼陪著笑，倒看得出來他是真心舒坦。

一直沒說話的如雪終於說話了：「老吳，你怎麼就對我們這麼有信心？你說的那邊兒，是傳承了至少好幾百年師門了吧？加一個厲害的鬼修，你就一定覺得我們能幫到你？」

吳老鬼原本正在變回它的「時尚」裝束，聽如雪那麼一問，再次認真起來，就是一個道士頭配著他那身裝束，怎麼看怎麼彆扭，不過個人愛好嘛，你還能說人家？

「小姑娘，我吳老五不是跟妳吹牛，我修道不行，做鬼也沒大本事，可這麼多年，我也不是白活的，專修靈覺，靈覺包含的東西多，就比如說預感能力啊，溝通天地的能力啊，別的我不吹牛，就說這預感能力多少還是靠譜的，配合著我這雙飽看世事的眼睛，我當初在鬼市，就覺得承心小哥能幫我成事兒，我當時還納悶呢，咋是一個醫字脈的人呢？卻沒想到一個好漢三個幫啊，承心小哥還有個山字脈的師弟，小姑娘，我瞅著妳也是有本事兒的人，我更覺得這事兒能成。」吳老鬼說這話的時候，頗有些自得，也不知道他是不是扯淡。

因為我的靈覺一向被人稱道，我就沒覺得我有什麼多特別的預感，除非是有大事兒逼近臨頭，我才會有一些些許的感覺，哪有吳老鬼說得那麼神叨？

不過，我也並沒完全否定他的話，只因為沒了陽身的限制，靈覺的一些潛力被發掘，也是正常的。

如雪點點頭，沒再多問。

倒是承心哥忿忿不平地說道：「我說你個吳老鬼，有目的你不直接說，偏偏要我供養你十年，你啥意思啊？」

吳老鬼縮縮脖子，畏畏縮縮地小聲嘀咕道：「我嘎哈（幹啥）不直說，你不知道啊？我說了，你能跟我去嗎？至於供養十年，那不，那不是為了萬一看走眼，也撿點兒便宜嗎？我可是有報仇大任在身上的。」

承心哥不說話，笑得如遇春風，但下一刻一雙筷子已經朝著吳老鬼扔去了，筷子自然不能對吳老鬼產生什麼傷害，但吳老鬼已經嚇到了，趕緊飄得老高，嘴上嚷著：「承心小哥兒，拿筷子扔我，你不能夠啊，供奉，供奉！」

承心哥一邊笑，一邊咬牙，最後笑望著我，說道：「承一，你懂的啊？」

吳老鬼一聽，怪叫一聲就飄了出去，如雪托著下巴，忽然冒出來一句：「我總算想通了，老吳為什麼要叫吳言五，估計是他話太多，他爸媽希望他能話少點兒，給改的名字吧？」

這時，屋外傳出來了一陣兒飄飄忽忽的聲音：「小姑娘，妳咋能這麼說涅呢？我寡言俠義小郎君，妳去俺們那疙瘩打聽打聽去，那是不能夠不知道的！不過我以前的確不叫吳言五，我叫吳涯五，我太沉默了，我爸媽覺得得給我改一個適合我的名字，就給妳舉個例子吧，我家五個兒弟，分別叫……」

吳涯=烏鴉？我貌似有點兒理解吳老鬼爸媽痛不欲生，悔不當初的改名心情了，論起「呱噪」，誰能和烏鴉比啊？那「呱呱呱」的聲音估計能把你煩死。

我和如雪都恍然大悟，但是承心哥已經快崩潰了，扯著我的手臂，笑得寒氣森森，哪裡還有春風男的「風貌」：「承一，你懂的啊？」

承心哥一字一頓地說道，我陡然起了一身雞皮疙瘩。

北方的日子也不是那麼難以適應，哪裡是北風呼呼的冷，可事實上，我覺得稍微適應了以後，這天氣還透著一股子爽利勁兒，至少不會像我的家鄉，冬天的氣溫看似「溫暖」，事實上帶著「滲人」的潮氣兒，能真正把人冷到骨子裡去。

下雪是很有滋味的一件事兒，至少於我來說就是這樣，雖說我在北京沒有少看見過雪，但是那熙熙攘攘大都市的雪論起滋味兒，怎麼能和這北方的邊陲小城相比。

下雪一直都是有聲音的，那細細密密，窸窸窣窣的聲音，聽著反而能讓人從內心覺得安靜，一直都想和心愛的女人一起聽雪落下的聲音，如今倒是如了願，窗外的世界入雪，身邊如雪，人生還有什麼好不滿足的？

桌上，是一盤子黑木耳炒大白菜，少油寡鹽，可是菜的滋味十足，如雪聲音懶懶地解釋過：「在東北吃東北菜，就少不得入鄉隨俗，在東北重的是菜本身的滋味兒，這油鹽重了吧，反倒不美。」

聽這話的時候，承心哥訕訕地笑，他是一吃貨，可是請我們吃的第一頓東北菜如今我就明白了，那叫不倫不類！

事實上如雪說得對，一筷子菜下去，嘎嘣兒脆，但本身菜的滋味倒是十足，吃一筷子菜，撈一根剛出鍋的醬骨頭，捧著，努力撕扯那鬆爛入味兒的肉，再敲開骨頭嘬骨髓，吱吱作聲兒，接著再抿一口東北的烈酒，這東北的味兒也就出來了。

飯後，一個凍梨細細地劃開了，咬上一口，清爽甘甜，如此這般，我其實覺著在這東北小城生活的滋味兒挺圓滿的，等待也不是那麼難熬了。

這麼些日子相處，吳老鬼已經把事情全盤給我們交了底，之所以拖到現在，是因為它在那門派一個人手底下當「鬼僕」的時候，打聽到一個重要消息，原來那仙人墓還是極厲害的，但是每過多少多少年，那仙人墓就會因為一些原因，只剩一個陣法在發揮作用。

上次那個中年道人就是抓住了那個時機，然後破墓的。

再後來，在清朝的時候，又是有一次機會的，但那個時候，那老鬼沒有完全的恢復，至少是沒練出一身本事，所以也就沒帶那些門人去那個仙人墓，而知道這個祕密的門人也是無奈，能拿他咋樣？事情於是拖到了現在，按照吳老鬼的話來說，今年又是一個機會。

說起這些的時候，吳老鬼頗為得意：「要哪個犢子在俺們那疙瘩，不對機敏寡言俠義小郎君豎個大拇指，全村人都會不得勁兒，都會說一句，你不誇他？那不能夠啊！看看吧，我忍氣吞聲在那個門派的重要人物手底下做了那麼多年鬼僕，愣是打聽到了消息，還沒被發現，哼……」

我們三人都沒接他的話茬。

第十三章　真給盼來了

等待的日子過得閒，也過得少有的舒坦，除了吳老鬼的「呱噪」煩人一點兒，其他的事兒是再美好不過了，快樂不少，心情頗好，用承心哥酸溜溜的話來說那就是「只要有如雪在你身邊，把你扔茅坑裡待著你也覺得舒坦。」

我咧著嘴笑，心說，我去待著就好了，你要敢把如雪扔進來，我和你「拚命」，但到底沒說，因為偶爾我也能看見承心哥眼底的黯然，他是在想沈星吧。

人總是這樣，會觸景生情，亦會觸情生情，若是不忘，置身人潮，心中亦是淒淒……情傷，容不得外人多說半句，這種時候，也只能拍拍承心哥的肩膀，陪他默坐半晌，直到他從恍然的情緒中恢復過來，重新掛上那招牌微笑。

這樣的日子過得沒有時間的概念，一晃就是十一月，天更冷了，我們三個南方人都有了一種「貓冬」的心思，一邊佩服北方人發明出這個詞兒，一邊不願意出門。

只有吳老鬼天天出去得勤，他念叨著：「這幫犢子應該到了，我得去盯著。」當然，只是遠遠盯著，每一個城市不少人，自然也不少靈體，只不過大家活動範圍不同，活動時間不同，也互不衝突，倒也沒事兒。

吳老鬼不分白天夜晚飄出去盯著，一是它不怕冷，二是它說它是機靈的，那麼多年都不會出事兒，遠遠盯著也自然不會出事兒。

我總覺得吳老鬼是有些不靠譜的，但是拗不過它要我們信任它，也就隨它去了。

這一天依舊和平常沒有什麼區別，如雪玩著她的蟲子，承心哥看著一些關於中醫的書籍，至於我，看個《故事會》唄，那時候沒覺悟，早知道多看一本《知音》，說不定我也火了。

總之整個溫暖的房間是一幅懶洋洋的氣象，直到下午四點多的時候，熟悉的東北腔「突兀」地出現在整個房間：「快，快，都麻溜點兒，來，來了，來了。」

這話說得突頭突腦的，讓人乍一聽根本摸不準是啥意思？什麼快啊？又什麼來啊？還結結巴巴的，難道鬼也會上氣不接下氣？

話在屋子裡落下了，才看見吳老鬼風風火火飄進來的身影，它畢竟做鬼這麼多年，集中它的精神，想讓我們看見我們自然也能看得見，不然為啥會有普通人也見鬼的經歷呢？

我們三個不傻，吳老鬼這話雖然無頭無腦的，但一回過神來，也就知道了是什麼意思。

如雪聽聞只是平靜地把蟲子「變」走了，轉眼間又「變」出一隻蟲子，沒有接話，承心哥「哦」了一聲，然後繼續鑽研他的書籍，至於我，剛好看見手裡那本《故事會》有個好笑的故事兒，躺在沙發上，笑得沒心沒肺的。

吳老鬼那麼激動，卻遇見我們三人這種反應，一時間愣是沒反應過來，過了半天，它才嘶吼道：「我說你們咋的了？人來了啊？人來了。」

這時，我剛好看完那個故事，從沙發上坐了起來，「啪」的一聲合上書，才說道：「我們知道了，就是那撥兒人來了，可是犯得著這麼激動嗎？又不是現在就要決鬥。關鍵是，我們啥時候出發？」

吳老鬼傻愣愣地接了一句：「對啊？啥時候出發？」

承心哥此時也合上了書，扶了扶眼鏡兒，微笑著說道：「老吳，我得承認你有些本事，在古時候當個斥候啥的，是絕對好用的。承一那意思你還不明白？是提醒你，我們該出發了，其實，我們一直就覺得奇怪，這裡不是去到你說到那老林子最近的城市，為啥你要我們在這兒等？如果你只是為了看看仇人來了，才能放心，我理解你的心情，不過是該出發了。」

如雪也淡淡地說了一句：「是啊。」

這時，吳老鬼才一拍腦門，反應了過來，說道：「看我一激動，啥都給忘了，忘記跟你們說件事兒，這老林子裡，別看大雪紛飛的，危險多，莫名其妙的傢伙也多，當年我們入山時，就是在這裡找了一個最厲害的老鄉導帶路的，那犢子（中年道士）是個謹慎小心的人，早就給自己留好了退路，他跟那厲害的老鄉導說了一下他的身份，也露了兩手本事，說了他們家不能丟掉對老林子熟悉的那項本事，如果能傳承下去，他們家也就世世代代被他師門養著，有天賦的子孫，也未嘗不可以學仙術，所以，他們先來這裡，是因為在這裡早就有人等著了，而且老林子稀奇古怪的事兒多，得準備一些東西，他們這是來人取東西了。」

原來是這樣啊，我不得不佩服那中年道士想得可真深遠，和人家比起來，說咱們是雜牌軍，都是給臉了，我想到一件事兒，摸著下巴開口問道：「那鄉導啥的一家人意思是也知道仙人墓這個祕密？」

吳老鬼開口說道：「那哪兒能啊，他們只負責把我們帶到一個地方，那就成了，剩下那路……」說到這裡吳老鬼的表情變得怪異了起來，乾脆一抓腦袋說道：「我也不知道，你們去看了就明白了。」

這吳老鬼，又是拍腦門，又是抓腦袋的，問題拍不著也抓不到，急死它，一想著這個我就樂，笑咪咪地看著它，倒是承心哥急了，說道：「你這不坑人嗎？人家又有經驗豐富的嚮導，又有裝備的，我們有啥？有啥？你說啊，不說的話，我扎死你。」

說話間，承心哥手裡已經出現了幾根金針，我絕對相信他能扎到吳老鬼，雖然不如山字脈收拾鬼物那麼犀利。

吳老鬼飄起來，一邊嚷著：「供奉，供奉！」一邊喊著：「我有準備，我有準備啊。」

承心哥笑著收起了金針，對我說道：「這老吳，不跟他急眼（發脾氣），他老抓不住關鍵。」

「你的準備是啥？」我對承心哥的話深表贊同，然後問道吳老鬼。

吳老鬼搖頭晃腦地說道：「我是誰啊？我是聰明機敏寡言……」

「說重點！」

「說人話！」這次輪到我和承心哥急眼了，如雪沒什麼表示，手裡把玩著一隻蟲子，吳老鬼看了臉色大變，說道：「小姑娘，妳不能玩那玩意兒啊，要嚇死淫（鬼）滴，牠能咬著我啊！準備就是，在這地兒，曾經除了那個經驗極其豐富的嚮導外，還有一個厲害的嚮導，只是名聲沒那人顯赫罷了，所以找人的時候就略過了他，我一沒錢，二沒啥仙術，就只能想想笨辦法，我變成鬼以後，每個月都給他托夢，讓他不能丟了本事，要傳承下去，以後是要幫我報仇的，這是他的因果，也是他後世子孫的一個契機，說報仇也不難，到時候給指定的人帶路就好了，嘿嘿……他死以後，我又給他兒子托夢，接著就是孫子……總之，他們家這個夢已經世世代代傳下來了，而且深信不疑，等著給咱們領路呢。」

如雪收了蟲子，第一次看吳老鬼的眼神中有了一絲敬佩，我和承心哥面面相覷，這吳老鬼莫非真的是聰明機敏寡言俠義小郎君？這辦法都能想出來？卑鄙是卑鄙了一點兒，無恥是無恥了一點兒，可架不住它還真有用啊！

至於因果什麼的，它自己說的話自己去背唄，反正沒有傷天害理，這欺騙的因果也不算太嚴重，至於契機，這個如果可以的話，我和承心哥在錢方面是不會吝嗇的，自從決定要去昆侖，我們各自努力得幾乎可以說是在「圈」錢了，這時候花點兒也不算什麼。

「那我們必須要先出發，趕在那幫人之前，畢竟人家人多勢眾，在到仙人墓之前，我認為不應該起衝突，為避免留下痕跡，說不定我們還得繞路。」承心哥皺著眉頭說道。

「老吳，你針對的只是那個鬼修，是嗎？」我也問了一句，既然合作，辦事兒總得給別人辦好了，針對那個鬼修無可厚非，畢竟他為惡在先，若針對別人，我倒是不能和老吳合作了，就算昆侖墓也不行，因為我不能因為一個鬼修，就去判斷他們整個門派都是壞人。

這是我一直壓在心底的話，這個時候必須得說清楚了。

老吳做出一副義正言辭的樣子說道：「別看我修行沒啥天賦，可是道家典籍總是讀得不少，雖然不求甚解，但簡單的道理總是懂，冤有頭，債有主，結出了果子，也得順藤摸著那個因。我針對的只有那個犢子！

「那好吧，你今天晚上把準備做周全了，我們明天就出發。」我乾脆地說道。

至於那準備，該是什麼準備，吳老鬼自然是懂的。

第二天一早，我們就出發，昨晚看著地圖商量了很久，我們的決定是輾轉到另外一個地方上山，入林子，所以我們也沒換所謂的「裝備」，只是一人一個大包裹，穿著平常的衣服就出發了。

當然，我們只能決定大方向，具體的還是要靠那個嚮導。

房子只能回來再退了，畢竟事出匆忙，吳老鬼這個人彷彿也只有關鍵的時候，才能發揮它所謂的「智慧」，讓我們有所準備。

藏在養魂罐裡，吳老鬼一路指著路，把我們領到了一個看似普通的居民樓裡，爬上三樓，按照吳老鬼的指引，我們敲響了那戶人家的門。

說實在的，敲門的時候，我心有忐忑，萬一吳老鬼不靠譜的話，卻不想這時候，一個年輕男人來開了門，一見到我們，就嚷著：「爸，就是他們，他們真來了，真來了。」

年輕人那麼一嚷嚷，從屋裡出來一個中年人，看起來也就是五十歲上下的樣子，見著我們有些激動，一開口就說道：「還真的給盼來了啊！」

第十四章 山裡一夜

找到了嚮導之後，我們急匆匆地出發了，那吳老鬼口中仇人同門之後的那幫子人，我是始終沒見著，但也不排除吳老鬼帶我們走的路是始終避著那幫人的，在我們決定了到地兒之前不交手的決定以後。

嚮導名字叫張誠，這名字才真的是人如其名，只是相處了短短的一天，我就感覺這真的是個實誠的人，話不多，但每一句都實在、靠譜，與吳老鬼簡直就是一個鮮明對比。

廝混了一天，也算熟悉了，我們也就不再那麼生分地叫張誠嚮導了，按照他的要求稱呼他為老張，這邊的交通不算太方便，加上大雪啊，和其他的一些小問題，總之到了這一天的夜裡，我們才到了要入山的山腳下。

山腳下的氣候還不算太冷，和我們之前待過的那個邊陲小城對比的話，但還是北風刮得呼呼作響，偶爾會捲起地上的積雪，這裡看樣子前幾天才下了一場雪。

老張告訴我，前面不遠的地方就有個屯子，裡面住的一些人家，以前是獵戶，現在就為林場工作，偶爾也還會打個獵什麼的，這裡他熟，常來。

我笑著問老張：「為啥好好的城裡不待，偏偏常跑這偏僻的屯子裡來待著啊？」

老張憨厚地笑，說道：「我家祖祖輩輩都做那個怪夢，在山裡生存的手藝不敢丟，這老林子裡也不敢不熟悉，怕有一天就要去幫夢裡的人辦事兒了，不只這個屯子熟，這一大片林場的十幾個屯子，就沒有我不熟的，說起來，我還有個老哥住在這個屯子裡。」

我只是笑，遞了一枝菸給老張，同時也感慨吳老鬼真是有幾分運氣，遇見的這一家子人真的實誠，它托一個夢，人家這幾百年來的祖祖輩輩不僅不敢丟手藝，還把人生的太多時間扔在了這方圓幾百里的老林子裡。

想到這裡我有些為吳老鬼擔心，這因果背負得太重，畢竟是耽誤了別人好幾代人的人生，如果哪一天老天爺要清算起來，這吳老鬼怕是不好過，做為一隻在人間遊蕩了幾百年的老鬼，我相信這個吳老鬼這是清楚的，它還是執意要這麼做，只能說這老鬼「沒心沒肺」的表面之下，有著太深的執念，讓它不惜一切。

莫名的，我有些為吳老鬼擔心，和老張並行在前方，沉默地走了一陣子，我問老張：「那個怪夢做了那麼久，可以說讓你家幾代人都把人生丟在了這老林子，你怨不怨？」

老張抽了一口香菸，很實在地說道：「有啥好怨的？在很多年以前，我家就是靠山吃山的人，山上打獵，採山貨，偶爾挖個野參，過得也算滋潤，再說了，從老祖宗那一輩兒算起，過了這麼多年，咱們家也算開枝散葉了不少，承著手藝的也始終只有一兩個，都是自願的，到了我這一代，這不計劃生育嗎？就一個兒子，我倒有些擔心了，兒子要上大學，想學什麼經濟管理，我想著這夢裡的事兒吧，心裡不得勁兒，還想著說服他報個林業大學啥的，還回咱們老家來，為這事兒兒子倒和我有一些賭氣呢，我還在想實在不行吧，就只能讓我兒子的堂哥，我的大侄子來背著這事兒了，心裡愁著呢，可不想，前天做了個夢，說事情可以去辦了，還夢見了你們的樣子，嗨，這事兒還真解決了，我也不用愁了。」

說起自家的事兒，老張的話多了起來，從他的敘述中，我發現這家子人還真沒什麼怨氣，繼承手藝都是自願的，到了老張這一輩兒，可能事情有了點兒麻煩，但也解決了，可見吳老鬼總是有那麼一點運氣，還真沒沾上太大因果，難道運氣就是這老鬼的「自帶技能」？

不然憑它那不靠譜的樣兒，為啥還能去那門派當那麼多年的「臥底」，說得過去嗎？

說話間，我不自覺地看了一眼正在和承心哥吵架的吳老鬼，聽著承心哥抓狂地說道：「等這事兒完了，你等著，我不好好治治你，我就不是老李一脈的人，明明就是自己想那啥，騙我說，要醫字脈的傳人調理，你能不能再可惡點兒？」

「你這樣說，真埋汰（糟蹋）人，我說的做的哪點兒不合鬼市的規矩了？還許你多大的好處啊？要有人聽這事兒，誰不對我比個大拇指，說句吳老五這人，沒說的，杠杠的好啊？」憑著承心哥要供奉它，吳老鬼對著承心哥是不肯認輸的，只要我不表態，它那一張嘴，能把承心哥給說「死」。

承心哥自然也不是真的生氣，只是想著自己的「天真」，有些不忿罷了，我也就懶得理他們打「口水仗」，至於老張眼裡，看見的自然是承心哥自言自語，不過他也沒多問，除了最初有些驚奇，後來就適應了。

相信祖祖輩輩做了好幾輩子怪夢的家庭，對奇異的事情接受能力始終要強點兒。

一行幾人說話間，這山腳下的屯子也就到了，那幾十戶人家聚集在一處，每一家人窗戶裡發出的黃色光亮，讓人遠遠看著，心底竟然多了幾分溫暖。

老張沒有說謊，對這屯子他真的是熟門熟路，很快就把我們帶到了一戶人家裡，對我們說道：「今天晚上就在這兒歇歇腳吧，明天咱們就上山去。」

老張帶我們來的人家是在一棟木屋裡，木屋對於我來說，是新鮮的，一進屋就聞到一股子濃烈的松木味兒，也不知道為啥，在這木屋裡，我總是想起竹林小築那棟記載了我最溫暖歲月的竹屋。

老張口中的老哥，和老張一樣，也是一個寡言而實在的人，見老張領著人來了，二話不說就讓媳婦兒去準備飯菜，說話間，幾杯熱乎乎的茶水就給我們倒上了。

坐在這木屋裡，火塘燃得熊熊的，一下子就溫暖了起來，喝著茶，隨便聊點兒天，彷彿外面的天寒地凍就和我們沒有關係了。

老張和我們話不多，但和那位老大哥的話可不少，說的都是老林子裡的一些奇聞異事，我們三人自覺見識不少，可是聽著這奇聞異事，也覺得新鮮，甚至是驚呼連連，連如雪都少見的聽得津津有味。

不過，那些奇聞異事，多半是普通人過度神話了一些事情，所以，多多少少我臉上還是有一些不信，那老大哥望了我一眼，啪嗒了幾口旱菸，語重心長地對我說道：「大兄弟，說實在的，你要是不在這天寒地凍的日子裡上山呢，你不信，我還真就不勸你，畢竟這些稀奇古怪的事兒，和你的生活沒關係。但你這要趕著上山，我就必須勸勸你，這些事兒，你還真就別不相信，雖說不一定會遇見，但遇見了，哭都來不及，總之一句話，對山上的萬事萬物抱著敬畏之心，得了好處知道感恩，就總有一條退路。」

這話說得實在，讓我想起我師傅在我很小的時候就對我說過的一句話，萬事萬物總有其存在的理由，對待它們總是要保存著一份兒敬，一份兒畏，這就是不謀而合，我收起了臉上那不信的表情，趕緊對著那老大哥恭敬的謝了。

老張在旁邊憨厚地笑，說著：「這話倒是真的，這怪事兒我家祖祖輩輩誰沒遇著過幾件兒啊？按規矩辦事兒，總不會錯的。」

聊天間，老大哥的媳婦兒已經麻利地把飯菜都端上了桌子，一大盆子烙餅，一大盆子豬肉燉粉條，還有一籃子大蔥，旁邊放著大醬。

老大哥招呼著我們：「這肉和餅管夠，就是這天寒地凍的沒啥新鮮菜，不過大蔥蘸醬和著烙餅子一塊兒吃，也香！說起來前段日子運氣好，和屯子裡幾戶人家一起打了一頭野豬，分到的肉可不少，大家可使勁兒吃。」

山裡的飯菜真的是別有一番滋味，這野豬肉的香氣和嚼勁兒也不是一般的豬肉可以比擬的，分量夠，滋味足，老大哥熱情，我們個個包括如雪都吃得肚子滾圓，吳老鬼飄在空中「哀怨」地看著，我給他使了一個眼色，那意思就是讓它回養魂罐兒裡去，別在這兒活受罪，承心哥一邊吃一邊斜著吳老鬼，笑得那叫一個春風得意。

這也算到了老林子吧，在山裡的第一夜就這樣過去了。

第十五章　入山

第二天一大早，我醒來的時候，精神著實不錯，在這木屋裡聞著松木的味道沉沉睡去，我是罕有地睡得一夜無夢。

剛起來，老大哥的媳婦就熱情地招呼我們吃早飯，我們簡單地洗漱了一下，也沒客氣，坐下就開始狼吞虎嚥地吃，熬得香濃的玉米粥，越嚼越甜的烙餅子，蘸著昨天剩下的豬肉燉粉條濃濃的湯汁兒，配著大醬的大蔥，我再一次吃了一個肚子滾圓。

這到了大東北，我發現我的食欲出奇地好，雖然不是我吃習慣了的麻辣味兒。

吃好早飯，我才發覺，老張和老大哥都不在屋裡，於是問著老大哥的媳婦兒：「大姐啊，老大哥和老張去哪兒了啊？」

「哦，他們啊，去找林場守林子的老袁拿東西去了，你們就在這兒等著吧，老張說了，回來再幫你們整理一下，你們那幾大包東西，這光景裡兒上山，可帶不了那麼些東西。」大姐熱情地招呼著。

她這麼說了，我們就只有等著，等了不到半個小時，快早晨八點的樣子，老張和老大哥，另外還有一個年輕的漢子，拉著個馬車就回來了，其中老張的背上背著一件兒用布裹著的東西，腰間還掛著一包東西。

進了屋，寒暄了一陣兒，老張開始整理他的東西，我才發現用布裹著的東西是一杆單筒獵槍，整條槍油亮亮的，看樣子保養得不錯。

而腰間那個袋子打開來，是一些黃銅子彈，還有一些鐵砂，另外是幾包火藥，另外一些東西，是我根本不認識的零零碎碎，老張把那袋子交給老大哥，說道：「大哥，這些彈藥就麻煩你幫我裝填一些，裝個五十顆吧，夠用一些日子了，剩下的我自己來。」

說完這話，老張就讓我們把幾大包行李拿來，說是要幫我們整理一些冬季裡上山真正能用上的東西。

老大哥幫老張填裝著彈藥，我看得有趣，原來那些黃銅子彈，是些殼兒，就用來裝「藥」的，子彈殼兒的底下填火藥，隔上一層紙殼，再裝鐵砂，還要壓實了，再隔上一層紙殼，說起來簡單，但做起來很是挺複雜，老大哥一邊填「藥」一邊跟我們說：「這打獵要用的槍和子彈，是有講究的，你拿挺機關槍，也不見得比咱們這個有用，這藥的裝填也就講究，這火藥啊不能多也不能少，多了容易炸膛，而且鐵砂必然少了，其實威力還不大，少了吧，打出去的子彈沒力量，這些都是經驗。」

而老張則把我們帶的大量食物和一些零零碎碎都給清理了出去，留下了一些有用的物件兒，精簡到就只剩下手電筒、打火棒、雪鏟、冰鎬、鋼錐、水壺、一頂帳篷、穿戴用的東西、少量的壓縮餅乾，還有一口鍋子，每人一個不銹鋼飯盒，其他的就沒了。

「繩子必須得留下。」承心哥對老張說道，那是一捆很長的長繩，其實挺占空間的，但承心哥堅持，我看見吳老鬼在旁邊對著承心哥擠眉弄眼的，就知道這是吳老鬼的主意。

其實，又不是去登珠穆朗瑪，帶那麼長一段兒繩子幹嘛？我心裡有疑問，但是也沒有多問。

老張也不多言，就說道：「那就帶上吧，總之進山裡就是靠山吃山的事兒，帶去的東西儘量精簡點兒，這進山可是耗費體力的事兒。」

我們點頭，這些事情當然是聽專業人士的比較好。

行李被精簡以後，原本我們四個人又是背又是提的行李，就只剩下了每人一個包，而且還不重，換上了進雪山專業的衣服，感覺整個人都輕鬆了很多。

老張有自己的一身兒衣服，那是多少年經驗累積下來的，山裡人該穿的衣服，但拗不過承心哥，也換上了和我們同樣的衣服，說實在的，現代科技的發展，你不容小視它的力量，這身專門的衣服，輕便也保暖，老張穿上很滿意的樣子，就說明了一切。

做好這一切，老大哥把專用的子彈也填裝好了，放在包裡，交給了老張，老張把這些東西掛在褲子的掛鉤上，倒也方便，待他背上獵槍，我們就出發了。

說是出發，也就是坐上了老大哥兒子趕的馬車，從這裡到上山還有一條大道，為了節省時間，是可以趕著馬車上去的。

說是大道，也就是一條寬闊的土路，在這天寒地凍的日子裡，積著雪路面上也結上了一層兒薄冰，但這馬車跑起來，倒也穩當。

接近一個小時左右我們就真正趕到了山腳下，山腳下就已經是密密的林子了，我也認不出來具體是些什麼樹，反正松樹總是有的，在這冬季裡，樹枝樹葉上都裹了一層銀裝，地上矮矮的灌木也是如此，看著一片雪白，耀眼得緊。

而遠處也看得出來，霧靄層層，入眼處所及的老林子，看起來神祕、美麗又讓人敬畏。

老大哥的兒子是一個熱情的小夥子，怕我們路上悶，一路給我們講著這山腳下的林子有些什麼樹，什麼草的，說話間很是驕傲，時不時穿插一句：「這可了不得啊，知道嗎？老珍貴了。」我們聽得有趣兒，也不覺得時間難熬，況且山裡的風景看也看不完，但是馬車只是駕駛了一個小時，便就到了頭，大路的盡頭是一條小路，那裡已經是馬車不能深入的地方了。

小夥子停了馬車，跳下車來，對我們說道：「我也不知道張叔要領著你們進入多深，不過這片嶺子，還有挨著的那片，還有那片，咱們這裡的人還是常常去活動了，再深入有一些咱們山裡人也覺得危險，說不清楚的地方了，你們如果是來領略一下山裡的生活，看個風景，在我說的這些地兒轉幾圈，打個獵，新鮮一下也就完了，其他的地方就別去了，不是我說來嚇唬人，有些地方最有經驗的老參客去了，也不見得能出來呢。」

小夥子的話講得不算客氣，有些警告的意味在裡面，但心地是好的，他也是擔心我們，我、如雪、承心哥笑笑也就不語了，倒是老張笑罵了一句：「滾犢子吧，你爸媽還等著你趕回去吃飯，山裡該咋整，我還不清楚嗎？放心好了。」

小夥子也不惱，對著老張說了句：「張叔，那我可就走了啊？對了，這山上有個窩棚，是咱們這屯子為了狩獵方便修的，現在你們進山去，腳程快些，還能趕到那個窩棚，燒些熱水，吃口熱食。」

「我還能不知道？回去吧，趕緊的。」老張催促了一聲兒，小夥子憨笑著抓了抓腦袋，駕著馬車走了。

這時，老張才招呼著我們背上裝備，然後自己走在前面，領著我們進山了。

路上，老張沉默著，叫我們也儘量別說話，倒不因為別的，就是為了省些力氣，他就只是提醒了一句，如果可以，最好就別在野外過夜，這老林子裡過夜，不是啥愉快的事情，老林子裡成精的東西就多了，誰曉得會不會發個神經，就跑到這人類活動頻繁的山脈上來了。

對於老林子我是雙眼一抹黑，啥也不懂，老張說什麼就是什麼，只是跟緊他的腳步就好了。

但這天寒地凍的山裡，確實也不是我想像的那樣，積雪的道路很是難走，雪薄的地方滑溜溜的，雪深的地方又陷腳，比起其他地方的山林，這老林子的山路耗費的體力可是不一般。

我自覺體力不錯了，可是走了不到兩小時，還是忍不住微微喘息，要知道從小練功打的底子，讓我覺得爬山從來都不是什麼難事。

我都如此了，承心哥和如雪自然更不濟，如雪到底是女孩子，表現得更為孱弱一些，我乾脆接過了如雪的包裹，一把就牽住了如雪的手：「我拉著妳走，省些力氣。」

如雪的表情沒多大變化，就只是輕輕的「嗯」一聲，承心哥笑笑倒也沒說什麼，倒是老張轉過頭來，喘著氣說道：「小哥兒體力不錯啊，比我這個老山民還強。」

飄在我們身邊的吳老鬼把雙手攏在袖子裡，做出一副瑟瑟發抖的樣子，嘴上嚷著：「這冷啊，咋還不到地兒啊？我是飄都飄累了，老了，老了。」

第十六章　這裡的「棍兒」

吳老鬼就是這副德性，沒話也要找話來突出自己的存在感，可是一向溫和淡定的承心哥就像是和吳老鬼不對盤似的，總之吳老鬼一扯淡，承心哥就憋不住，說了句：「就你還能冷啊？飄也能飄累？得了吧，你不知道去罐子裡歇著啊？不說話能憋死你啊？」

吳老鬼一副我很淡定，懶得和你計較的樣子看了一眼承心哥，裝模作樣的扯了扯它那實際上摸不著的花西裝，扶了扶它的墨鏡，對著承心哥「哼」了一聲，就飄回了罐子裡，接著，罐子裡就傳來了吳老鬼的聲音：「人生自古誰無死，說不好聽點兒，誰敢說自己以後還能不當鬼啊？不能夠啊！就你能冷？就你能累？哼，還敢看不起鬼。」

承心哥的笑容變得僵硬了起來，一把就把那小罐子扔給了我，後道：「遠點兒刪著（離我遠點兒，滾蛋）。」

我接過罐子，隨手就給塞包裡了，並且說道：「在我這裡別廢話啊，我脾氣可沒那麼好，供奉那一套也在我身上不管用。」

果然，罐子裡安安靜靜的，我拉著如雪，笑著拍拍承心哥的肩膀，說道：「其實吵嘴也不錯，至少你看你東北話進步得多快啊？」

承心哥皮笑肉不笑地哼哼了幾句，也懶得再說，轉身上路了，估計是被這老鬼氣得夠嗆。

畢竟老張這人不多話，在適應了以後，這些事情也沒避忌著他，試想被托夢了那麼多年，他應該能知道這世界上有普通人不知道的存在，刻意的避忌反而不坦誠。

我以為老張這一次也和往常一樣，當沒看見，但事實上，他微微皺了皺眉頭，張了張嘴，卻終究沒說什麼，可我看在了眼裡。

他不提，我也不提，只是牽著如雪的手趕路，我和如雪認識了這麼些年，一直彼此克制著，只是走近了才發現，原來感情是一顆種子，只要環境適合了，不論怎麼克制，它還是瘋長著，就如同夏天的藤蔓，你一個晃神，它就已經能爬滿整面牆了，就如這些日子以來，我和如雪分明又親密曖昧了起來，只是彼此不想說破。

牽著她的手，一開始只是心疼她，也覺得男人應該照顧女人，只是這麼牽著手，趕了幾分鐘的路，我的心又開始跳了起來，雖然一直告訴自己，這不是曖昧親密的動作，可是感情從心底沖上腦子裡，然後就發熱了，跟著身體也熱了，我的手心竟然滲出了細細密密的汗。

似乎是感覺到了什麼，如雪平靜地從我手裡抽出了自己的手，說道：「你幫我背著包裹就好了，我能行的，不行了，我會開口的。」

她說這話的時候，還是那清清淡淡的表情，可我分明就看見她眼底那一絲傷感，女人總是比男人敏感纖細一些，我可以大大咧咧地認為相處就是快樂，感情澎湃了，也懶得再去想那麼多，管它什麼以後和束縛，可如雪到底是不行的，既然沒有結果，既然已經「奢侈」了半年，又何苦來著？我們只能守著一條界限去相處，就如站在懸崖兩邊的人彼此遙望，那麼近，卻隔著天塹。

我心底黯然了一下，努力地讓自己不去想，可氣氛卻已經變得尷尬，洞悉這一切的承心哥想調節一下，無奈卻力不從心，自己也陷入了一種傷感，再一次想起沈星了嗎？下輩子的約定！

老張本來就是一個寡言的人，或者他也不想去注意我們幾個年輕人的心思，畢竟人生經歷了大半，早看淡了很多東西，他只是悶頭帶著我們趕路，偶爾說兩句：「這有條小路上山呢，也還好走，畢竟是條路啊，這一天算輕鬆的，加把勁兒啊，晚上我給你們弄點兒野味兒來吃頓熱食。」

在這寒冷的天氣裡爬上，老張的話無疑給我們注入了一針強心針，想著熱水、暖火、熱騰騰的飯菜，當下連走路也更有勁兒了。

一大早九點多出發，一直到下午六點，天已經黑了下來，我們才到了老大哥兒子所說的地方，遠遠就看見一個吊腳小木屋在那兒立著，和我想像的四川田地裡那種守夜的窩棚自然是遠遠不同。

進了屋子，藉著手電筒，老張麻利地就把火塘給升了起來，接著又找來了兩盞油燈，在屋子的角落裡找到一個油壺，添了油，把油燈也給點亮了。

做完這些，屋子已經變得明亮又溫暖了起來，我這才看見，這個小木屋比我想像中的好太多了，在牆邊上有一個大木床，木床上鋪著不知名的獸皮，看起來是邊角料縫製在一起的，我仔細看了看，好像是兔子皮麅子皮什麼的。

在靠窗的地方有一張大桌子，桌子上擺著一些零零碎碎的東西，我看見是一些調料什麼的。

屋子的正中是一個火塘，火塘上還掛著一口大鍋，總之基本的生活用品，在這兒能對付過去。

老張摸出一些菸絲，在火塘旁邊把旱菸點著了，吧嗒兩口，然後問我和承心哥要不要來點兒？我和承心哥是抽不了旱菸的，雖然這股子味兒讓我覺得很親切，師傅也抽這個。

「在家裡我是不抽的，老婆子得叨叨，可是這一進山啊，就忍不住。說起來，這獵戶最能體諒獵戶，這山裡的小屋，避寒，喝口兒熱水，準備些調料，有時能救下一個人的命呢。所以，這種窩棚都常備著這些東西，誰用了，下次進山就給補上，不能補上的，就留下些錢物，是個意思。我在這會兒歇會兒腳，等一下，去弄兩隻雪兔來吃吃。」老張抽著旱菸，給我們講著話。

承心哥是個吃貨，忍不住說道：「老張啊，聽說這老林子的松雞可好吃，這夜裡的怎麼打兔子啊？松雞能不能弄到啊？」

老張笑著說道：「這地兒，就雪兔最多了，誰叫這些個兔子能生呢？松雞啥的，在這山裡的週邊已經很少見了，得看運氣，以後……」說到這裡，老張的臉上有些表情不自然，接著才說道：「以後深入了，很多動物，你們都能有運氣見著，至於晚上怎麼抓兔子，我肯定有辦法，你們等著就好了。」

說完這話，老張罕有地有些緊張地盯著我們，我只是略微一想，就了然了老張的心思，一看承心哥和如雪，他們自然也明白了，他們的心思可比我活泛。

不能否認什麼，想著老張在路上那欲言又止的樣子，我覺得今天晚上老張得有話問我們，也就沒再說什麼，晚上再和老張好好談談吧，我覺得做人做事至少不能勉強別人。

果然，見我們沒表態，老張有些更不自然了，看臉上有些發愁，但到底沒說什麼，背著獵槍，掛著他那一包東西出門了。

我執意要和老張一起去，主要是我覺著自己不算太累，也很新奇老張怎麼一個打兔子法，也就跟上了，感謝師傅從小為我打下的好底子，想著跟老張學兩手，以後說不定我想到山裡生活呢？也不至於餓死。

老張猶豫了一下，說道：「成，反正也週邊也沒啥厲害的傢伙，沒啥危險，你就跟上吧。」

如雪爬上那張大木床，在溫暖的火光下蜷縮著睡了，至於承心哥，又掏出了一本看起來有些年頭的醫書看了起來，他們沒興趣同去，我就跟著老張走了。

一路沉默地走著，沒回過神來，就已經從小路，走進了夜裡的林子。

在夜裡的林子裡，打著手電筒，老張走在前面，對我說道：「跟著我的步子，免得踩到了雪窩子裡去。」

我剛想問雪窩子是什麼，忽然聽得一聲嘹亮的鳴叫聲兒，接著「撲棱棱」的聲音，就看著一大片陰影從我的頭頂不遠處掠過，倒是讓我驚了一下，再仔細看去，一隻巨大的怪鳥，就停在那邊不遠的一棵矮樹上。

我愣是沒認出這是一隻什麼鳥兒，還沒來得及說什麼，老張那急切又小心地說道：「別出聲，小心點兒，這是這裡的『棍兒』。」

棍兒，什麼東西？

第十七章　夜狩

對老林子的一切我不瞭解，覺得新奇有趣，又充斥著一些莫名的敬畏，老張的舉動讓我一肚子的疑問，可是老張此時好像不怎麼想回答我，只是比著手勢讓我噤聲，然後朝著那隻大鳥恭敬地拜了拜。

我自然是不可能拜的，畢竟我是道家人，就算那隻大鳥兒修煉有成，在我眼裡也頂多算為妖修，沒有拜的理由，但這不妨礙我用充滿興奮探究的目光看著牠，因為我長這麼大，經歷的事情也算神奇，但我就是沒有見過妖怪是什麼樣兒的。

一開始，我沒能認出這是什麼鳥兒，這會兒藉著清冷的月光，我看著那隱隱的輪廓，大致能看出，這好像是一隻貓頭鷹，可是又不敢肯定，第一，在我的印象中，貓頭鷹不可能那麼大，第二，因為牠的「眉毛」就真的像有些卡通造型裡那樣非常長，以至於超出了整個臉還多很多，看起來威嚴無比，而且一雙眼睛賊亮，在輪廓都不大看得清楚的夜裡，我卻偏偏能看清楚牠那雙眼睛，甚至那種有些悠遠意味兒的眼神，你說這是亮到了什麼程度？

接下來，讓人驚奇的事情發生了，在老張對著那貓頭鷹拜了拜之後，那貓頭鷹竟然異常人性化地朝著老張點了點頭，老張異常敬畏地不說話，在受了這頭一點的認同之後，只是低著頭，彷佛多看一眼都是褻瀆。

而我沒那顧忌，還是打量著這隻鳥兒，牠也不惱，竟然轉過頭來看著我，也是打量的意味兒，只是目光平靜，也無甚惡意，看了一陣兒，牠的眼神裡彷彿透著一種了然，就這樣停留了十來秒，牠翅膀一搧飛走了。

也不知道這大鳥兒是咋飛的，前一刻還看見牠朝著高處飛去，能聽見翅膀的「撲棱」聲兒，下一刻，就已經不見影子了，真虧了那麼大一隻鳥兒，還有這本事。

鳥兒飛走了大概一分鐘左右，老張才放鬆下來，對我說道：「走吧，牠沒惡意的，只要你不對牠不敬。」

我來了興致，一疊聲追問老張：「老張啊，啥叫『棍兒』，為什麼一隻鳥兒又是這裡的棍兒，這裡面有什麼傳說嗎？」

老張把電筒調成了強光，然後摸了一根棍子捏在手裡，一邊打量著雪地裡的痕跡，一邊回答我：「所謂棍兒，就是說牠是這片嶺子裡的老大。說牠是『棍兒』，已經是從我爺爺輩傳下來的事情了，你說這老大有多大歲數了？常常來這片山裡溜達的人，都說牠快成精了！這體型，這靈性，說牠不成精，都沒人信啊？」

老張說得很平靜，彷彿山裡人說起這事兒，就跟城市人說哪個百貨大樓是最好的一樣平常。

可我好奇啊，忍不住追問道：「那牠厲害嗎？會傷人嗎？」

「厲害不厲害我不知道，只知道這一片兒就沒有敢傷牠的動物或人，而且老一輩的都說，就這片嶺子的『棍兒』最和氣，你對牠有禮，牠對你有禮，你過分了，牠也懶得理你，和你計較，除非是惹惱了牠，可是山裡人誰會惹惱牠呢？我爺爺就說過，在這片兒嶺子，有這樣一個棍兒，是福氣，因為這片嶺子最靠近人住的地兒，有這樣一隻棍兒護著，沒有兇猛的傢伙下來傷人，咱們沒理由不尊敬牠。」老張的語氣依然平靜，但是異常認真。

我點頭，我信，因為我剛才是親眼剛才這貓頭鷹對著老張點頭的，我只是奇怪，不是說貓頭鷹叫起來像小孩兒哭嗎？剛才我聽那一聲咋不像呢？反倒清亮而宏大，這是修行有成的表現嗎？

說話間，我和老張又走出了幾百米，老張越發認真地觀察著雪地上的痕跡，追著痕跡到了一片地方，他開始四處搜尋，並示意我別動，別說話了。

其實，我還有一肚子問題想問老張啊，就比如哪片兒山嶺子都有棍兒嗎？都是妖怪或妖精嗎？可是，我知道這個時候不該打擾老張。

而老張也真的神奇，不知道怎麼的，就摸索到一片地方，然後朝著那個地方也不知道做了什麼，接著就走到離那個地方十米遠的地兒等著，靜靜等待著，並衝我擺手，叫我一直保持安靜。

就這樣靜默了大概十來分鐘，剛才那個地方，不知道從哪兒真的竄出來幾隻雪白的兔子，出來就開始猛衝，很神奇的是一隻竟然朝著老張衝去，老張握緊了手裡的大棍子，忽然一下就敲了下去，我看見那隻朝著老張猛衝的兔子，竟然就這樣被敲死在了雪地裡。

這算哪一手？我都覺得太神奇了，簡直不像我和我師傅打獵，一點兒技術含量都沒有，在山裡瞧見兔子就猛打槍，打不打得中，看運氣！

比起老張，我和我師傅簡直……得了，不對比了，這一對比，淚花兒都要出來。

老張提了兔子朝我走來，看我目瞪口呆的樣子，倒也微微一笑，說道：「把兔子驚出窩，是手段，至於一下敲中兔子，是經驗，你在山裡打獵幾十年，你也會，因為這兔子啊，你別看牠跑得快，可是就跟人一樣，那跑路是有習慣的，朝著哪邊兒衝，怎麼樣拐彎，憑著本能你就知道什麼時候該下棒子。」

我想這個打獵我是學不會了，得多少時間來磨啊？同時也感慨，高手在民間，這句話不是吹的。

老張也不以為意，說道：「我去尋尋，能不能弄條蛇，晚上咱們再煮一個蛇羹吃吃，越毒的蛇，味兒越好。」

蛇肉？我倒不介意，以前跟師傅在竹林小築沒少吃，只是明白有些蛇兒碰不得，得敬著，有些蛇兒倒也無礙。

就這樣，我和老張在老林子裡轉悠了一個多小時，收穫了一隻兔子，也真的弄到了一條蛇，很毒，是一條腹蛇，然後就準備回那個臨時落腳的窩棚了。

這一路上，我也算長了見識，見識到了老張打獵的那一手，也見識到了老張尋找獵物的手段，冬眠的蛇都能被他找著，也聽聞老張說了很多，就比如關於「棍兒」的事兒，比如「雪窩子」是什麼？

真的很神奇，知道這些後，對老林子的敬畏又多了一份，也才知道在這白雪覆蓋下的大山，其實處處危險，就拿雪窩子來說，這雪一蓋上，你還真不知道原來這雪下面是一個山坳，陷下去的山窩窩什麼的，這事兒得憑經驗和技巧去判斷。

又比如說「棍兒」也不全是那種有靈氣的動物，有時候就是猛獸，有時候呢，甚至是你預料不到的東西，老張也說不清楚是什麼，只是他說：「這山裡的地盤就那麼多，我不說每片嶺子都有棍兒，但是一個地界一個王倒是真的，有傳說，越深入的地方，人越少的地方，反而山裡靈氣越重，棍兒也就越厲害，有些棍兒是惹不得的。」

說這話的時候，老張欲言又止地看了我一眼，沒再說話什麼了，我瞭解以他那實誠的性格，可能覺得說多了，反倒顯得他是在推脫這差事兒，哪怕真的有危險，甚至很危險，那也只有陪著去了。

我對老張有些歉疚，趕回去要說清楚一些事情的心思也就越發急切，在路上我閉口不言，只是一時半會兒是真說不清楚的，一切回去再說吧。

老張對這片山嶺是真的熟悉，來的時候我感覺走了很久，回去的時候，老張帶我抄著小道兒，沒多久，我就遠遠地看見那亮著溫暖黃光的窩棚。

就真如老張說的那樣，在這山林子裡，能有一個窩棚，是一件給了人極大溫暖和希望的事兒，有時甚至能救人一命，不到山裡體會這種日子，還真的就體會不到這種心情，從心裡由衷的喜悅和感動。

第十八章　傳說中的大妖

風塵僕僕地趕回窩棚，一推開那厚重的房門，一股子溫暖的氣息就撲面而來，配合著柔和的燈光，竟然讓人覺得一跨進來，就有一種極度放鬆，想要昏昏欲睡的安穩。

「這兩人睡的，也不怕睡迷叨了過去。」老張笑著責備了一句，然後進屋，用棍子把窗戶撐起來了一個小縫，畢竟這屋子的門厚，窗戶不是玻璃窗戶，是那種嚴嚴實實的木頭窗戶，這樣睡久了，屋裡又燃著火堂，容易缺氧。

窗戶留了一個小縫，一股子寒氣就湧了進來，但很快就被屋內的溫暖化去了，反倒讓人清醒，如雪依然是蜷縮著睡在床上，平靜的呼吸聲讓人安然，我走過去摸摸她的手，暖和著，又輕手輕腳地退開了。

至於承心哥，手上還拿著那本書，只不過人靠著牆也睡著了。

我不想吵醒他們，估計是屋子裡湧進了寒氣兒，先是如雪醒來，跟著承心哥也醒了，醒來就一疊聲地問我：「承一，這是天亮了嗎？」

看著承心哥，估計是還迷糊著，我笑著說道：「沒呢，我和老張才打了獵回來，你再睡會兒唄，等著開飯。」

承心哥不睡了，如雪也起來了，倒是老張提著獵物說道：「我去收拾收拾這些東西，很快咱們就可以吃飯了。」

一個小時以後，火塘的支架上烤著一隻兔子，火候正好，烤得金黃金黃的表皮兒，時不時的會滴落一滴油下來，惹得火塘裡的火嗤嗤作響。

火塘上架著那口大鍋，此時，蛇羹熬得正香濃，整個屋子裡都飄散著蛇羹帶起的香氣與熱氣，老張在這屋子裡尋了一些米來，就等著火候一到，就把米放進去，讓我們吃到滾燙香濃的蛇羹。

屋子裡安靜，老張熟練地轉動著烤兔子的支架，時不時地放上一些調料，又珍惜地從隨身掛著的包裡，拿出一包孜然，灑了一些上去：「我在山上待著的日子裡，總少不了這玩意兒，烤個東西吃吧，沒有它，吃著真的不得勁兒。」

我看著老張，醞釀了很久，終於鼓起勇氣開口說道：「老張啊，我也不想瞞你，其實我們幾個算不上是普通人，我猜我們要去的地方估計少不了這老林子裡危險的地兒，我想說……」

老張神情平靜，對我擺擺手說道：「在我們這地兒，有個說法，要說事兒，飯吃完了以後再說，免得膈應，飯都吃不下了，那是雙重損失。」

說完，老張朝我憨厚地一笑，看得我心裡難受，這人真的實在。

老張的手藝確實是不錯的，兔子烤得外皮兒微脆，裡面香嫩得很，味兒也入了進去，每一口都是好滋味兒，蛇羹更不用說，又燙又鮮，蛇肉細嫩，完全化進了粥裡，喝下去，一股暖流順著喉嚨暖進胃裡，整個人都熱騰了起來。

儘管心裡裝著心事，這一頓飯我還是吃了很多，野味實在鮮美，加上白天又耗費了許多體力，我捨不得少吃。

吃罷飯，老張手腳麻利地開始收拾，如雪也默默地幫忙，少少幾分鐘後，收拾完畢，老張盛了一鍋子雪，架在火塘上燒著：「熱個洗腳水。」老張是這樣解釋的，說話間，又點上了他的旱菸，皺著眉頭，不知道在沉思什麼。

這情形，弄得我反倒不好說話了，因為我知道老張在思考這事兒，我剛才說的那幾句話，我只能等他靜默著去想。

倒是這個時候，吳老鬼又飄了出來，一出來就嚷嚷：「承一小哥兒，你至於那麼實誠嗎？你這一說，人要不跟著我們去了，那咋整？不能夠啊！」

我理解吳老鬼報仇心切的心思，在這茫茫的老林子裡，要沒一個熟悉的嚮導和好的獵手陪著我們去，任我們本事通天，或許都得困死在這裡，這其中的避諱和危險更是兩眼一抹黑，搞不好，莫名其妙地身陷險境都不一定。

承心哥和如雪是瞭解我的，也明白我是打定主意給老張說清楚這其中的危險，所以也不做聲，靜靜地等待著老張，看他要說什麼，面對吳老鬼的著急，承心哥罕有的沒有和吳老鬼鬥嘴，只是比了個噤聲的手勢。

吳老鬼忿忿不平地嘟囔：「我這費了多少心思啊？不能這麼整啊？得了，得了，由著你們。」

說完，吳老鬼飄在上空，雙手抱胸地盤坐著，但終究不說話了，這倒讓我覺得，這吳老鬼心底其實是有幾分善良的，如此報仇心切的狀態下，還是克制住了自己。

老張沉默了大概有五分鐘，磕了磕手中的菸鍋，說話了：「其實，我們祖祖輩輩，還是流傳下來了一件兒寶貝。」

寶貝？我有些詫異，老張咋說起這個了？

但是不容我們發問，老張就拉開了他衣服的拉鍊，小心翼翼的從內層的衣服裡，掏出了一個小布包，然後從小布包裡掏出了一張折疊得極好的皮紙。

這是什麼東西？老張也不賣關子，直接就在地上把這張皮紙鋪開了，我這才注意到，這張皮紙上畫著的是地圖，是這連綿山脈的地圖，極其的詳盡，危險什麼的都做了標示，我只是看了一眼就昏頭了，因為上面標滿了細細密密的小字兒，細看還是件麻煩的事兒。

但不用老張說，我也知道這就是寶貝，這可不是國家出的籠統地圖，這可以說是老張這祖祖輩輩的厲害山裡人一生心血的結晶。

有了這張地圖，怕是一個普通人在這深山老林子裡的生存機率都要大了很多。

我也不明白老張鋪開這地圖是要說明什麼，但是我也明顯看出地圖有好幾處標示著問號，顯然這茫茫的山林，就算這祖祖輩輩的老獵戶和老嚮導都沒有探究到，可見是多麼的危險。

「看得出來，這位小哥待我實誠，那麼說吧，你們這是要去哪處？」老張果然很是直接。

去哪兒，我和承心哥也只曉得個大概，面對這詳盡的地圖反倒指不出來具體位置了，吳老鬼看見這地圖，倒是激動了，一直在旁邊指導著承心哥具體是在哪兒，承心哥聽了，也很是乾脆地指著地圖說道：「就是這兒。」

老張沉默了，因為承心哥指的位置正是一處標示著問號的地方，除了問號，還有三個刺目而鮮紅的叉，我不明白是什麼意思，看那鮮紅的顏色，也明白這估計不是什麼好的標誌。

「這兒……」老張有些躊躇，但終究還是說了：「這兒幾乎算得上是老林子最危險的幾處地方了，而且……」老張怕我們不明白，然後手指著一處，我看得出來，幾乎是邊緣的邊緣的地兒，說道：「我們現在就在這個位置，要到你說的那個地方去，最好的路線，是這麼走的。」老張指了一個地方，那不是曾經吳老鬼和那個中年道士上山的地方嗎？也就是那一夥人準備上山的地方。

「這山裡的路不是條條相通的，有的地方就是絕路，走不通的！但是從這兒出發呢，且不論最終的目的地有多危險，就只需要經過這兒，還有這兒和這兒，三個危險的地方。但如果從我們所在的位置出發，就要經過這，這，這……七個危險之地，這些地兒，這些地兒，傳說中……」老張一揚眉，頭上的抬頭紋都深了幾分，顯然覺得有些困難了。

「傳說中的什麼？」這一次罕有的，發問的是如雪，很感興趣的樣子。

「傳說中厲害的大妖怪！」老張說完歎了一口氣，可能自己都覺得無稽，但偏偏自己又深信不疑，所以只能歎了一口氣。

第十九章　老張的態度

傳說中厲害的大妖怪？我的臉忍不住抽抽了一下，當真是道士，走到哪兒，都要和神神怪怪的事兒打交道嗎？我還以為這次的尋找參精行動，只是一場充滿了原始氣息的山林探險之旅呢！

承心哥沉默，一下一下地把玩著手裡一個精緻的打火機，不知道在想什麼？

如雪用饒有興趣的眼光望著我，那眼神兒太逗人，我心癢癢得難受，畢竟是那麼喜歡她，怎麼受得了她那種類似於「挑逗」的眼神兒，可我也看見她嘴唇微微在動，分明就說的是三個字：「事兒精。」

哈哈，我無奈，可也笑得開心，就像是我和如雪之間微妙的小祕密大過了一切困難，老張莫名其妙地看著我，不明白一聽說有妖怪，我幹嘛笑得那麼開心。

看我三十出頭的人了，還是這樣一開心就忘形，我趕緊咳嗽了一聲，嚴肅了一下自己的神情，認真對老張說道：「老張啊，其實我剛才跟你說過，我們都不算是什麼普通人，說高深點兒，叫修者，說普通點兒，叫道士，我們……」

老張一聽是道士，臉上的神情真精彩，開口就問道：「就是那種跳大神的？神棍兒？給人喝符水那種？逮著誰都說中邪了那種？不能夠啊，你們不像啊？」

老張的話剛落音，原本在想事兒的承心哥開始劇烈的咳嗽，我的面子也掛不住了，一陣兒紅一陣兒白的，這要咋解釋？這年頭騙子橫行，在老百姓心裡道士估計就是一跳大神的，我要怎麼解釋，其實跳大神什麼的，是巫家手段，而且人家還真的能跳來一個大神！

如雪笑了，眉梢眼角全是開心的意思，估計是被我和承心哥的窘態給樂的，但她沒有為我們解釋的意思，而我也無奈，師傅曾經說過，道術永遠不是用來爭強鬥狠，或者炫耀的東西，更不能隨便展示給普通人，畢竟別人的日子好好的，你突然跑去露一手，不是讓別人的三觀都崩塌了嗎？

但解釋總是要的，我想說的話也不是這個，心情平復了之後，我開口對老張說道：「師門有訓誡，本事是不能隨意顯擺的。老張，我也許會怕老虎，怕大狗熊，可我可能不太怕妖怪，鬥上一鬥，也總能護你周全的。老張，我只是想實誠地跟你說，你那個夢裡的事兒，我知道……」

我話剛說到這裡，就看見吳老鬼飄在屋頂上，像一隻上躥下跳的猴兒，擠眉弄眼地給我使著眼色，對我它可不敢「指揮」什麼，但著急總是肯定的，可它明白，我要把這話說明白了，說不定老張轉身就走。

我猶豫了一下，知道我們需要老張，但只是稍許，我也決定這事兒該咋說就咋說，畢竟我時刻不敢忘，人還是需要一點兒底線和原則的，所以我接著說道：「老張，你夢裡的事兒，其實我知道是咋回事兒，說到底，是有一個含冤而死的人需要你的幫忙，完成未了的心願，可事實上，我也該告訴你，你就算不去做，日子也是一樣地過。但我也保證，這事兒，如果你肯幫助我們，就如你夢到的一樣，機緣也一定是有的。」

說到這裡的時候，我已經決定了，如果真能夠找著參精，我得分老張一些，而且會盡全力給老張畫一張平安符，雖然不能做到師傅那樣畫銀符，可是一張紫符是絕對要給的。

承心哥也說道：「機緣那真的是一定會有的，醫字脈承心也在這裡承諾一句。」

說到這裡，能說的我們已經說了，自然也要給吳老鬼幾分面子，總不能把它「賣」了，所以，我已經做到我能做的極限了。

老張沒說話，重新填了一些菸絲在菸鍋裡，又開始「啪嗒啪嗒」地抽起了旱菸，眉頭緊皺著，開始仔細地思考起來，我想這應該是他人生中一次重要的決定，這個時候我們不該打擾了，由著他去想吧，好處、危險、中間的關節，我能擺出來的，已經擺出來了。

鍋裡的雪漸漸地化了，慢慢的，雪水開始冒出熱騰騰的蒸汽，雪水沸騰了……在這過程中，屋子裡的所有人也一直都是沉默的，直到這鍋裡已經開始咕咚作響了，老張終於說話了：「能護我周全？」

「兇猛野獸啥的，是你護我們周全，但是妖魔鬼怪什麼的，我們護你周全，我在這裡承諾，如果咱們遇見厲害的傢伙，非得死一個，你逃，我死。」我是認真說的，老張為我們做事兒，我不能把別人的命賣了，那因果，我死幾輩子都還不起。

老張看了我一眼，眼神中都是感動，這不是演戲，他是真感動了，但接著他卻說道：「我老了，機緣給我兒子成不？」

這事兒有門！我認真地說道：「給你兒子，也給你，還給你老婆，說到做到！」

老張低頭，擺弄著他跟前那張珍貴的地圖，說道：「我這大半輩子，可以說都把靈魂交給了這茫茫大山，我生是山裡人，死是山裡魂，我不怕在這老林子死去，我總覺著是死得其所！我其實一直也有一個心願，就是能把咱家祖祖輩輩留下的這張地圖給補周全了，那些打著問號的地方，我還真想去探一探，你說你有本事和老妖怪鬥一鬥，我信，我就跟著你走這一趟，也當成全我自己了，還有好處機緣可以拿，我這生意不賠本啊。」

老張難得幽默了一次，卻把我們三個的心裡都給說輕鬆了，一樁最大的心事也就放下了，吳老鬼可真是激動，忽然就飄了下來，然後站在了老張的面前。

老張是個鎮定的人，忽然看見吳老鬼出現，還是猛地嚇了一跳，一下子站了起來，大聲嚷著：「這是啥玩意兒啊？啥玩意兒啊？」

我去拉著老張，說道：「老張，你鎮定點兒，你仔細看看它是誰？」其實，我心裡也無奈，幾百年的老鬼，你要說它完全沒本事，那也是不可能的，畢竟在這世間飄蕩了幾百年，又是「修者之魂」，托夢能力強，行走在世間的忌諱也沒那麼多，還有就是它有那本事，想讓誰看見，就讓誰看見。

老張畢竟是一個在山裡出生入死的獵人，稀奇古怪的事兒也算見了不少，再說，這兩天承心哥古怪的行為多多少少也讓他做了一些心理準備，我這麼一說，他勉強鎮定了下來，只是嘴唇兀自在發抖，說起來，這畢竟是見著鬼了啊。

有些畏懼的，老張朝著吳老鬼看去，吳老鬼也沒有穿著它那副「時尚打扮」了，而是變回了它以前的樣子。

老張這一看，心裡就明白了，不由得顫聲說道：「是你？」

吳老鬼也不多說，望著老張，就給老張跪下了，結結實實地磕了三個響頭，然後才說道：「是我，我就是那冤死之人的鬼魂，多的我也不說了，咱東北淫也不搞那墨蹟的一套，就給你磕頭了，一是謝謝，二是對不起，托夢了這多年。」

恐懼源於未知，不說老張，就算很多普通人要是這樣遇見了鬼，但是這鬼好好說話，樣子也不嚇人，還知書達理的，估計也不會怕了。

老張深呼吸了幾次，就平靜了下來，然後憨直地擺擺手，說道：「你別跪了，我也受不起，我……我能理解你的心思吧，我這人在老林子裡出生入死的，對萬事萬物都存著一份兒敬畏，敬畏久了，也就特別地相信命，相信緣分，我覺著這可能是你和我的緣分吧，這事兒就這麼著吧？我陪著你們進山，其實，如果不是為了老婆孩子，我願意過冒險的日子，這是山裡人骨子裡的東西，改不了。」

這個老張，我還真的為他感動了，可是也覺得好笑，這老張到底還是不敢過去把吳老鬼扶起來，心裡還是怕啊，哈哈……

第二十章　詭異的消息

經過了那天晚上的深談，我們這一行四人一鬼，總算是擰成了一股繩，而在老林子的冒險生活也從那一天開始正式拉開了帷幕。

走出了那溫暖地供給獵人們的歇腳窩棚，我們要面對的就是茫茫的，充滿了許多未知，神祕的老林子了。

一路走得也算順利，畢竟週邊的幾片山嶺，用老張的話來說，是閉著眼睛都能走出去，熟得不能再熟，當然也就走得順利。

甚至，在這片兒週邊老林子裡，我們還遇見過幾個人，老張說是附近屯子裡的獵人，入冬了也不想老「貓」著，出來活動活動手腳，也順便打幾個野味，改善一下生活。

這雖然已經是初冬了，整個老林子銀妝素裹，但也是看不盡的風景，因為老張不閒著，總是能為我們說說，哪個是珍貴的樹種，哪個能稱得上活化石了，末了，也總會自豪地說一句：「咱老林子裡，啥寶貝沒有？這老林子是老天恩賜給咱們東北人的。」

這話說得沒錯，人要懂得感恩，老張的話雖然樸實，可和從小師傅們教育我們的，常常不謀而合，我們三個都深表認同，只有吳老鬼，沒事兒人似的，飄在老張面前，問的卻是另外的話兒：「老張，你說這一大片兒老林子的棍兒都是一隻大狗熊？是啥樣的大狗熊啊？能有那快成精的大鳥兒厲害？」

自從和老張說開了以後，吳老鬼是絕對不忌諱在老張面前飄來飄去的，可能有一些愧疚的原因吧，吳老鬼對老張那是分外親熱，老張對吳老鬼的存在也適應得很快，而且自從說開了以後，老張的話明顯也多了起來，所以面對吳老鬼的問題，老張也回答得挺耐心：「這大狗熊，可不是一般的大狗熊，那是腦子裡開了智慧的，叫人熊！人熊的傳說，你們總是聽說過的吧？因為狗熊是熊瞎子，牠看不清楚，所以牠為了確定你是不是能吃的人，總是輕手輕腳地走到背後，然後突然就搭住你的肩膀，這時候，你要轉頭，牠就知道你是個活物了，張嘴就能咬你脖子。」

老張說得挺認真，聽得我確實毛骨悚然，忍不住摸了摸自己的脖子，而承心哥則神經質地朝著後面望了望，生怕竄出一隻熊瞎子，忽然就搭住他的肩膀了。

老張見我們這反應，神色間還頗有些得意，東北人好面子，總得有一個話兒能把人震住，顯然，我和承心哥的反應也就是被震住了。

這讓老張來了談性，繼續說道：「知道嗎？其實狗熊這傢伙，有時還是挺好玩兒的，特別是黑熊，性子溫順，能問你討吃的，傻呼呼的樣子，看著還挺逗人兒！灰熊厲害點兒，也不好接近，遇見灰熊你得遠遠地避著，但是避開了也就沒事兒了。可這人熊不同，人熊，人熊，除了能人立而起，吃人的熊說的也是牠！這一片兒有人熊，是這十里八村兒的人都知道的，牠手底下可有三條人命，大家也就想把這個大害蟲給除掉了，可關鍵是牠是棍兒，有那麼好對付嗎？我懷疑牠也成了精，這麼些年，硬是沒人能逮著牠！不過，你要問我，牠和那大鳥兒誰厲害點兒，我一定告訴你是大鳥兒，為啥？都不是一個檔次的存在啊，大鳥兒護住最外面的林子，那人熊愣是不敢跨進去半步，說到底，那人熊再精明，也是野獸，說牠成精是抬舉牠，可大鳥兒不一樣，那是真正的快成精了吶。」

老張滔滔不絕地說，說得吳老鬼一個鬼物都縮了縮脖子，老朝後面張望，老張看得好笑：「我說老吳，你沒半兩肉，你怕啥？再說，這人熊冬天可是要睡覺的，牠懶得理你呢。」

說完，我們一行人都笑了起來，也就在這時，我聽見有一個人聲遠遠地傳來：「老張……」

敢情還是老張的熟人？我們也不吃驚，畢竟這一路上，已經遇見了三撥兒人，三撥兒人都認識老張！

所以我們四周看了看，遠遠地就看見山坡上站著幾個人，正衝著老張打招呼，老張也看見了他們，隔著這麼些距離就開始招手：「嗨，老沈，老嚴，這冷的天，你們還在山裡轉悠呢？」

我不得不感慨，這些混老林子的人，都是老鷹變的，這麼遠的距離，愣是認得出誰是誰？一喊一個準兒！

說話間，那些在山坡上的人已經開始往下走了，下坡路快，沒等幾分鐘，那些人已經走到了我們面前，一見老張就來了個熱情的熊抱，有條漢子還掏出一壺酒來，熱情地招呼著我們：「整點兒？這天寒地凍的，喝口酒，全身都暖。」

這就是北方漢子的熱情，我們也不矯情，接過那小酒袋子，一人就整了一口，依舊是辣乎乎的口感，暖到心裡，在北方這邊喝酒沒那麼多講究，夠勁兒，夠辣，夠暖，能大口喝，就是好酒，就是好漢子。

熱情的寒暄過後，那個叫老沈的中年人說話：「老張，你這是往哪兒走呢？過了這匹山，就沒啥人煙了，落腳的窩棚都找不到了，我咋瞅著你沒回去的意思呢？」

老張只是笑，不接話，笑是感謝老沈的關心，至於不接話，是因為男人家哪有那麼八卦，他沒徵求過我們的意見，不想詳說。

老沈也不多問，只是提醒道：「我們在這片山上，下好了套子，過幾天就準備來看看，能套著幾個麅子，這會兒要往回趕了，你們要回去，咱們就一起。聽老袁說，這段時間，這深山裡，有傢伙恐怕不老實，竄出來了，人多，走著安全些。」

老張一聽這話，來了興趣，問道：「啥意思啊？」

「你知道，這片林子，是那老人熊的地兒，帶著牠的熊崽子們在這裡威風，看著入冬了吧，也就消停了，所以我們在這片兒打獵，一般都選在冬天。可是，前些日子，老袁進山下套子，發現這雪地裡有不對勁兒的足跡，他跟著足跡瞅了半天，沒看見正主兒在哪裡，心裡卻敞亮著，有傢伙從深山裡竄出來了，要在這兒『立棍兒』（稱王爭霸），趁著冬天先來圈地盤了。」老沈面帶愁色地說道。

也難怪老沈愁，畢竟深山裡竄出來的東西，能「立棍兒」的，哪個是好相與的？這就意味著，他們不能痛快的在山裡經營營生了，就比如說打個獵，採個藥，尋個參的，這可真愁人，因為林場的工資也就夠吃飯，想小日子能滋潤點兒，還得靠這大山。

老沈愁，老張聽了也愁，他問道：「可知道正主兒是個啥？野豬？東北虎？那不可能，老毛子那邊的山裡怕是要多些，咱們這裡難尋了！狼？憑啥和人熊爭啊？是……」

老張還在猜測著，老沈已經打斷了老張的話，有些躊躇地看了我們了一眼，卻不回答老張，只是問老張：「這些年輕的後生、大姑娘是進山來看新鮮、旅遊的？那不是有特地的旅遊路線嗎？跑這些生僻的老林子來，可不好玩兒。」

這話說的，就是在提醒老張，當著生人不好說話，也在提醒我們來看看就回了，這心腸是熱的。

旁邊那個給我們遞酒的漢子也奇怪地問了一句：「老張，你不做這個營生的，帶人進山找點引路錢？家裡困難了？」

這些人的熱情，讓老張哭笑不得，可老張也是個實在人，趕緊說道：「不是來貪新鮮的後生，實話跟你說，他們可是大本事的人，進山沒問題，其餘的你們也別多問，在他們面前，啥話都能說，老沈，你說，到底是啥玩意兒跑這邊來了？趕緊的吧！」

老張催促道，老沈當下也不再猶豫，小聲說了：「你知道的，這老林子裡怪事兒多，那腳印以老袁的經驗，愣是看不出來是個啥，說是狼吧，那爪子可比狼大多了，你也知道，那人熊也怪，大冬天的，其他的熊睡得敲鑼打鼓都不醒，牠還常常莫名其妙地醒來，晃蕩一圈兒再去睡，說不定就一場好打！總之妖怪打架，咱們凡人連熱鬧都別去看，趕緊的，撤回去吧。」

老沈很誠懇地說道，老張一聽眉頭一皺，啜著牙花兒，過了好半天才說了句：「不對，這不對勁兒，這深林子的傢伙跑出來幹啥？裡面沒人打擾，不比這外面好啊？不能夠啊！」

第二十一章 吳大膽遇妖記

面對老張的疑問，老沈的臉色也不好看，想說點兒什麼，估計一時半會兒又組織不好語言，耽誤了半天才說道：「老張，傳說這老林子深處是有大東西的，這大東西要鬧起來，不消停，這小東西自然往外跑，你說對不？前些日子，老袁跟我說了件事兒。」

「啥事兒？」老張趕緊問道，畢竟是下定決心要和我們一起去過一段刺激的「冒險日子」，老張對這些也就分外關心。

「這事兒吧，我覺著不靠譜，可你知道老袁那人，都不是那吹牛的人，遇見吹牛的人，特別是拿老林子吹牛的人，準得讓別人滾犢子，覺得是對山神不敬。所以，這不靠譜的事兒，經著老袁這麼一說吧，我又覺得靠譜。」老沈是這樣對老張說的。

老張不是一個急脾氣，見老沈吞吞吐吐的樣兒，又遇上了自己關心的事兒，終於忍不住催促道：「別默默唧唧的，有啥事兒，直說，都是在老林子裡混了那麼些年的人了，啥怪事兒接受不了。」

「你知道咱們屯子誰不是膽大的人啊？但論膽子，誰又敢和吳大膽比，可你知道前段日子，吳大膽病了嗎？被嚇的！」老沈看起來要說長話了，乾脆地蹲在了雪地裡，填起旱菸來了。

老張也陪著老沈蹲下了，而這話一開始的神祕氣氛，也引起了我們三人的興趣，趕緊的，也蹭到老沈跟前蹲下，開始聽老沈來說什麼了。

至於其他人，估計知道這事兒，也心底裡不太相信吧，所以興趣不大，但也在周圍坐著了，喝口酒，吃點兒乾糧，抽口菸什麼的。

「吳大膽被嚇病了？這事兒可稀罕了！我前段日子在城裡待著，你知道我兒子要考大學了，想著守著那犢子一點兒！這次來山裡，直接去我老大哥家裡，沒去你們屯子，我還真不知道這事兒，可是吳大膽兒這人可是第一渾人，誰還把他嚇病啊？」看樣子，老張是真的不知情，一蹲下了就開始問老沈到底咋回事兒，而且我能明顯地感受到，老張是真的驚詫於吳大膽能被嚇病這回事兒。

老沈也不含糊，就直接說了：「被嚇病了，是因為吳大膽媳婦說出來的，說是吳大膽看見了真的妖怪！然後被嚇病了。你說這事兒靠譜嗎？顯然不靠譜啊？這妖怪精靈的傳說在老林裡周圍不知道流傳了幾千年，你說誰真的見過？見過的都死了，怎麼偏偏你吳大膽能活著回來？」

「嗯吶，是這個理，有些人就算見過了，也不能大張旗鼓地說啊，說了是不敬，小心有傢伙來找麻煩。」老張接了一句。

「這些忌諱對吳大膽兒有個屁用，他才不管啊，這傷了面子，一個大男人被嚇尿了回來，還一回來就躺下了，心裡不憋屈啊？不找個鎮得住人的理由出來，他面子上能過得去嗎？所以，他媳婦兒傳出這話兒，咱屯子裡的人都不信啊！直到老袁來了，你知道吳大膽是老袁的外甥，這外甥病了，他能不來嗎？後來，老袁嘴裡就傳出來這麼個事兒，我才覺著有些靠譜了。」老沈從那邊接過酒壺來喝了一口，這才一口氣把話說完，說完後，長吁了一口氣，一股子白煙就從他嘴裡冒了出來，看得出來，他把自己也說熱乎了。

「詳細說，趕緊的。」老張話不多，就見縫插針地說了一句，卻把我們的心思都說出來了。

「這事兒一開始也沒啥，就是吳大膽想著去捉魚，咱老林子的魚你是知道的，稀罕，新鮮、好吃，說是有外地人高價收，這吳大膽就去了！你也知道，吳大膽之所以叫吳大膽，就是因為膽兒肥，別人不敢去的地方他敢去，別人不敢惹的傢伙他敢惹，所以捉著捉著，就朝著深林子那邊去了。」說完這話，老沈的旱菸終於裝好了，他忙著點火。

而老張也陷入了思索，等老沈點完火，他才問道：「你說吳大膽往深林子去了？那到底是多深的林子？」

「能有多深？他膽兒再肥，也不敢往那些禁地裡面跑哇？幾條命都不夠的！就是過了咱們人多的幾匹山，再往裡點兒這個程度吧！你知道人煙少的地方呢，這魚也就多，這吳大膽抓得高興哇，也就忘了時間，在那深林子裡待到了天擦黑，往回趕，趕到咱們熟悉的林子裡是不現實了，吳大膽當時也就想，深林子估計也是人傳得邪乎，再說他也沒進多深呢，就湊合著在深林子裡過一夜也沒啥，小心點兒就是了，趁這天還亮著，多抓點兒魚吧，就留了下來！可這還沒等著過夜呢，這天剛一黑，這月亮才爬上來呢，就出事兒了。」老沈認真地說道。

他的話剛一落音，旁邊有個漢子就接口道：「可不？這傢伙不知道敬畏，不尊重老祖宗留下的教訓，遇見了，嚇傻了也是該，下次就明白了。這次咱們獵的麅子，也給他分半隻去，那犢子在床上躺了快一個月了，這才精神點兒。」

老沈嘿嘿笑著，也不說什麼，東北漢子就是這樣，他說的話你別指望多溫情，可能跟被雪凍過的鐵塊兒一樣，又冷又硬，但事實上，他心底是關心著你的，就比如送半隻麅子去這種行為。

老張卻不耐煩，對那漢子說道：「別扯淡，讓老沈趕緊說。」

「就是那天夜裡吧，這吳大膽還在河裡忙乎著，就看見有個女人在遠處的河岸邊上看著他，你知道，十月初這林子裡也夠冷的了，特別是夜裡，那女人還穿著白衣服，就是渾身上下裹得嚴實，讓人看起來總覺得不對勁兒，心裡害怕。吳大膽不怕，是個人還能翻天了去？他就招呼那女的說『大妹子，大晚上的別在這林子裡面亂竄，邪乎事情多著呢！』其實，當時吳大膽以為是外地來的城裡人，他們不就喜歡找刺激，往林子裡亂跑嗎？而且穿得多奇怪也不稀罕。那女的吧，聽見吳大膽招呼她，也不怕，也不避忌，就直直地朝著吳大膽走過來了，在岸邊遠遠地站著，然後說『大哥，你抓了這多魚，分我一條，行嗎？錢還是給的。』吳大膽心想，夜裡能遇見個人，也是緣分，一條魚值什麼啊？就說不要錢，給條魚就是了。」老沈說到這裡，又吸了一口旱菸，等到長長的煙龍從鼻子裡冒了出來以後，他才繼續說道。

「吳大膽直爽，那女的也不矯情，當下謝過了，就叫吳大膽把魚扔上岸來，她說怕自己衣服濕了，夜裡冷，不敢走下來，吳大膽也就真扔了一條魚給人家。可那女的撿了魚，吃吃地笑，也不離開，一雙眼睛就盯著吳大膽，不說話！吳大膽說當時也不知道是不是自己看錯了，總覺得在月光下，那女的眼睛反綠光，仔細一看，又沒有，怪的是那女的就露一雙眼睛出來，連臉的下半截都包在白布裡，原本吳大膽覺著沒啥的，看著那雙眼睛，就起雞皮疙瘩了，於是故意說道『大妹子，妳別老盯著我看，我這不好意思的。』那女的聽了吧，又吃吃的笑，晃了晃手中的魚，說『這不看著逮魚新鮮嗎？走了，走了』說話間就要走，可是走了沒幾步，她又回過頭來，像是對吳大膽說話，又像是自言自語，說了句『這魚啊，可沒心頭肉好吃呢，可是心頭肉難得，魚好得，還是吃魚好了。』」老沈說到這裡，自己都打了個冷顫，倒把我們給嚇一跳。

估計是想一口氣兒說完這事兒，老沈在打了一個冷顫之後繼續說道：「這話說的啥意思？當時吳大膽沒咋琢磨，就想著，還有喜歡吃內臟的女的啊？不嫌那些玩意兒腥臊嗎？想著，吳大膽就朝著那女的看了一眼，就是這一眼看出了事兒來，這話咋說呢？吳大膽原話是說，看那女的走路吧，扭得不正常，感覺整個屁股都在晃，勾人吶！那男人，哪個不多看一眼？可開始不是說過嗎？那女的全身都包了起來，下面就是包了好幾層白布的裙子，他看的時候正好有風，又正好那女的扭得厲害，那裙子吧，就往上滑了一點兒，又被吹起來了一點兒，你猜他看到啥了？」

老沈帶著一種惶恐的神情看著我們，饒是我經歷過那麼多，早就看慣了恐怖之事，也被老沈帶起的恐怖氣氛給嚇了一跳，暗罵了一聲自己沒用。

而老張已經在一疊聲地催促了：「啥啊？快說啊？」

估計這比較考驗人的想像力！

老沈「嗨」了一聲，說道：「看見一條大黃尾巴在裙子裡面擺動，還有兩條毛絨絨的腿，你說，這不嚇死個人嗎？這還不算，吳大膽再想起她說的『喜歡吃心頭肉』哪能不瘆得慌啊？勉強保持自己沒摔在河裡去，吳大膽就傻呼呼地站了好一會兒，直到那女的走不見了，才回頭就跑，算他小子運氣好，連夜地竟然跑出了深林子，還找到了一個獵人窩棚歇腳，這一回了屯子，再仔細一琢磨這事兒，就想著，那天要不是自己好心給扔了一條魚，自己是要被吃心頭肉的啊，就直接地嚇病了。」

關於吳大膽的事兒，老沈講到這裡就算講完了，很簡單的一件事兒，卻讓我們半天都回不過神來。

我當時腦子裡就一句話，真的假的？成形的妖物？我他媽沒見過啊！

第二十二章　真有妖怪？

可是無論是真的還是假的，我不是當事人，也不能去判斷，倒是吳老鬼上下飄飛，嚷著：「真的，真的，就是真的，這老林子裡有妖怪。」

我滿頭黑線，這老林子裡有妖怪，這吳老鬼興奮什麼？可是，在這眾人面前，我又不好去問吳老鬼到底知道個啥，只能憋著，我看承心哥那副模樣，也是和我同樣的心思。

至於老張，他有意無意地看了一眼吳老鬼，終究是開口說道：「老沈，我能明白你的意思，且不說這吳大膽遇見的到底是個啥，總之給嚇病了，就意味著裡頭的東西不安分了，所以就出來了一些棍兒來爭地盤子了，可是這深林子裡我總是要去的，就不和你們一起回去了。」

「這……這事兒不好整吶？就不能換個時間再去？」老沈捏著旱菸杆兒，擔心地說道。

「嗯吶，換不了。」老張悶悶地說道。

這實誠人，答應了人的事，就是一口唾沫一個釘，刀山火海也不容更改了。

「老張，不是我說不吉利的話兒啊，你說要去了這深林子裡出人命了咋整？咱們山裡人是不怕死在山裡的，說句文化人的話，毛主席出來學習那會兒，不是說過嗎？埋骨無須桑梓地，人生何處不青山！可咱們不怕，這城裡的哥兒和姑娘們那是不好交代啊？」老沈勸著老張。

可我卻為老沈的話喝了一聲彩，這等豪情，就是山裡漢子的本色嗎？

老張笑了，拍著老沈的肩膀說道：「我心裡敞亮著呢，剛才就跟你說過，這幾個小後生是大本事的人，你是不信還是咋的？」

「成，那我就不墨蹟了，你們去吧。這周圍的林子裡，我們下了套兒，要是逮著麅子啥的，你也別客氣，只管弄去吃，皮兒留下，掛樹上就得了。省點兒力氣進深林子，等你回來了，咱哥倆兒整兩盅。」

「成！」老張很直接地就答應了。

老沈說不囉嗦，也就真的不囉嗦了，寒暄兩句，帶著人就走了。

不過，他說那些話，倒是讓我們悶了下來，老張抬頭看了看天，說道：「咱們抓緊時間趕路吧，今天晚上就能走到這匹山的邊上去，明天估摸著就能進深林子了。」

老張這樣說了，我們就跟著他走了，因為遇見老沈一行人，剛才那輕鬆的氣氛也沒了，畢竟前路茫茫，誰心裡都沒個底，特別是我，太明白了，真遇見妖怪了，護著大家周全就是我的事兒了。

因為氣氛原本就沉悶，我也就沒問吳老鬼什麼，現在趕路也不是問話的時候，而在路上，老張特意繞了繞路，去看了一下老沈他們下的套子，算是我們運氣好，其中有個套子，還真套住了一個麅子。

老張用木棍兒把麅子敲死了，拖著麅子走到一兩里開外的地方，就開始仔細地打理起這隻麅子來，我也沒怎麼看清楚，就看見他在麅子身上劃了幾刀，一扯一拉一擼的，這麅子皮兒就被剝了下來。

這些本事到底是我們學不來的，套用老張的話，得把大半輩子都奉獻給這茫茫的林子，才能有這本事，我看了一會兒，這才想起吳老鬼了，於是衝著吳老鬼招了招手，讓他過來。

吳老鬼原本蹲在老張的面前，正在興致勃勃地看著老張打理麅子，我衝它這一招手，它的臉立刻變成了「苦瓜臉」，但立刻又做出一副恭敬的模樣，趕緊地飄了過來。

這老鬼，怕我！

「今天晚上就在這兒紮營吧，吃個飯，喝個熱水，這天色也就黑下來了，沒法趕路了，在老林子趕夜路危險。」老張抬起頭來說了一句。

我其實是明白，這要入深林子了，老張心裡到底有些不安，能在這熟悉的林子裡多待一夜，也是好的，人都有這種鴕鳥心裡，我們何嘗又不是呢？於是，老張這麼一說，我們仨都飛快地點頭，承心哥示意我問吳老鬼話，而他去搭帳篷去了，如雪幫忙，而我盯著吳老鬼看了半晌，一直盯得它臉都抽抽了，我才開口說道：「老吳，你覺得我們幾個人待你不實誠？」

「那哪能啊？承一小哥，你可不興那樣說的啊？這不是壞我名聲嗎？」吳老鬼一副義憤填膺的樣子，彷彿我再說下去，它能把心掏給我看看，到底真不真！

「可你為啥一開始不給我們說，這老林子裡有妖怪，非要人家老沈說了，你才提起這茬，說是真的，真的？」我故意虎著臉問道，然後又趕緊補充了一句：「總之你這賊船我們也上了，這路還是得往裡趕，你知道啥，就趕緊說，要再瞞著啥，我們能轉身就走，你信不？」

聽我這番話，吳老鬼一副痛心的表情，看那樣子恨不得呼自己幾個大嘴巴，痛罵自己一句：「讓你多嘴，讓你嘴賤。」

可說出去的話收不回來，又受到了我的「驚嚇」，這吳老鬼還是開口了：「其實，這林子裡到底有沒有妖怪，我沒親眼見過，只是今天老沈來說這番話，讓我想起了曾經跟著那個犢子進林子的事兒，是他領著我們一路走的，只是有好幾處地方，他都停了下來，一消失就是一整夜，一開始，我們沒問，後來吧，這次數多了，我大哥心裡就犯嘀咕，畢竟我們哥兒五個沒啥本事啊，單獨在林子裡過夜，能不害怕嗎？所以就問了。」

「那說啥了？」我開口問道，但心裡卻隱隱猜到了事情是咋回事兒，這一猜，就讓我心裡一下子震驚了起來，可事實是咋回事兒，到底是要吳老鬼說的。

「我大哥問了，那犢子也沒隱瞞，就告訴我們說，這老林子裡有妖怪，一到晚上就活躍，他出去其實是去找那些妖怪談判去了，讓它們別騷擾我們，要不聽的，就動手收拾一頓，總能聽話了，他就是這麼說的。當時，我們敬他是我們師傅，心裡嘴裡都是佩服著他，這大本事兒，可哪知道這犢子……」吳老鬼咬牙切齒的，接著又補了一句：「我知道的就是這些，妖怪我真沒見過，反正話都是他在說，誰知道那犢子是不是扯淡？」

我沒接話，反倒是安慰了吳老鬼兩句，可那老小子跟沒心沒肺似的，見我不逼問了，反倒安慰了它兩句，就又歡天喜地地去看老張打理麅子去了，我有時真懷疑，這吳老鬼真是把報仇這事兒放心上了？

可是，我沒告訴吳老鬼的是，那曾經害他的便宜師傅，有很大的可能，真沒扯淡，我心裡剛才就是那麼猜測的，他是晚上打妖怪去了，目的倒不是為了保護吳老鬼五個，可能是讓這些妖怪在他開墓的時候別覬覦，先立個威啥的。

這麼一算起來，這中年道士的本事不小啊，至少我還真沒啥辦法和妖怪去談判打架，那個倒還可以拚拚，傻虎這犢子還在睡覺，咋就沒一點兒回了老家的覺悟呢？改天，大耳光子把這傢伙叫醒！

只是，這麼想著，我自己暗暗吃了一驚，啥時候，我也一口一個犢子、大耳光子，這樣滿口東北話了呢？

想著，我就樂了，很是乾脆地陪著承心哥和如雪一起整理起帳篷來了！

夜裡，篝火升起了，麅子皮被老張走了一趟，給人掛回樹上去了！

篝火之上，一口大鍋架著，是老張燉的麅子肉，他說老是吃烤的東西，容易上火，偶爾吃吃燉菜不上火，身子也暖！

帳篷就在我們身後搭著，是一個可以容納三、四個人的大帳篷，可是在這林子裡，晚上總是要守夜的，還是老規矩，老張前夜，我中夜，承心哥後夜。

這夜裡，一如既往的安靜，除了老林子裡偶爾傳來的不知名的東西叫聲，剛才因為聽見妖怪而起伏的心情也已經平靜了下來，今夜，也應該和前幾夜一樣安靜過完吧？

我抬頭看著那口鍋子裡冒出的熱氣兒，聞著那香味兒，心裡這樣想著。

第二十三章　夜遇「山神」

在老林子的夜裡，時間過得總沒有個概念，這樣忙活著，剛靜下來一會兒，一彎清月就已經掛在了天空。

肉還在「咕嚕咕嚕」地燉著，老張說麅子肉韌性兒大，得連湯帶水的得多燉會兒，說話的時候，他把那些「下水」收拾了，找了幾節枯枝，把那些「下水」穿上去，立在了火堆的旁邊。

我搞不懂這是在幹啥，就問老張：「這些下水不吃，扔了就好，立在旁邊是要幹啥？」

「敬山神，打了大一點兒的獵物，就不能吃獨食，這些內臟什麼的，是要敬山神的，有了感恩之心，敬了山神，山神也得護著咱們。」老張答得簡單。

可是，真有山神來吃嗎？我心裡犯著嘀咕，但對於別人的信仰，我是不會多說什麼的。

一行人安靜地守著火堆，隨意地聊著天，在喝了兩杯子熱水以後，麅子肉總算燉熟了，連湯帶水的盛在飯盒子裡，熱呼呼地趁熱就開吃，麅子肉嚼著韌性大，沒有什麼腥臊味兒，肉絲比一般的肉稍微粗一些，連湯帶水地吃著，異常好吃，以至於在很多年後，我回想起這一頓燉麅子肉，都覺得這幾乎是我吃過的最美味的肉之一。

吃過晚飯，收拾了一通，由老張先守著夜，我們三個就去帳篷裡休息了，畢竟出門在外，講究不得那麼多，如雪也和我們擠在一個帳篷裡，心中清淨，其實倒不用特別在意形式的。

白天趕路很累，我以為我也會像往常一樣很快就陷入深睡眠，卻也不知道是不是有心事，翻來覆去的，只是淺淺地睡了一會兒，就再也睡不著了，看了看時間，也才睡了兩個小時不到。

如雪在帳篷的裡側睡得香甜，承心哥臉上蓋著一本書，已經發出了微微的鼾聲，養魂罐裡安靜，估計吳老鬼也休息了，我沒想著打擾他們，既然睡不著，我很乾脆地就走出了帳篷。

帳篷外，老張還守著火堆，一手拿著旱菸杆子，一手捏著一袋子酒，他很負責，沒有打盹，很是精神地守著周圍，偶爾喝一口酒，或者吸一口旱菸。

見我出來了，老張也沒多意外，朝著我笑了笑，我也笑了笑，在老張身旁那塊石頭上坐下了，老張把旱菸杆子遞給我，說道：「夜裡寒，抽口？」

我也不推辭，接過來就抽了一口，結果抽得太狠，連聲咳嗽了好幾聲兒，就和那時候，師傅逗我，讓我抽旱菸時一樣，我還是抽不了。

老張也不介意，就是連聲笑，把酒袋子遞給了我，我喝了一大口，身子一暖，守著火堆，倒也不覺得這外面有多冷了。

在清冷的夜色下，我就這樣隨意和老張聊著天，卻不想吳老鬼過了不久，也飄了出來，它這鬼就是這樣，聽不得別人聊天，一聽了，就忍不住來湊熱鬧。

有吳老鬼在的時候，永遠是不寂寞的，它太能吹，吹得我和老張一直笑，時間倒也好打發。

就這樣不知不覺過了一個小時，我的困意稍微有點兒上湧，看了看時間，離我守夜的時候，差不多還有一個小時，我剛想說去睡會兒，卻不知道怎麼的，一下子身上就起了一串雞皮疙瘩。

這絕對是我的靈覺感應到了什麼，我太清楚這種感覺，忍不住就開始四下張望，卻發現舉目四望都是黑沉沉的老林子，哪有什麼異動？回頭一看，吳老鬼臉色也不對勁兒，或者是怕驚到老張，吳老鬼悄悄地給我比著手勢，意思是那邊，那邊不對勁兒。

我這才想起，如果論起靈覺預感方面的本事，吳老鬼比我強悍，難道不對勁兒的地方是從那邊來的？我只是單純地起雞皮疙瘩，但我沒感覺到什麼危險，所以我不動聲色，一邊有意無意地和老張扯淡，一邊用眼神兒注意著那邊。

沒有腳步聲，沒有任何的預兆，一直注意著那邊的我，猛地就看見，從那邊林子裡走出一個身影，穿著一身大紅袍子，再清楚不過的身影。

老張為我們選的紮營地兒是在一個背風的小山坡上，稀稀疏疏幾棵樹，下面的一舉一動都看得清楚，我不動聲色地看著那個身影，那個身影卻自始至終沒看我一眼，就是這麼一步一步地走著，而且就是朝我們這方走來。

我故意喊了一聲老張，老張朝我這邊望了一眼，以他的目力，這麼近的距離，加上顯眼的大紅袍子，怎麼著他也能看見下方的身影了，可是他愣是沒反應，反倒是問我：「啥事兒？」

我沒話找話地應付了一句：「朝那邊走就是深林子了吧？就是想問問。」

「嗯吶。」老張應了一句，或者是有些困了，加上我在外面，他心神放鬆，在應了一句以後，就在火邊有些瞇眼地打起盹子。

我明白是咋回事兒了，那個身影絕對不是人，我修了那麼多年，靈覺預感比普通人強太多了，就算不開天眼，那個靈體要是夠強，就能影響到我，讓我「看」見。

至於吳老鬼更不用說，它本身就是鬼魂，咋能看不見？

只是我沒感覺到敵意，趁著老張忽然打盹，我對吳老鬼示意稍安勿躁，卻好笑地發現，吳老鬼早就躲在我身後發抖了，這個傢伙，自己本身就是鬼，怕個什麼勁兒啊？

懶得去理吳老鬼，我從老張手裡拿過酒袋子，一口一口地喝著，順便給自己點了一根兒菸，這也算是一種放鬆，然後就這麼看著那個紅袍身影一步步地走近。

只是它越是走近，我越是覺得不對勁兒，因為夜色我看不清楚它的臉，但是我分明能看見它身上穿著的是一身官袍，我歷史學得不好，認不出來這該是哪個朝代的官袍，是幾品官袍，代表著什麼，心裡還在暗自猜測，莫非是一個死了都還想著做官兒的執念鬼魂？

可是下一刻，在它離我還有十米距離不到的時候，它剛好抬了一下臉，我就徹底震驚了，那是什麼啊？靛青的一張臉，兩顆大獠牙，火紅的頭髮，支楞在那頂顯得有些滑稽的官帽之外，異常猙獰！

但是因為它臉上的線條又異常剛硬，反倒又顯出了幾分憨厚，仔細一看又不是那麼嚇人了。

可無論如何，這絕對是我認知以外的東西，我深吸了一口氣，勉強讓自己鎮定了下來，也沒做啥敵意的舉動，只因為我相信自己的靈覺，我真就沒感覺到它的敵意。

吳老鬼早就抖得不成樣子，看那聲音離我們不到五米了，它聲音發顫的小聲說道：

「沒……沒見過……啥官袍……是……是這樣的！」

我這才反應過來，說起來吳老鬼就是個古人啊，它對這些的認知肯定比我深，我才想起去仔細打量一下它的官袍，卻發現那個身影已經走到了我們跟前，也不過來，就蹲在老張支著下水的地方，一手抓出一個虛影，開始大吃大嚼起來，吃相看得人心底發顫。

內臟藏五行精氣，要說生物的陽氣，當然是藏在內腑裡，不然陽氣外泄那還了得？除非是陽氣重的人，自然地外泄，還有退避惡鬼冤魂的效果。

我太明白了，那身影抓出來的其實是一團內腑裡還沒散盡的陽氣、精氣，只是也不知道是啥惡趣味，非得化成這血淋淋的吃相，吸一口，吸走了不就成了嗎？

但此刻，我的心也徹底放鬆了下來，明白這個身影是個什麼東西了，看它吃老張的貢品，看它穿的那身官袍，正中印著山紋，我就知道了，這傢伙是老張口中的山神！

是我剛才糊塗了，壓根兒沒想起這一茬，想想吧，佛寺裡那些山魈山神，誰不是這模樣？道觀裡要拜守山之神，那些山神也大多是這模樣，長相兇惡！

人們常常分不清楚土地和山神，以為那矮個子白鬍子老頭兒也是守山的，那才是個錯誤！

我沒想到我能看見一個「小神」，所以腦子裡一時也反應不過來，我感覺不到它有多強悍，論實力，比起我遇見過的最強悍的敵人——小鬼，差多了，但人家好歹有個「神位」，我敬一下也是應該的。

當下，我站起身來行了一個道家之禮，吳老鬼也是，山神見了，那眼神兒裡終於透出了一絲友好，但沒啥反應，仍然是大吃大嚼。

我拿起酒袋子，說道：「既然來了，哪有不以酒待客的，喝一杯吧。」

說話間，我把酒倒了一些在地上，老張彷彿越發困頓，打盹兒竟然發出了鼾聲。

第二十四章 「立棍兒」之鬥

望著我倒在地上的酒，那山神竟然沒有去碰，它沒跟我說話，可我不知道為啥，就是能感覺到它的意思，大概就是你不是山裡人，我不喝你敬上的酒，你不在我的範圍之內，咱們互不欠人情，大概就是這意思。

這山神倒還有意思，很有節操的感覺，你不是我庇護的人，所以我不能占你便宜。

話到這份兒上，我還能說啥？只能安靜下來，等它吃完走「神」，但也就在這時，沒來由的，我就感覺到了心裡有一股子不滿，這不滿是從哪兒來的，我還沒回味過來，就聽見身體裡傳出了一聲虎嘯，震耳欲聾，沒有憤怒，表達的只是不滿！

這傻虎是啥時候醒的，它在不滿個啥？這犢子一醒來，就給我找不自在是不？因為我們曾經合魂戰鬥過，所以它的情緒對我影響是很大的，打個比喻來說，曾經它對我的影響是百分之十，現在起碼占到百分之四十！

不過它醒來了，我也正好探查它的情況，在小鬼破碎的時候，吞噬了那麼多能量，又恢復了什麼。不過，要先給山神道個歉。

我這樣想著，不想這傢伙又沉沉地睡去了，抬頭一看山神，竟然流露出了一種惶恐的表情，它在惶恐什麼？我還沒反應過來，它竟然從剛才倒酒的地方，手一抓，出現了一個酒杯的虛影，裡面滿滿的是酒，它竟然畢恭畢敬地喝了起來。

接著，我又感覺到了它的一層意思，不知道是您來此，現在知道了，這酒我必須得喝！我庇護這山林，也庇護這山林萬物，庇護這山之子，遇見了誰人迷路，總是會給予指引，但能做的也只是這些了，萬物的廝殺，是自然之道，本就不在我職責的範圍，但喝了您的酒，我只能說，快快離開這裡，等一下會有爭鬥，言盡於此。

面對突如其來的這層意思，我一時間有點兒發愣，到底誰是您？莫非是指的傻虎？這裡安靜，到底又有什麼爭鬥？很危險？

我剛待再問，卻不想那山神已經快速地離開，越走這身影越淡，漸漸的，竟然像融入了大山裡一樣！

我忽然想起了老沈上午給咱們說的事兒，這裡會有「立棍兒」之爭，心裡就像開了竅似的，忽然一股子危險的感覺就從我的心裡炸開了，炸得我全身連雞皮疙瘩都冒了出來。

也就在這時，老張忽然從打盹中清醒了過來，長長地伸了一個懶腰，還有些迷濛地說道：「我咋就打起盹兒來了，哈哈，也不知道是不是山神來過了？我跟你們說啊，咱老林子有一個傳說，山神不想和世人衝撞，它得守著規矩，不能輕易地露面兒，所以，人們上供了貢品，遇見它偶爾要來吃貢品，總是會讓人打盹兒避開，哈哈……這傳說可流傳了很久很久啊。」

老張是用開玩笑的語氣來說的，顯然，他是敬畏著老祖宗留下來的一些傳說，但骨子裡並不能完全的相信，但是我震驚地看了老張一眼，這老張他是完全說對了。

看著我這眼神兒，老張是被完全地驚了一把，忽然開口道：「承一，你這麼望著我，是個啥意思？」

我已經來不及解釋什麼了，而且也不想給老張解釋這個，說到底，老張是個守著平凡過日子的普通人，太多的知道這些，不見得是好事兒，我只能開口催促道：「老張，咱們得走，這裡等一下會很危險！老吳，去把如雪和承心哥叫醒。」

我的聲音有一些驚慌，到底是我陌生的環境，到底我沒有近距離接觸過兇猛的野獸，能不驚慌嗎？

吳老鬼顯然是知道事情的來龍去脈的，應了一聲，趕緊地飄進帳篷裡，去叫承心哥和如雪起來了，倒是老張眉頭一皺，拉著我說道：「承一，你在慌啥？這山坡是背風坡，咱們的氣味傳不遠就安全，這夜裡生著火，不敢輕易熄了，火就是咱們的守門神啊，而且這大夜裡是要去哪兒？很危險的，往前就是深林子了。」

我來不及解釋，也沒辦法解釋，難道跟老張說，是山神說的？

這時，如雪和承心哥已經醒來了，正從帳篷裡有些迷糊地鑽出來，而我還在組織詞語，想著怎麼給老張解釋，可是已經來不及了。

突兀的，在不遠處的山坡上忽然傳來了一聲長長的「嚎叫」聲，聲音悠遠而張揚！

老張的臉色忽然地就變了，順著那聲音望去，在不遠處的山坡上，清月下，一頭壯碩得跟小牛犢子一樣大的身影正在對月嚎叫，看著那道影子，老張顫聲說道：「糟糕，狼，狼王，妖狼！單打獨鬥要過不了，得招來一群狼來。」

我知道草原狼會成群結隊，這老林子裡因為人的過度採伐和騷擾，成群的狼已經是越來越少了，沒想到這林子裡依然有成群的狼！

「牠們應該在深林子裡的。」老張聲音顫抖地補充了一句，然後說道：「東西先都不要了，爬樹，先到樹上去，跑不了了，牠在挑釁這裡的棍兒，等一下就會打起來，而且看樣子，就會在這附近開打，指不定已經聞著咱們的味兒了！」

「跑不了嗎？」我沒在林子裡生活過，不知道這裡的規矩，心裡也是沒主意亂得緊，忍不住問了一句。

「順著你的味兒追，你還能跑過野獸？不管誰打贏了，總得開個殺戒，再立個威，咱們人不大不小的，不就是最好的對象嗎？先上樹吧！東西別忙著收拾了！」老張越說越快，背起他的獵槍，繫好他腰間的袋子，就連聲地催促我們。

吳老鬼也在一旁乾著急，它沒有啥危險，但我們有危險，它的希望也沒了，現在一切只能跟著老張行動！

老張不遲疑，做好這一切，轉身就走，我們緊緊跟在老張身後，在雪裡深一腳，淺一腳的走著，可能因為著急慌亂，我們四人都在雪地裡摔了好幾個跟斗！

老張在找著樹，回頭看一眼狼王，已經沒在那山坡上立著了，估計是已經衝來了這裡，但這黑沉沉的林子，哪兒能看見牠的身影，但是這狼王未免太過「風騷」，一路跑，一路叫聲不斷。

這情況絕對不是最糟糕的，最糟糕的是，我聽見另外一邊的林子裡有了動靜，非常大聲渾厚的吼叫聲，有點兒像狗叫，但又不完全是，至少比狗叫得有威嚴多了，我打著電筒，看見那一片林子裡，樹上的雪都在簌簌往下落，可見那聲音是有多麼的震撼。

「糟糕，那人熊醒了，狗日的，這傢伙我就知道不會消停，就這棵樹，上樹吧！」老張吼了一聲，然後自己首先爬了上去，怕我們誤會他自私，他說了一句：「我先上去，好接應你們，冬天的樹不好爬，爬你們城裡人爬不上來！」

我們的背包裡有釘鞋，可是且不說來不及拿行李，就算拿了，也來不及換鞋子了，或者是活該我們倒楣，我發現兩邊的動靜都是朝著咱們待的地方來的！

可老張真是靈活啊，蹭蹭蹭的幾下就爬上了這棵大樹，坐在了一棵粗壯的枝椏上，一把把繩子扔了下來，吼道：「先讓姑娘上來。」

如雪爬樹，顯然是不行的，老張拉，我和承心哥在下面推，好容易才把她弄上了樹！

我是最後一個上去的，我還在爬的時候，就聽見吳老鬼多嘴地喊了一句：「完了，來了。」驚得我差點兒掉下來，卻被老張拽著的繩子生生拉住了，我抬頭一看老張為了拉我，身子都差點掉了下來，如雪和承心哥都懶得訓斥吳老鬼了，而吳老鬼不好意思地朝著我一直作揖。

出了一身汗，我終於上了樹，高高的離地能有五米多，我們分別坐在幾根大枝椏上面，這時，我才能靜下心來看周圍，手電筒不敢打了，太明顯。

只是，不打手電，也不影響我看見一對小燈泡似的綠眼睛就出現在離我們不到五十米的地方，這裡的樹稀疏，藉著月光我能看見，這頭狼到底有多大，剛才遠遠的以為牠是小牛犢子，是小看了牠！

我忽然想小霍了，我想告訴他，我看見一隻狼，比你召喚而來的「妖狼」大多了。

第二十五章　駭人的氣勢

如此大的狼，讓我在離地有五米多高的枝椏上也沒有安全感，總覺得這大狼能一下就蹦上來，然後一口咬住我，接著再心滿意足地叼著我離開。

一想起這種情形，我就身上就起雞皮疙瘩，可是最高的地兒是留給如雪的，再往上也是不現實的，因為找不到能承受人重量的大枝椏了，也就只有這麼將就著。

老張就在我旁邊，和我一起跨坐在同一個枝椏，我聽見他在往他的單筒獵槍裡壓子彈，也聽見了子彈上膛的聲音，這麼大的狼老張也是看在眼裡，心裡同樣不比我平靜多少，我聽見他念叨著：「這犢子，長那麼大的個兒，怕也是一個妖怪了，這是啥年頭啊，什麼牛鬼蛇神都往外跑，我真是運氣好，大半輩子都沒遇見過的事兒，今天晚上算是遇周全了。但是大爺我不怕，說不怕，就真的不怕。」

我能理解老張的碎碎念，畢竟這麼兇猛的野獸，他覺得我們也是幫不上忙的，只能他來護我們周全，他這麼念叨著，也是緩解壓力。

可是，我看見老張的單筒獵槍，心裡多少還是能放鬆，說道：「老張啊，這不有槍嗎？我們怕啥？」

「這槍威力到底是有限的，裝彈填彈也麻煩，狼崽子速度快，一槍打不中就麻煩了，還怕牠招小狼崽子，那咱們就得困死在這樹上了。那熊瞎子也不見得好收拾，身上的皮兒厚著呢，沒打中要害，十槍都不見得能把牠打死了，畢竟這槍打獵，最大的依靠還是鐵砂的威力，如果我十槍都沒能打死牠，牠那力氣，你信不信，已經能把咱們從樹上撞下來了，只求咱們運氣能好點兒，牠們鬥完誰贏了都是重傷，幾槍能驚退贏了的傢伙。」老張因為有些緊張，反覆地擦拭著手中的單筒獵槍。

而我聽完老張的話，忍不住在這枝椏上試了試，並不認為我能坐得有多穩，畢竟冬天上面還殘留著雪跡的枝椏滑溜溜的。

「要是有一張三石弓就好了，開弓，射中要害，不管是狼崽子還是熊瞎子都得交代嘍！可惜，這年頭，能拉開三石弓的人怕是不多。」老張歎息了一聲，握著獵槍不說話了，人在陷入困境的時候，總是會想如果。

我心裡飛快地盤算著對策，可惜，對猛獸有威脅的大術，無論是落雷術，還是火龍術都得踏步罡，我總不能在這枝椏踏吧？表演雜技都不帶這麼表演的。

倒是承心哥忽然說了一句：「別急，實在不行了，我有辦法。」

如雪的聲音也從上面傳來，說道：「我也是有辦法的。」

我相信承心哥，也相信如雪，雖然我沒見過承心哥的手段，但如雪的手段我還能不清楚？想想，如果她要對付這些猛獸，還真的有譜，當下我就長吁了一口氣，放鬆了下來。

倒是老張有些不相信地問我：「嬌滴滴的大姑娘也能行？」

「她開口，就一定是行的。」我認真地對老張說道。

老張張了張嘴，到底沒說什麼，但是皺著的眉頭已經舒展開來了，他信我。

而吳老鬼聽見承心哥如雪這麼說，已經是沒心沒肺地眉開眼笑了，在樹上亂飄著，說道：「那還急個啥？咱也看看這立棍兒的龍爭虎鬥唄？」

它這麼一說，我們才把心思放在了這片樹木稀疏算是空地兒的地方，那頭大狼顯然是已經注意到了我們，朝著我們這邊看了好幾眼，可是，牠也並不靠近我們，只是優雅地在雪地裡來回的走著，或者偶爾的站住——長嘯！

牠是當得起優雅兩個字的，一舉一動都有著王者的風範，在月光下，在夜裡的北風中，牠身上長長的皮毛隨風飛舞著，我注意到了這頭狼的毛色極淡極淡，人們都說大灰狼，大灰狼，可這傢伙該叫啥？淺灰狼？或者灰白狼？

「在這老林子裡有個傳說，這狼崽子的年紀越大，毛色也就越淡，要變成了白毛大狼，那就是要成精了，要白毛又變成了金毛大狼，那就是天狼了！根本惹不得，見著都要跪下，能不能放你一條性命，得看牠的心情。」老張在我耳邊說道。

可是這話剛落音，從那邊的林子裡就傳來了一陣兒極大的動靜，就像大地在震動一般，而那聲音由遠及近的傳來，一時間聲音大到我們之間都不能互相說話了，因為聽不清。

我知道這是那頭大熊忽然奔跑才弄出來的動靜，可是感覺著自己身下的樹都在震顫，我心中震撼，那該是多大一頭熊，才能在柔軟的雪地裡發出這樣的動靜？以至於還沒跑到地兒，就能影響到我們？

但最緊張的不該是我們，在這時，我們聽見了一聲長長的狼嚎之聲，那頭剛才還優雅至極的大狼，忽然伏低了身子，雙眼緊緊地盯著發出極大動靜的林子，然後開始低低地吼叫，在清冷的月光下，齜牙咧嘴，我能看見牠森冷的牙齒。

震動聲不斷地傳來，在大到了一個極致以後，反而靜了下來，我們待著的那棵樹也不再往下簌簌落雪了，可是只是安靜了不到了半分鐘，一聲震天動地，充滿威嚴的吼叫傳來，伴隨著這聲吼叫，我瞪大了眼睛，我發誓如果不是我事先就知道，這裡的「棍兒」是一頭大熊，我百分之百會以為自己是在非洲草原，看見的是一頭半大的大象！

絲毫不誇張，這頭老張口裡的人熊就是有這麼大，而且毛色是一種怪異的介於灰黃和金黃之間的顏色，看著這毛色，我忍不住問老張：「老張，可是有天熊的說法？」

老張估計也是第一次真正的看見這頭人熊，有些呆愣愣地說道：「沒這說法，可是，這是週邊的林子，咋會有這種傢伙？怪不得死在牠手底下的都是好手。」

我們沒說話了，我想不僅是老張，連我們是見多了怪事兒和恐怖之事的人，都完全沒想到這老林子的週邊就藏有這些傢伙，實在太讓人震撼。

面對人熊示威一般的吼叫，那頭妖狼也毫不示弱，收起了準備爭鬥的姿態，忽然也對著人熊大聲地長嘯起來，我其實忽然能理解，這是兩個傢伙的第一次交鋒，都想在氣勢上把對方壓倒。

這樣吼叫持續了快一分鐘，這林中除了飛鳥被驚起，「撲棱棱」的拍打著翅膀的聲音，竟然是一片安靜，估計立棍兒之爭，所有的動物都選擇回避或者躲藏去了。

這樣震耳欲聾的吼叫終於完事兒了，我的耳朵被震得生疼，可是我也分明感覺到那熊瞎子有意無意地朝著我們這裡「看」了幾眼。

熊瞎子，熊瞎子！熊瞎子怎麼能看見我們？牠的鼻子雖然比視力好使很多，但也不能和狼鼻子狗鼻子比，我們坐在離牠還是有距離的樹上，牠是怎麼能發現我們的？這事兒還真是妖異！

可是，牠根本也不在乎我們，在吼叫了以後，牠一步一步地朝著那頭妖狼走了過去，那妖狼面對體積上比牠有優勢的人熊也不退縮，也一步一步朝著人熊走去。

在相互之間差不多還有五米遠距離的時候，兩個傢伙忽然就停下了，開始打著圈圈來回的踱步，當然打圈圈的主要是那頭妖狼，而人熊只是不停轉著身子防備著那頭妖狼。

兩個傢伙就跟高手過招一般的，竟然對峙了快兩分鐘都沒有開打。

可是，下一刻，毫無預兆的，那頭妖狼忽然一躍而起，朝著人熊的身子狠狠咬去，低調卻陰險。

而那人熊也忽然人立而起，面對忽然撲過來的妖狼，狠狠舉起了牠的熊掌！

第二十六章　突變

這是一場我無法形容的爭鬥，熊的力量，狼的速度，生生的給我展示了一場「野獸」的動作大片，也讓我深刻地認識到了，人類如果不是有智慧，身上帶著那麼一點兒上天賜予的靈氣，該拿什麼和這些野獸爭？

我相信，如果是我和牠們其中的任何一個搏鬥，走不過兩下，絕對就是一口被咬死，或者一巴掌被拍死的命！

妖狼狡猾靈活，這樣的爭鬥不過五分鐘，竟然生生咬到了人熊幾口，所以，從現在來看，人熊比較狼狽，身上掛彩了好幾處，畢竟論起靈活牠是遠遠比不過妖狼。

我以為人熊會輸，我小聲地對老張說道：「看來咱們最後要面對的可能是狼崽子。」

老張搖頭，說道：「我覺著咱最後要面對是人熊才對。」

「為啥？」我還沒來得及說話，吳老鬼突兀地插了一句話進來，把老張嚇得差點從樹上滑下去，忍不住狠狠啐了吳老鬼一口，說道：「別沒頭沒腦的插話，要不是你沒身子，我非削（打）你一頓不可。」

吳老鬼訕訕地笑，它有時是挺討厭，但你除了罵它幾句，對它卻不能真的討厭，因為有時它又挺可愛，所以，老張罵了一句，也不和它計較，但這也是我第一次看老張發脾氣，可見他有多緊張，頓了一會兒，老張才對吳老鬼解釋道：「那狼崽子是靈活，所以咬了人熊好幾口，但牠打敗人熊的機會也就在前面幾分鐘了，很簡單，因為狼崽子和老虎啊，豹子啊這類的傢伙是一個貨色，耐力體力是不能和人熊比的，在這前幾分鐘牠沒能咬到人熊的要害，牠也就沒機會了。」

生怕我們不相信似的，老張指著人熊說道：「你們看，雖然人熊掛了彩，樣子比較狼狽，但事實上你看牠流了多少血？又影響到了什麼行動？不礙大事兒的，可你覺得那妖狼挨得住人熊一巴掌嗎？我看一巴掌都挨不住！只是我沒弄懂，這人熊這麼厲害的傢伙，把週邊林子裡來當啥棍兒，沒道理啊。」

我覺得老張的話在理，畢竟作為一個山裡人，對於野獸的爭鬥他看得比我們明白，另外，老張的最後一個疑問我也有，為啥這厲害人熊會跑週邊林子裡來？我深信對於野獸來說，最危險的事兒不是遇見了更厲害的野獸，而是和人相處，這機變百出，還會使用「工具」的人，要真是下定了決心收拾牠，牠是跑不掉的。

牠得感謝現在國家對動物的保護政策。

時間一分一秒的過去，牠們的搏鬥還在繼續，這樣我很是吃驚，按說高手過招，其實只是分秒之間的事兒，野獸之間的搏鬥通常也不會持續太久，看這兩個傢伙，竟然整整打了快十分鐘。

但事實上也正如老張所說，這頭妖狼越來越體力不支的樣子，動作遠遠沒有一開始那麼靈活，其實說起野獸，牠們對危險的預感更強烈，對實力的預估也會很準確，我有些搞不明白，是什麼樣的事情來支撐著這條妖狼，執著地去挑戰人熊！難道真如老沈所說，是因為裡面的傢伙不安分，到外面來安家了嗎？但為啥偏偏找上實力強勁的人熊？

就在我思考的時候，老張忽然低呼了一聲：「快了，這狼崽要完蛋了。」

隨著老張的低呼聲，我一下子回過神來，正好就看見，人熊像忽然爆發了一般，讓出了身子給妖狼咬，但在那一瞬間，牠卻閃電般狠狠地拍出了牠的熊掌！

好狠，傷敵一千，自傷八百的招數，怎麼是一頭野獸可以用出來的「戰略」！

妖狼來不及躲閃了，這一巴掌是絕對躲不掉了，更讓人驚奇的是，這人熊的巴掌是朝著這妖狼的腰上拍去的，我這個只是跟師傅廝混著打了幾年獵的人都知道一個常識，狼是銅頭鐵尾豆腐腰，可這好歹是人總結出來的，野獸怎麼可能知道？

我知道就如老張所說，妖狼完了，可是我也低估了狼這種動物的狡猾和野獸的求生本能，在這麼短的時間內，那妖狼竟然果斷地鬆了口，朝著其他的方向幾乎是拚盡全力地縮了一下。

「噗」的一聲，人熊的半邊巴掌幾乎是貼著妖狼的腦袋擦過，雖然沒有打正了，打實了，可是就那麼一下，妖狼竟然被狠狠搧開了去七、八米遠，然後重重地摔落在雪地裡，愣是好半天站不起來。

藉著月光，我看見有鮮血從妖狼的眼眶、鼻子、耳朵裡流出，我光是想像一下身上就起雞皮疙瘩，這特麼絕對是高強度的腦震盪的感覺啊！

幸好只是半邊巴掌擦過，要這一巴掌落實了，什麼銅頭之類的都可以滾一邊去，哪怕是個合金頭也得給你拍碎了。

人熊是勝利者，牠當然不會仁慈地放過妖狼，看見妖狼倒地不起，速度極快地衝了過去，牠當然要抓住好不容易得來的優勢，真正的奠定這場勝利！

接下來應該是屠殺吧？我這樣想著，可憐這條妖狼還沒來得及召喚牠的狼崽子，不過這樣也好，面對一頭單獨的人熊，總比我們面對一群狼崽子好，從長遠來說，這裡的獵人，靠山吃飯的山裡人，也不希望這裡會出現一群狼，一個單獨的人熊，雖然兇猛，但只要避開了，還是說不上有什麼危險。

彷彿是塵埃落定了，我這樣想著，面對衝過來的人熊，妖狼咬牙站了起來，低吼著不肯屈服的面對著人熊，或者說此時牠的狀態是逃也逃不掉，只能拚了。

但，能拚得過嗎？明眼人心裡都有答案，我們都是那麼以為的，可能再過兩分鐘，我們得面對人熊了。

可是，老林子裡的一切事情，你可以按照它的規則來行事來求生。但你永遠不要妄想以為你能猜透這裡的一切，事實證明，我們每個人都以為的結果錯了，而且還錯得離譜。

「呵呵呵呵……」就在人熊離妖狼還有二米遠的時候，從山頭上傳來了一陣兒笑聲，這笑聲說不出的邪氣，說不出的讓人心裡不舒服，在這深寂的老林子的夜裡，是那麼清晰，也那麼刺耳，可以說硬生生給我笑出了一身兒雞皮疙瘩！

是誰？不僅是我驚疑不定，承心哥，老張也是一樣，就連一向鎮定的如雪也從樹上傳來了一聲驚疑不定的「咦」聲，這個突兀出現的東西是什麼？按說，只能人才會這樣的笑，可是目睹聽說了這麼多的我們，還真不敢肯定地把這突兀出現的傢伙定義在人的範圍內。

人熊生生地站住了，不知道怎麼的，我總能從牠的身上感覺到一絲畏懼，我看不清楚牠的眼神，可我總彷彿看見牠是流露出了一種恐懼的眼神，牠也同我們一樣，開始驚疑不定的四處張望，身子竟然在慢慢往後退。

「在那兒，在那兒！是個啥玩意兒啊？」吳老鬼罕有的沒有東飄西蕩，而是站定在我和老張的身旁，聲音裡也帶著一絲恐懼。

一種進入老林子以來，從未有過的危險感覺在我心底炸開，比「山神」提醒我這裡會有一場爭鬥時我所爆發出來的危機感還要厲害。

我能感覺我全身寒毛立起，身子都變得有些僵硬，我隨著吳老鬼所指的方向看去，我看見了一個身著花花綠綠的布段兒，把自己包得很嚴實的身影就站在不遠處的山坡上——那是我們的營地！白衣服裹得嚴實、毛腿、尾巴，我的頭皮都在發麻，我忽然就想起了老沈所說的話，當時我不信，覺著化形的妖物我還真沒見過，我以為那是師傅口中給我講的他的故事和師祖的故事裡才有的事兒！

我還真遇見了？雖然不遠處那身影穿的是花花綠綠的布段兒，可我不認為扯下來，我看見的不是一番恐怖的場景，很難接受一個人長著一個野獸的腦袋，也很難接受一個人頭下面是野獸的身體，想像一下就是極其恐怖的事情。

時間彷彿靜止了，我分明聽見妖狼開始得意地咆哮，只是那聲音虛弱，剛才那一巴掌的威力估計還沒消散。

接著，我還看見人熊竟然轉身就跑，樣子比被妖狼咬了幾大口的時候還要狼狽得多。

「呵呵呵呵……」山坡上笑聲兒不停！

第二十七章　危急的局面

人熊跑了，那妖狼靠著突然出現的「神祕」傢伙奇蹟般地取得了勝利，而那神祕的傢伙就站在我們的營地，形勢變得詭異而不明朗起來。

我的手心出了汗，我不相信連妖狼和人熊都發現了我們，那個「神祕」傢伙會沒發現我們，我唯一的希望在於聽它的笑聲，是個女的，或者是個母的，不說所有的雌性都比雄性心軟嗎？能不能心軟地放過我們？

可是同時我自己也承認，我這個想法夠扯淡的，什麼女的母的，我是被逼到有多無奈才這麼想啊？

事實上，我心底已經決定了，如果情況實在糟糕，我會下去的，如果真是妖物，我堂堂老李一脈的山字脈傳人還能怕了它去？

我試著溝通傻虎，得到的是它依然在沉睡的感覺，我沒有強行去喚醒它，只因為這麼一溝通，我就心知肚明，傻虎還在「消化」當中，消化著上次它吞噬小鬼所得的能量，如果召喚它出現作戰，相當於是前功盡棄，好處就沒了。

從某種意義上來說，我是傻虎，傻虎是我，不管我承不承認，在我生命中，傻虎的重要性都無與倫比，我沒理由不為它好，不到萬不得已，我是不會喚醒它的。

情況有些僵持，那妖狼還要恢復著，可那神祕人物已經停止了那讓人起雞皮疙瘩的大笑，做出了更匪夷所思的動作，它竟然幾步走到了老張獻祭給山神的下水面前，隨意地撈起了一塊兒，背過身去，從身體的動作上來看，它是在吃那些東西，可是彷彿是很難吃似的，很快，我看見它又吐了出來。

接著，它進了我們的帳篷！

我這心裡說不上是什麼滋味兒，很多重要的裝備都在帳篷裡，這狗日的不會是要斷人後路吧？

林子裡出乎意料的安靜，安靜到我能聽見那妖狼的喘息聲兒，也能聽見我手腕上戴著的錶發出「滴答滴答」的聲音，我們都沒有什麼舉動，只是等待著，等待著或許會有的決鬥。

過了好一會兒，那花花綠綠的身影出來了，出乎意料的是，我沒有看它帶著我們的行李，手上拿著的……我很乾脆地打亮了手電筒，反正已經發現了我們，我覺得也沒必要躲躲閃閃，想看清楚它手上拿著的是個什麼東西。

可是，一看我就後悔了，臉也紅了，真恨不得給自己兩個大耳刮子，罵自己一句，讓你手賤！

因為那傢伙手上拿著的竟然是如雪的貼身衣物，說明白點兒，就是內衣內褲什麼的，在電筒燈光的映照下分外明顯，這下弄得大家都尷尬了，老張埋頭咳嗽了一聲兒，承心哥哼哼唧唧的，估計是憋笑給憋的。

我聽見如雪的呼吸都粗重了幾分，我知道這個一向冷靜淡定的丫頭動怒了。

我趕緊關了手電筒，心想著讓小爺出醜，等下看小爺拿雷劈你呢。可是，那「神祕」身影全身包紮得嚴嚴實實，我也不知道它是否滿意於如雪的內衣，只是覺著它彷彿是很歡快的轉身，然後走了！

就這麼走了？這事兒，我腦子反應不過來了，它巴巴地趕來，難道不是為了救那隻妖狼，是為了偷如雪的內衣，這事兒說得過去嗎？

可是這煞星走了是高興還來不及的事情，我也不能強留著它，然後搧它兩大耳刮子，罵它：「我叫你偷內衣，我叫你偷內衣！」

它走了，還站在雪地裡的妖狼擺出了一副恭敬的模樣，雖然我不知道狼恭敬具體是怎麼表現，但看著妖狼，我覺得是個人都能感覺出來牠的恭敬。

這就是前前後後不到十分鐘的事情，但那身影一消失，那妖狼就開始仰天長嘯，估計是恢復過來了！而這一次，也不太可能有人能來收拾牠了。

牠一叫，老張就低呼了一聲：「完了，這聲音是在呼喚狼崽子！」

我一想起那密密麻麻的狼群，頭皮就發麻，因為我見過一次，那是在和魯凡明決鬥的時候，小霍曾經召喚一次狼群，我毫不懷疑，牠們出現了，我們幾個人要不了幾分鐘就會被牠們撕裂，畢竟我們不是魯凡明一行人那種怪物，是殭屍之身！

想到這個，我幾乎是下意識地說道：「那咋整？」

老張拿出繩子來，說道：「儘量往高處爬，用繩子把自己綁在樹上！狼崽子太會跳了，不能讓牠搆著我們，剩下就聽天由命吧，天亮的時候，我發個求救信號，會有人來救咱們的，但現在就別指望了，發了也不會有人看見，咱們這兒的人睡得早，起得早！」

這也是沒有辦法的辦法了，老張說做也就開始做了，他讓我先往上爬，只是他不忘說一句：「如果是這樣的求救，少不得就會驚動有關部門，這老林子裡打獵什麼的，都會受到限制，更不會准許咱們往深處走，這是規矩，如果等著來救了，這個就……」

「會有辦法的，你們先上來。」是如雪的聲音從上方傳來，我一邊把給自己綁著繩子，一邊對老張說道：「那就別發求救信號，她說有辦法，就是有辦法。」

那妖狼一直不停在長嘯，而漸漸的山林裡已經有了回應牠的呼叫，看這隻狡猾的狼估計也知道我們不好對付，牠自己又受了傷，所以牠根本不急著靠近我們，而是把同夥召喚來了再說。

牠狡猾，但從某一方面來說，也給了我們時間，讓我們爬到了更高的地方，雖然更高的地方，枝椏「瘦弱」，但有繩子把我們綁在主幹上，倒也不怕掉下來。

著急的是吳老鬼，在我們忙活完以後，就在我的面前飄來飄去，急吼吼地說道：「小哥兒，小爺，你出手吧？」

我莫名其妙地問它：「出啥手？」

「就那隻大老虎啊，你把那隻大老虎給弄出來吧？它一叫，我的魂兒都快散了，那麼厲害的傢伙給弄出來吧？」吳老鬼神情焦急地說道。

我心裡明瞭了，當時不只我感覺到了「山神」的那層意思，吳老鬼也感覺到了，它自然也就聽見了傻虎的咆哮聲兒，所以才有那麼一說。

此時，老張已經疑惑地望著我了，不是我想對老張隱瞞，而是因為這事兒對於老張來說太莫名其妙，人的承受能力是有限的，我不能一股腦地去給他灌輸這個，徹底毀掉別人的三觀，所以我對著吳老鬼說道：「別胡說了，你是嚇糊塗了嗎？這次事情如雪來處理。」

吳老鬼看著我的眼神兒，理解了我什麼意思，果然也不敢胡說了，但這時，我看見山頭那邊出現了一雙又一雙的綠眼睛，狼群終於來了……

而那隻可惡的妖狼，也選在這個時候，一步一步走近了我們所在的大樹，情況變得危機了起來。

妖狼終於過來了，徘徊在樹下十米遠的範圍內，而且還狡猾地藏在另一棵樹後，仰頭打量著我們，我聽見老張低聲罵了一句：「這犢子，好像知道老子有槍似的，躲著呢！」

老張不說，我不覺得，老張這麼一說，我一琢磨，好像真的是這樣。

我們被困在樹上，不能輕舉妄動，而且還很幽默地跑林子裡來，把自己給綁在樹上了，可這麼想著，誰也笑不出來啊，因為狼群來了，狼群在靠近。

只是那麼僵持了二十幾分以後，我就看見至少二十幾頭狼朝著我們這邊奔來！這還不是全部，因為我看見後面還有源源不絕的狼，至於是多少，我心裡沒數。

「這些犢子！」老張舉起了一直跨在肩上的獵槍，看樣子也是被氣毒了。

如雪很平靜，還是那一句：「我來吧。」

承心哥接了一句：「我會幫忙，只是這一出手，未免太造孽了，如果牠們逼得太狠的話。」

我沒有說話，只是沉默。

會怎麼樣？我莫名有一絲的緊張，在這時的我哪裡知道，我的老林子探險之旅，是要從這一夜才真正拉開冒險的序幕，陷入莫名的事件之中，而這次事件的結果，是我完全預料不到的詭異！

第二十八章　拉幫結派的老林子

這一番短暫的討論以我的沉默做為結束，倒是吳老鬼咬牙切齒的，雙手握拳的，一副它要上去拚命的樣子，無奈做為一個鬼物，嚇嚇人，影響影響人的靈魂是可以的，面對野獸這種血氣比人旺盛，心智未開，靈魂處於混沌狀態，所以也不怎麼受影響的存在來說，吳老鬼確實幫不上半分忙，也只得做出這兇狠狀，來幫我們加油打氣了。

那頭妖狼並不上前，反倒是那些狼崽子快速在妖狼身前聚集著，低低嘶吼，妖狼偶爾吼叫一聲兒，也不知道是在交流一些什麼，看樣子倒像是狼崽子在開會。

這情況倒是夠詭異的，但事實上也沒有詭異多久，不到兩分鐘的樣子，那群狼崽子就朝著我們這邊奔來，看樣子是真的準備把我們困在樹上了。

「這些犢子！」老張罵了一句，舉起單筒獵槍就要開槍，我是知道的，老張出發之前老大哥幫老張裝了五十顆子彈，按照現在狼崽子的數量，如果老張能一顆弄死一個的話，子彈倒也是夠的。

不過，這只是一個理想化的計算方法，而且老張一路上給我們講過不少關於老林子的趣事兒，但也講過不少規矩，中間有一條特別要講究的，那就是不能幹「絕戶」事兒，採藥要留根，獵殺動物不殺托兒帶口的，而且也不能成群的殺掉，那樣會觸怒山神的。

所以，且不說老張沒那手藝，能夠一槍打死一隻狼崽子，就算老張能殺，也不敢把這些狼崽子們全殺光了，他是山之子，怕犯忌諱，他開槍的主要原因只不過是想殺雞儆猴，如果能打死一兩隻，嚇退這些狼崽子就好了。

我們都瞭解老張的心思，他也怕我們一出手，就是一個絕戶計，畢竟承心哥那句會造孽嚇到他了……所以，老張先開槍就猶如我們暗自約定的默契一般，看看能不能以最小的代價逼退狼群。

「砰」一聲有些沉悶的槍聲在這林子中響起，老張終於開槍了，隨著槍聲的落下，我清楚的看見一頭衝在最前方的狼崽子晃了幾晃，幾乎是應聲而倒。

反正也被發現了，我們幾個乾脆打亮了手電筒，查探具體的細節，我發現老張這一槍是正正地打在那頭狼崽子的眼眶裡，炸開的鐵砂幾乎炸爛了那頭狼崽子的半邊腦袋。

在如此黑的夜裡，在如此心理壓力極大的情況下，老張還有如此的槍法，實在不得不讓人讚歎，我忍不住對老張豎起了一個大拇指，可老張卻不怎麼在意，彷彿這只是和吃飯喝水一樣平常的事情。

他就被綁在我旁邊的那根枝椏之上，我清楚看見他正緊張地盯著狼群的反應，因為太過於在意，連繼續壓子彈的手都有些顫抖。

事實上，槍聲和突兀倒下的狼崽子，讓狼群真的躊躇了，牠們開始低低咆哮著，雖然沒有退去的意思，可也止步不前。

這樣的情況讓老張面帶喜色，他舔著因為緊張有些乾燥的嘴唇，興奮地舉起槍瞄準著，說道：「這些狼崽子怕了，再來幾個，說不定還真能退去。」

估計這樣的情況老張也是第一次遇見，或者因為他關心則亂，所以忘記了計算一個情況，那就是頭狼（妖狼）的存在。

果然，狼群的躊躇不前，引起了妖狼的不滿，牠在這種時候長嘯了幾聲，情況一下子來了一個大逆轉，剛才還在躊躇的狼群如同被激怒了一般，忽然加快了速度，如潮水般的朝著這棵樹湧來。

在這種情況下，老張也顧不得這許多了，連續開了七、八槍，又打死了三隻狼崽子，可惜這一次連一點點效果都沒有了，狼群根本不在乎死去的同伴，依舊不管不顧地朝著這邊衝刺。

老張的情緒有些激動，還想再上子彈，我卻一把拉住了老張，說道：「老張，不打死那隻妖狼，是根本打不退狼群的，子彈留著些吧，咱們還要在老林子待上一段日子呢。」

老張歎息了一聲，放下了獵槍，說道：「我也知道，不把這頭狼弄死了，這狼群根本就不會退去，這老林子裡狼群已經消失了幾十年了，我也是頭一次遇見，要是不能護你們周全，我……」

我拍拍老張的肩膀，示意他別繼續說下去了，這種情況，人力是有限的，饒是老張槍法如神，在狼群如此快的速度下，還能七、八槍就打死三隻狼崽子，也是沒有辦法的。

這時，如雪說話了，她問承心哥：「承心，你剛才說你的辦法造孽，我的辦法也不見得能仁慈到哪兒去，不如你說說你的辦法，我們看誰出手吧？」

如雪說話的時候，我感覺我們所站的這棵大樹不停開始搖晃，打著電筒，仔細往下一看，竟然是那些圍過來的狼崽子不顧一切的在撞樹，很神奇的是，牠們非常有「組織紀律」，一頭撞了，另外一頭接著上，這樣子是要把這樹給撞垮嗎？

這麼粗壯的大樹當然不是這些狼崽子們能撞垮的，就算是人熊來了也不行，這樣的撞法只是讓我們在樹上待不住而已，就比如現在，如果不是繩子綁著我，我起碼摔下去好幾次了，而老張連槍都舉不穩了，更不要說瞄準開槍了。

關於狼群如何妖異的傳說，在我和王師叔走南闖北的時候，我聽了許多，更有甚者說牠們有時簡直就像一支部隊，我覺得誇張了，可是如今遇見了，我一點兒也不覺得誇張。

在這種情況下，承心哥語速非常快地對如雪說道：「自古醫毒不分家，能活人命，按照對藥性的理解，自然也能輕易地要人命。從小師傅教育，打架的事兒就讓山字脈的莽漢去，我們是文人，不能輕易出手，一出手那後果比山字脈的人打一百架都還嚴重！我是要用毒，我們事先就含著解藥在嘴巴裡，就沒事兒，可是一出手，這些狼崽子要死多少，我就不清楚了，而且這些狼崽子必須深埋，不然牠們的肉要被別的傢伙吃了，這片老林子要死多少生靈我也不知道了，想想就覺得害怕，如雪，如雪，如雪大姐，妳快動手吧！」

如雪「唔」了一聲，沒再多言，而是一翻手，一個竹筒就到了她的手裡，原本她出手是不用給我們解釋太多的，但她必須要給老張解釋：「我這裡是一筒毒蜂，寨子裡祖祖輩輩培育下來，比一般的毒蜂毒了好幾倍，一隻毒蜂只是螫人遮物一次，就得身亡，牠們的毒會讓這些狼崽子發瘋，然後互相攻擊，能活下來幾隻，我也不知道！我這裡還有幾隻雄蜂，毒性更烈，留著對付那頭妖狼吧。」

說話間，如雪手再一翻，這次也不知道從哪兒變了一個做得精巧的葉兒哨在嘴裡，估計就是指揮蜂群的，她看著老張，老張的身子猶自搖擺不定，說道：「那敢情好，就這樣吧，至少不是絕戶計。」

可惜也仁慈不到哪裡去，我心裡補充了一句，可又有什麼辦法，你死我活的情況下，我們道家人沒有佛家人那麼高的覺悟，心中信奉的是自然之道，而自然之道，弱肉強食並不是錯誤，那是進化的道路。

道家人講究的只是心中無愧，做人有底線，不主動去種因得果而已，並非是忍讓之道。所以和尚能當得起一句大師，道家人往往是渾人，多被稱為牛鼻子，也就這意思！

得到了老張的許可，如雪自然就要出手，可是她剛要拔掉那竹筒的塞兒，奇異的事情發生了。

在那瞬間，我只是覺得一陣兒大風兒吹到了面上，只是覺得眼前黑了一下，就聽見如雪驚呼了一聲，再一看，我心裡那個無語加氣憤啊，忍不住罵了一句：「哥們兒，你這時候來湊熱鬧幹啥?沒見著要出人命了嗎？」

此時，在樹下竟然響起了嚓嚓的聲音，我連看都懶得看，就知道是那些狼崽子在撞樹的同時，可是啃樹了。

樹木搖晃不穩，槍的威脅也自然解除了，我看見那頭妖狼得意地邁步而出，像一個就要勝利的將軍，這老林子是這種規矩嗎？拉幫結派！

看著眼前的「哥們兒」，我很難不產生這樣的想法！

第二十九章 莫名的結束，新的危機

望著眼前的「哥們兒」，不僅是我，就連如雪，承心哥，老張都愣住了，吳老鬼更是眨巴著眼睛，完全搞不清楚狀況，不過它腦子也是不想事兒了，明白過來以後，咋咋呼呼地就飄那「哥們兒」跟前了，說道：「大鳥兒，別處逮耗子玩去兒，這個竹筒子可不能隨便亂玩。」

是的，這哥們兒就是大鳥兒，最週邊林子裡的棍兒，吳老鬼是個不想事兒的主，要腦子稍微靈光點兒，看我們的表情，也能猜到大鳥兒的身份，虧它還纏著老張問了那麼多關於這隻大鳥兒的傳說。

面對吳老鬼的咋咋呼呼，我分明看得清楚，那大鳥兒的臉上流露的竟然是一種「無奈」的神情，老張則小心翼翼地喊道：「老吳，我勸你最好回來。」

「回來嘎哈？你是不知道，我以前還有個外號叫人見人愛風度翩翩玉面郎君，莫說是隻鳥兒，就是螞蟻也得賣我一個面子。」吳老鬼傻呼呼的樣子，真讓我想呼它兩巴掌，把它呼清醒。

雖然我們每個人都搞不清楚狀況，搞不清楚這隻大鳥兒為啥會飛到這片山林裡來，飛到我們跟前兒來，並且一下子奪了如雪手中的竹筒，可再咋也比吳老鬼這個二貨強吧，竟然跑到一隻鳥兒面前去說它是玉面郎君，我不想承認我認識它。

老張聽聞吳老鬼的回答，臉開始抽抽了，樹在晃，老張臉抽動的頻率異常奇異的和樹晃動節拍合在了一起，我承認在這種情況下，我是不該笑了，可是還是忍不住大聲笑了。

不只是我，承心哥也大笑，如雪也忍不住發出了一聲兒輕笑，老張無奈，說了句：「你們這幫子人，可夠光棍兒的。」

老張還沒說完話呢，我就看見那隻大鳥兒晃動了一下翅膀，莫名起了一陣兒「風」，竟然把吳老鬼這個靈體給吹翻了一個跟頭，吹飛了五、六米遠。

我顧不上笑了，瞪大了眼睛，普通的風怎麼可能吹得動靈體？除非這風帶有靈力，才能吹動吳老鬼這樣一隻靈體，你可以理解為能量的碰撞。

吳老鬼狼狽地爬起來，這才驚恐地看著大鳥兒，忽然冒了一句：「這鳥兒好大啊，不能夠啊！」

我無語了，意思是處跟前，你還沒發現人家大咋的？這神經估計比筷子還粗了！從它的表情來看，估計它終於知道了這隻大鳥兒是誰！

大，是挺大的，一隻鳥兒快有大半個我那麼高了，更別提身子的寬度，可人家穩穩地站在一根兒極細的枝椏上，像沒什麼分量似的，這是哪招，我不清楚。

可是下一刻，這隻大鳥兒叫了，聲音不大，「唧唧咕咕」的聲音就跟一個小嬰兒沒哭的時候，在「依依呀呀」的表達什麼一個調兒，哪裡是傳說中的貓頭鷹叫跟小孩兒哭似的。

牠是朝著妖狼叫的，我也不知道是在叫些啥，接著更熱鬧的是，我看見遠處鬼鬼祟祟地竄出來一個龐大的身影兒，躲在很遠的地方，賊兮兮地觀望著，不是人熊又是哪個？莫非這大鳥兒是牠叫來的，誰知道呢？老林子的一切在我的心中越發神祕起來了。

面對大鳥兒的鳴叫，妖狼嗚嗚了兩聲算是表達回應，但牠手底下的狼崽子動作依然沒停，而大鳥兒沉默了一陣子，忽然又開始鳴叫，聲音又快又急，那股怒意怕連老張都感覺到了，他悄悄跟我說：「這鳥兒怒了。」

這樣急促的叫聲持續了兩分鐘，妖狼忽然打了一個響鼻，低呼了幾聲，似乎是不服氣或者猶豫什麼一樣，但大鳥兒目光死死地盯著牠，那妖狼好像非常無奈，對著狼群長嘯了幾聲，狼崽子們忽然就停下了動作，隨著妖狼的長嘯，徘徊了幾步，竟然慢慢散去了。

大鳥兒沒啥動靜，就這樣看著狼崽子們慢慢散去，野獸的動作是何其的快，不出十分鐘，這些狼崽子們就竄入林子裡沒影了，這時，那頭妖狼忽然朝著大鳥兒咆哮了幾聲，似乎是不滿，又或者有別的情緒，總之牠就是那麼咆哮了兩聲，也離開了，很快也就消失在了那邊林子的深處，反正是離開了人熊的勢力範圍。

大鳥兒又朝著那邊躲在遠處的人熊叫了一聲，人熊走了出來，我也不知道是不是錯覺，總之覺得牠那張熊臉上有一種小得意的笑意，十分欠打，可仔細一看又沒啥。

人熊朝著大鳥兒人立而起又趴下，似乎是在作揖，如此反覆了幾次，也轉身消失在了林子裡。

這一場危機就這樣莫名其妙的被一隻鳥兒給化解了，我腦子裡一直盤旋著一個問題，鳥兒能和狼交流？這是幻覺吧，呵呵，應該是幻覺！

但不管我怎麼想，這場危機總算過去了，一切又變得安靜了起來，也就在這時，那隻大鳥兒忽然振翅飛了起來，爪子上還抓著如雪的竹筒，可是下一刻，我眼前一花，聽見如雪再次驚呼，卻看見竹筒被準確抛在了如雪的腳邊，卡在兩條枝椏之間，穩穩當當的，可是如雪那個精緻的哨兒，已經被大鳥兒抓在爪子下，幾下用勁兒，就給完全摧毀了。

這鳥兒咋盡跟如雪過不去啊？我心裡就這麼一個想法，倒是老張忽然說了句：「這鳥兒在息事寧人吧，至少在牠庇護的範圍內，不准咱們大規模的傷了狼崽子，也不准狼崽子跑這地界兒來鬧事兒。」

我不懷疑老張的話的權威性，在當時深以為老張猜了個八九不離十，但到了後期，我才知道事實遠非那麼簡單，只是當時不知道罷了。

做完這一切，大鳥兒就這麼莫名其妙的飛走了，如雪哭笑不得，這個樹葉哨子也不是什麼稀罕物，回了寨子，弄好了材料，也隨時可以再做一個，之所以哭笑不得，是因為她先是被一個花花綠綠的變態傢伙偷走了內衣，接著又被大鳥兒弄碎了哨子，連一向冷靜淡定如她都忍不住小聲說了一句：「我是和這裡水土不合嗎？」

一句話，倒說得我們幾個大男人都笑了，連吳老鬼也蹲在樹枝巔兒上，笑得「猥褻淫蕩」，難得如雪幽默了一次，哪個敢不給面子？

笑完，老張說話了：「咱們下去吧。」

「那些傢伙不會再來了？」承心哥不放心。

「哪能再來呢？這裡有棍兒出面了，不是？至少今晚上，咱們在這地界上是沒事兒了。」老張異常篤定地說道。

「那過了這地界以後呢？」我不放心地追問了一句，如果過了這地界以後，今天晚上這種事情天天都發生一回，我估計我就算有吳老鬼那跟筷子一樣粗的神經也得崩潰了。

「那個就難說了，不過進林子，哪能沒有危險，你們要去那幾個地兒，更不好說，今天晚上這陣仗，估計就是小打小鬧，以後得提前做好準備，不要像今晚這樣了。」老張鎮定地說道，比起我們，他好像看得更開，也是在變相提醒我們，我們要經過的地方是有多麼的危險。

下了樹，我們直接回了剛才紮營的地方，一進帳篷，才發現所有的東西都被翻得亂七八糟，整個帳篷裡瀰漫著一股說不上的騷臭味兒，老張特地聞了聞，就以他的豐富經驗，愣是沒聞出這是個什麼味兒來，是什麼樣的傢伙做的。

承心哥有潔癖，如雪愛安靜，兩人受不了這味兒外加這亂七八糟的陣仗，連夜就要收拾，老張說道：「收吧，收吧，明天多睡會兒，咱們晚點兒出發，也免得第一晚上就深入深林子太多了，路要慢慢走。」

這老張，心裡有些怕，還不帶掩飾的，我想笑話老張兩句，但到底沒笑出來，我何嘗不是一個心思呢？經過了今晚上的事兒，我根本不敢有半點輕視這老林子。

第二天，我們一直磨蹭到下午一點才出發，這是沒辦法的事，昨天忙活了大半夜，天亮了之後，我們全部擠在帳篷裡補眠，上午十點多，一個個的才清醒，看著時間，又吃了午飯，這才收拾好一切趕路。

昨天紮營的地方，就是在最後的安全範圍，下午一點出發，中午不到兩點半的時候，我們就正式進入了深林子的範圍，當然是邊緣地帶，雖說人跡罕至，可是偶爾還是會有人存在。

但是，按照老張的話來說，如果腳程快又順利的話，再走兩天，就會徹底進入深林子，說那些林子才是真正沒有人煙，危險之極，我們要面對的第一個險地兒就在那裡！

我的心漸漸就為老張所說的話緊張起來，可事實上，天剛擦黑的時候，我就知道，我太在乎遠憂了，沒有考慮到近況！

那隻妖狼又出現了！

第三十章 包圍與逃命

在這茫茫的雪地裡，在這深深的林子裡，要說發現一隻毛色淺淡的狼是很不容易的，可是在這擦黑的夜裡，牠那小燈泡似的綠眼睛，想讓人不看見都難，跟兩燈泡似的就在離我們不遠的一處山坡上。

「這個犢子！」犢了這個詞兒，在這兩天，在老實人老張口裡頻繁出現，可見老張被這隻「陰魂不散」的大狼給弄得多麼火大。

說話的時候，老張嘴裡叼著一顆子彈，手上的動作也沒停，在往他的單筒獵槍裡壓著子彈，這種「陰魂不散」的傢伙，斃了了事！

我對老張的槍法是有強大信心的，看著老張的一連串動作，深以為這是對的，我對如雪說道：「不然，放妳的毒蜂出去幫幫忙？」

如雪瞅了我一眼，說道：「不行了，哨子毀了，毒蜂幫不上忙。」

「也是，這天寒地凍的，這毒蜂放出來也飛不出去多遠，得凍死吧？」我笑著說道，於此同時聽見了老張拉槍栓的聲音，心裡想著好威風啊，真有範兒，刀啊槍啊才是男人的絕配，想著自己拿張符的模樣，總覺得不夠震撼，電影裡，哪個英雄人物出場，不是拿著一把槍或者刀，救人於危難之中，而我拿張符……

我承認我想得太遠，可是想著那副場景，就是自己忍不住打了一個冷顫。

如雪想說什麼，老張的槍聲卻已經響起，可下一刻，卻聽見老張罵道：「這犢子速度老快了，竟然沒打中，我×！」說話間，老張忍不住往雪地裡吐了一口唾沫，表示心中的憤怒，接著又忙著裝子彈，而我舉目四望，也沒望見那頭妖狼小燈泡似的眼睛了，估計是躲山頭那邊去了吧。

真狡猾，只需要一步，就可以藉山頭的地勢躲掉老張的子彈。

「應該是把這犢子驚走了，咱們以後可得小心點兒，這狼性最是殘忍，狡猾，還老記仇了，這一路上一不留神，牠就得上來整咱們一下。」老張裝好子彈，背起槍，帶著我們繼續趕路，嘴上卻不放心地叮囑著我們。

我們自然是信服的，而如雪也見縫插針地跟我說了一句：「這毒蜂自然不可能在冰天雪地裡生存，只不過牠們被刻意培養過，一放出來就是不死不休的爭鬥，螫別人一下，自己也就身亡了，被這刺激著，追著要尋仇的目標，飛個一兩里地是不成問題的，不會給凍死。」

如雪說了那麼多話，彷彿累了似的，長長地吁了一口氣兒，而我也沒過多的就這個問題多爭辯，畢竟苗疆的育蟲之術，諸多神奇，很多蟲子被培養得甚至違背了自己的本能本性也不是沒有可能，總之，就如普通人不可想像道術的神奇，我也不能去想像蠱術有多麼的神奇。

也就是隨意地聊著天，我們又走了五分鐘，老張說著：「今晚那犢子出現了，咱們也別連夜趕了，找個安全的地方紮營吧，一堆火就嚇住很多野獸的。」

我們表示贊同，莫名地覺得在經歷了昨晚的事情後，一入夜，在這老林子裡走著就心慌，還不如靜下來歇歇。

吳老鬼此時的「裝束」又變了一身，不再是花西裝、牛仔褲、皮鞋了，而是給自己變出了一件搭耳帽子，一件厚皮襖子，下面很奇葩地配了一條西褲加運動鞋，一天到晚把手插在袖籠子裡，說是為了應景兒，他一聽老張說要休息了，很開心，笑得很是「神祕」的樣子，不知道在想什麼。

承心哥看得奇怪，不禁問道：「吳老鬼，你在想什麼？」

「呵呵，呵呵……我記得出發前，如雪姑娘說在老林子裡不能那麼講究，還問老張一個星期有沒有辦法洗一次澡？我們出發到現在，算起來快一個星期了。」吳老鬼眉開眼笑的，估計太得意了，一不小心，在想什麼都給說出來了。

我一聽，臉一下子就綠了，如雪洗澡它那麼開心做什麼？再想想，這靈體本來就是飄來飄去的傢伙，而如雪也不是道姑，它如果存心不想讓如雪看見……我沒有說話，而是摸出了一張符，二話不說就奔著吳老鬼去了。

吳老鬼尖叫了一聲，一下子飄得老高，我在下面怒吼著：「你不要以為你飄得高，我就沒辦法收拾你。」

而如雪一開始也不那麼平靜，可是看我發怒成這個樣子，反倒淡定了下來，很乾脆地坐在雪地裡，托著下巴，眼睛都不眨地望著我，很滿足的樣子。

承心哥無奈，老張臉抽搐，估計這老實人一輩子都沒有想過，原來鬼是那麼不靠譜的傢伙！

可也就在這時，吳老鬼忽然驚呼了一聲：「承一小哥，承一小爺，我錯了，可是我覺得我們完蛋了！」

「什麼我們完蛋了，是你完蛋了！」我猶自在發著火，完全沒有去想吳老鬼的話是啥意思？

「承一啊，狼啊，好多狼啊，四面八方地要包圍咱們。」吳老鬼的聲音都變得尖細起來了，可見這驚嚇有多麼的恐怖。

「你說什麼？」我的臉色一下子就變了，我和吳老鬼可以歸結為「打鬧」，可是它絕對不會用這個來開玩笑。

吳老鬼一下子飄了下來，手舞足蹈，語無倫次的在我面前說道：「我剛才飄得高，林子裡一片兒綠塞兒（綠色兒），四面八方的狼啊，四面八方……」

我的臉色一下子變得鐵青，其實吳老鬼的話說的怎麼樣，還是其次，最主要的是我們全部都看見了，從前後左右的林子裡，出現了很多的「小綠燈泡兒」，看樣子不下兩、三百隻狼。

「呸」老張狠狠啐了一口唾沫，說道：「怕是整個老林子裡的狼全部都來了。」

承心哥有些傻呼呼地接了一句：「誇張了，整個老林子裡幾千隻狼怕是有的，這才多少啊。」

一向淡定的如雪估計也被震撼了，也不會動了，可她好歹還比較理智，說了句：「好像我們被包圍了。」

吳老鬼趕緊跟上一句：「就是，看這地形吧，小山坳裡，剛好又是一塊兒沒啥樹的空地，這是陰謀，陰謀。」

沒啥樹，我一下子反應過來了，以前有人說，狼群會讓斥候遠遠地跟著敵人，然後在合適的時候包圍敵人，還以為是假的，從昨夜到今夜的教訓，讓我知道了，這話半點兒不摻假。

虧我們這群光棍，現在還能討論老林子有多少狼的問題，面對這種情況，我只能大喊一句：「跑，跑去有樹的地方爬樹！」

這也是沒有辦法的辦法了，只要狼群一圍上來，不管是如雪的蟲子，還是承心哥的毒也沒地兒使了，我也不認為我能瀟灑到在狼群裡踏步罡，至於老張，他就算扛的是一架暴龍機關槍，也掃不盡那麼多的狼崽子。

我一聲喊，大家都反應了過來，開始轉身拔腿就跑，沒別的，朝著最近的樹跑，只要能上去一個，其餘的人就算背靠著樹，也能堅持一會兒。

老張一下子就竄到了最前面，嚷著：「跟著我，這大夜裡的，萬一掉雪窩子裡就完了，這一帶，我也算不上多熟悉，憑經驗還是能判斷的。」

我們不說話，明白老張說的事兒的嚴重性，只是悶頭默默跟著老張跑。

我們一跑，狼群也有行動了，開始從四面八方的林子裡竄了出來，飛速追趕著我們。

比起狼群，我們的奔跑並沒有優勢，這雪還不算下到了最深的時候兒，但一腳下去，也能把腳面淹沒了，至於淺的地方，踩在地上也有些打滑，我們哪裡叫跑？根本就是連滾帶爬！

而狼群的大爪子卻是比我們適合在雪地裡奔跑，眼瞅著，這距離就越來越近，越來越近……

更糟糕的是，就算這深林子裡也是固定的路線的，這是老張那張地圖記錄過的，最安全的路線，我們這麼一慌亂地跑，生生地就偏離了那路線，朝著一個陌生的山坳越跑越遠！

「汪汪汪」，身後那狼群的聲音，如同一片狗叫的海洋，我還在抽空想，這些狼崽子不裝B，不去對月長嘯，其實叫起來就跟狗沒啥區別，不就一群狗嗎？

我想藉著這個來放鬆自己的心情，可也就在這時，我聽見了如雪的驚呼聲，我眼睜睜地看著前面的一大片雪地陷了進去——雪窩子？

第三十一章 詭異的對峙

這情形發生得太突然，以至於跑在後面的我和承心哥都沒反應過來，老張跑動的速度太快，可能瞬間就跑過了這個雪窩子，但雪窩子已經處於在崩塌的邊緣，跑在第二的如雪就恰好遭殃了。

這是我腦子裡唯一能反應過來的念頭，看著如雪猛的陷入雪窩子裡的身影，我感覺自己腦子在充血，周圍亂痲痲的，吳老鬼的驚呼，承心哥撲過去想拉住如雪，還有老張的驚呼：「這裡怎麼會有雪窩子？」我彷彿都已經感應不到。

我只有一個下意識的反應，就是毫不猶豫地在那一剎那，一下子衝進了那個雪窩子，趁著那衝擊的力量，一把把如雪抱在了懷裡，也只能如此了，下一刻，我就感覺身體在急速下陷，我把如雪抱得更緊了一些，反而是長吁了一口氣。

「掉在雪窩子裡最可怕的地方就在於，雪一下子就陷下去，把你埋住了，到時候挖人都來不及。」

「或者沒埋住你，但是雪的衝擊力一下子卡住了你，緊緊實實的，你動不了，也爬不上去，幾天就凍死了，而且摔下去的雪窩子萬一很深的話，那可是能把人摔死的。」

我承認我的舉動是很衝動，可是在那個時候，我幾乎是下意識的反應，或者是同生共死的心情？可是在下落的過程中，我想到的卻是老張的這幾句關於雪窩子的話，也好，我如果用雙臂給如雪撐起一片空間，如雪也就能多堅持一會兒吧？

真好，在黑岩苗寨，兩次用生命背負我的生命的舉動，我終於可以報答了，在我懷裡，如雪是一副震驚而埋怨，卻又溫情的表情，我從來沒見過她流露出那麼多情緒，而我只是微笑，真好，是真的很好。

下落的過程，在這樣的對視中彷彿很慢，事實上，也不過就是幾秒鐘的事情，我們隨著雪流終於落到了坑底，幸運的是，畢竟是老張先踩過的地方，雪流下落很快，相當於是墊了一層墊子在我和如雪的身下，我們落下去，竟然沒有被摔得很疼。

我猛地翻到如雪身上，用雙臂努力撐起自己的身體，想在第一時間為如雪擋住雪流，卻吃驚的發現，沒有我預想的雪流鋪天蓋地的壓下來，抬頭還是能望見藍天。

「咳……咳……」我的耳邊響起了承心哥的咳嗽聲，這才猛然驚覺，我和如雪現在的姿勢，實在是有點兒……

如雪微微側頭，臉有些紅，我沒有側開身體，反倒是注意起四周來，發現這個雪窩子真深吶，快有十米的高度，而且口子很大很大，怪不得周圍的雪沒能覆蓋這裡，而是從旁邊還在緩緩滑落。

此刻，承心哥和老張正沿著周圍的雪滑下來，所有的地方傳來的依然是狼群的「狗叫聲兒」。

「如果你想，但也不是這裡。」如雪的聲音很小很小，如同蚊子在我的身邊哼哼，同時用手微微推了我一下。

這話是什麼意思？如果我想？不是這裡？我一下子回味了過來，必須得承認，即使在這天寒地凍的天氣裡，我的小腹一下子也發熱了。

「如雪……」我低低喊了一聲，我和她之間不必多說，也能明白對方什麼意思，如雪可能沒有明白我一下子壓住她是什麼意思，但是為了避免我尷尬，她故意這樣說，是為了輕鬆化解我的尷尬，但同時也是她心情的一種表達，同生共死的感情，不是嗎？有什麼不願意給的？曾經，最後的那一夜，不也是她開口說的嗎？

苗女火辣而直接，就算如雪性子清淡，可骨子裡還是流著苗女的血液。

如雪想刻意做得平靜無奈，眼中的深情卻流露出了所有的意思，如雪想輕鬆揭過去，無奈，卻不明白這話對我的挑逗有多麼強烈，我是真的不想離開如雪溫軟的身體，我想俯下身去，深深吻住她。

「咳……咳……」老張也開始咳嗽了，承心哥反而是站在一旁，平靜地點上一枝菸，說道：「抓緊時間纏綿吧，等下狼群來了，也死而無憾了，總之我和承一是一脈的師兄弟，我無所謂陪著他一起同生共死，主要是能死得痛快。」

吳老鬼咋咋呼呼地嚷道：「承一小爺，從今以後你就俺的爺，太爺們了，太感人了，在狼群的追逐下勾搭大姑娘，這是何等豪情的事情啊？別怕，死掉了，就和我一起飄著去仙人墓。」

我×，原本深陷在纏綿悱惻情思中的我，聽到吳老鬼的話，一下子就感覺自己太陽穴跳動得厲害，是給氣的，什麼叫在狼群的追逐下勾搭大姑娘？什麼叫飄著去仙人墓？想起那副情境我就覺得這世界太荒謬了。

那份纏綿的心思也沒了，我從如雪的身子上翻身下來，狠狠瞪著吳老鬼，無奈卻想不出什麼詞兒來回應它。

「算了，這次來老林子就算我老張交代在這裡了，不過，看著老吳，我卻不怕死了，哈哈哈哈……」老張忽然放聲大笑，難得幽默了一把。

這也是苦中作樂，如今全部都在雪窩子裡了，面對這鋪天蓋地的狼群，還能有什麼辦法？

承心哥走過來，拍著我的肩膀，挨著我坐下了，掏出一包子粉末來，說道：「也不是完全的絕望，來個絕戶計吧，大家先把解藥吞了，什麼因果我都擔著。」

說完，承心哥又掏出了一個小瓶子，從裡面倒出了幾顆藥丸，這確實已經是逼不得已了。

沒想到這次是老張走過來，先拿過了藥丸，大聲說道：「這些狼崽子把人逼到這個地步，死絕了也是活該。」

老張說話的時候，第一隻跑到的狼已經到了雪窩子的邊緣，我們卻驚奇地發現，牠並不下來，而是有些畏懼地朝後退著。

接下來，越來越多的狼都聚集在了這裡，雪窩子邊緣的雪簌簌往下掉著，有幾隻狼崽子被雪流帶著下滑了幾步，都趕緊夾著尾巴朝上爬，那樣子，要多狼狽就多狼狽！

這是咋回事兒？我們目瞪口呆，連捏著藥丸的老張都張大了嘴巴，舉著藥丸，忘記了吞藥丸下去，莫非我們誤會了，狼群只是在和我們捉迷藏？

「啊嗚」「啊嗚」，狼群的身後傳來了幾聲長長的狼嘯之聲，這聲音，我們一聽就知道，是那頭妖狼的聲音，因為昨夜裡，聽過好幾次了，牠的聲音太獨特，那長嘯之中彷彿是有一種莫名的威嚴，別的狼是學不來的，所以一聽就能聽出來。

妖狼不停地長嚎，圍在雪窩子旁的狼群開始騷動起來，有幾隻試著往下衝，承心哥也緊張地舉起了手中的藥粉，可是那幾隻狼彷彿是終究敵不過內心的恐懼一般，再次夾著尾巴回去了。

一切顯得是那麼詭異，妖狼長嚎，狼群騷動，急得像熱窩上的螞蟻似的，卻始終不敢下來。

我們面面相覷，越來越搞不清楚狀況，只有吳老鬼在雪窩子裡飄過來飄過去的，不知道在弄什麼？

這樣狼群不敢下來，我們也不敢上去，僵持了快五分鐘之後，狼群再一次不安分起來，這一次不是那種著急的騷動，而是有一些狼紛紛讓開，讓出了一條道路。

妖狼來了！

牠一步步走來，卻沒有再次長嚎，而是臉上帶著人性化的，我也形容不出來的表情，似乎是難以置信，似乎是恐懼，似乎還有點兒遺憾和幸災樂禍。

這狗日的犢子，牠幸災樂禍個屁，我根本不記得我和牠有過仇恨？牠幹嘛那麼針對我？

站在雪窩子的邊緣，這頭妖狼像個皇者，只是盯著雪窩子看了一眼，忽然轉身就走掉了，我沒明白，可是一直在東飄西蕩的吳老鬼卻在喊道：「這兒，在這兒有問題！」

第三十二章　洞口與安然之夜

妖狼走了，吳老鬼咋咋呼呼，但我們所處的情況也沒有任何的改變，狼群依然不退，我們依然處在這冰冷的坑底。

不過，吳老鬼的話到底是引起了我們的注意，我們隨著它指引的方向看去，就是一片白雪覆蓋的地方，根本就沒有看出什麼特別，所以只是看了一眼，疑惑的眼光又全部望向了吳老鬼。

吳老鬼急得上躥下跳，一激動還跑一頭狼崽子腦袋上站了一會兒，才說道：「是真的有問題。」

對於它這遇事兒抽風的樣子，我們已經習慣了，乾脆靜等。

而吳老鬼也一骨碌的從狼崽子腦袋上下來，飄來剛才指的地方，仔細指著雪流中間的一條黑色縫隙說道：「問題就在這兒啊！」

在哪兒？藉著月色我硬是沒看出來問題，畢竟雪流這麼落下來，和凍土交錯，這樣的縫隙太多了，看不出來有什麼特別。

可是吳老鬼已經懶得解釋，很神奇地飄了進去，這一飄就像完全融入了雪裡，看得老張臉抽抽，這場景未免也太「靈異」了一些！

我眉頭一皺，覺得事有蹊蹺，靈體好像不受物質的限制，不過如果雪流的背後是一片凍土，吳老鬼除非是想練鑽地術，否則也不會無端地飄進去。

所以，我第一時間拿出了電筒，走了過去，藉著電筒的燈光仔細打量起了那個縫隙，這一下，我看出了名堂，剛想說話，吳老鬼恰好又鑽了出來，突兀地對著吳老鬼那張青白色的老臉，反倒把我嚇了一跳。

「你出來不帶吱聲兒的啊？」我忍不住開口罵道。

「吱吱吱，是要這樣招呼你嗎？不能夠啊，你這不是讓我學耗子嗎？」吳老鬼振振有詞。

我再次被氣得太陽穴亂跳，懶得理會吳老鬼，轉身說道：「承心哥，老張，把雪鏟拿過來，這邊真的有情況，快來！」

我這一喊，承心哥和老張立刻就照做了，趕緊拿著雪鏟過來，把電筒扔一邊，也不問為什麼的，就和我一起開挖。

狼群依舊守在雪窩子的上面，我們鬧那麼大的動靜，牠們也懶得管，不下來的樣子，沒聽見妖狼的聲兒了，估計人家大爺是已經離開了。

時間一分一秒過去，我、老張、承心哥硬是在這冰天雪地的老林子裡幹出了一身兒熱汗，如雪想來幫忙，可是三老爺們同時讓她回去坐下，這種事情是不好讓女人動手的，丟不起那人。

至於吳老鬼可沒那心思，它好像發現了新樂子，就是站在狼崽子腦袋上玩，站完這隻站那隻，站完那隻站這隻的，時不時還做出一個齜牙咧嘴「恐嚇」的動作，或者是打狼崽子幾拳，無奈都是無用功，有點感應的狼崽子最多覺得腦袋有點冰涼涼，甩一下腦袋而已。

可就這樣，那吳老鬼竟然玩得不亦樂乎。

「嘩啦」一聲，在吳老鬼不知道站在第幾頭狼崽腦袋上玩兒的時候，我們終於大功告成地挖開了那雪流，最後的支撐不再存在，掩藏在雪流背後的真相終於出來了，原來在這裡竟然有一個黑沉沉的洞口。

老張一把扔下了雪鏟，在旁邊拿出他的旱菸杆子，一邊喘著粗氣兒，一邊「啪嗒啪嗒」地抽了起來，承心哥則是直接抓了一把雪，就塞嘴裡了，給渴的。

至於我，也沒啥動靜，呈大字型地就躺倒在了雪地裡，然後點上了一枝菸，如雪也是靜靜的等著我們休息。

吳老鬼看這情況，一下子就從一頭狼崽子腦袋上飄了下來，嚷著：「嘎哈呢？挖出來了，咋不進去看看呢？進去啊，進去唄？」

沒人理會吳老鬼，反倒是老張說話了：「狼的性子最是殘忍狠毒，能讓這些不要命的狼崽子忌諱成這樣的地兒，不知道裡面有啥恐怖的存在。第二，我之前說過了，這一片兒我不是太熟悉，但也不是沒來過，何況我手裡還有地圖，祖祖輩輩記錄的東西，出錯的可能不大，這雪窩子出現的實在是詭異。不過，這些狼崽子是我看一時半會兒是不會退去的，日子不用多，圍個幾天，咱們沒個生火的傢伙，就得凍死在這裡。發信號求救，還是咋樣，我沒意見，你們決定，我跟上。」

說完，老張就沉默了，只是繼續吸著他的旱菸。

承心哥吃了一肚子的雪，也開口了：「這洞裡沒詭異，我是不信的，發信號就意味著這次行動別繼續了，按照老吳所說，時間也就那麼點兒，一等又得是多少年，還有人在另外一頭趕路。承一，你決定吧？狼崽子不下來，這毒也沒法下！」

是啊，是有什麼風，能把毒粉給吹到十米高以上的地方啊？除非我們要毒死自己！

如雪不說話，只是靜靜地看著我，我明白，她只是跟著我的腳步，任憑我怎麼決定。

一枝菸抽到了盡頭，我終於開口了，說道：「如果能不進那個洞裡，咱們就不進去，等一會兒吧，等到天亮，如果狼崽子還不退，再說吧。」

我這話就是最後的決定了，大家很默契地沒有再發表任何意見，就連神經有筷子那麼粗的吳老鬼也咂摸出了味兒，不再開口了。

沒有火的冬夜，是如此難熬，我們很是乾脆的在雪窩子裡紮起了帳篷，把行李中能披上的衣服都給披上了，然後擠在帳篷裡，這樣能稍微暖和一點兒。

夜，是如此漫長，如雪靠在我的身邊，和我一同靜靜守候著，也許是今天小小的「纏綿」，讓我和她都沒有睡意，在這夜裡，眼睛都睜得老大。

至於承心哥和老張卻靠在帳篷上，發出了微微的鼾聲，吳老鬼早鑽進養魂罐兒裡了，靈體也是需要「休眠」的，或者應該是這個詞語吧，畢竟精氣神兒，是需要「休眠」才能養足，以為靈體是不休息的，那是一個錯誤的認為。

如果是那樣，被「鬼上身」的人，不是要二十四小時鬧騰？

大家都睡了，剩下我和如雪聽著彼此安靜的呼吸聲，氣氛反倒變得有些曖昧起來，我忍不住，小聲在如雪的耳邊說道：「今天妳給我說那話，是啥意思？」

如雪托著下巴，透過帳篷的小窗戶，望著黑沉沉的夜色，好像是不想回答，弄得我反倒有些不好意思，覺得自己都問的啥啊？

但過了一會兒，如雪在我耳邊小聲的開口了：「以前是什麼意思，現在也就是什麼意思。既然生死可以不顧，我對你說那樣的話也算不得什麼，在那個時候，我只是想表達自己的心意，你不要去試著猜女人心思是什麼，因為你也猜不到。」

「啊？」這回答，讓我雲裡霧裡的，忍不住啊了一聲，然後傻愣愣地說了句：「妳剛才說不是那裡，那……那要哪裡？」

我一不小心，心裡咋想的給暴露了，一說完，我就後悔了，媽的，老子的君子形象啊！

「哪裡？什麼哪裡？我怎麼不知道你在說什麼？」如雪望著我，忽然異常少有地衝著我眨了眨眼睛，樣子非常調皮。

我一急，還想說什麼，如雪忽然把頭靠在我的肩膀上，說道：「陳承一，傻小子，我困了，要睡了。」

我剛才還急躁的情緒，忽然溫暖安然一片，輕輕握住如雪的手，說道：「睡吧。」

外面，夜正深沉，那一片幽綠的顏色也意味著狼群沒有退去，不過，又有什麼關係呢？這一刻，在狼群包圍下的幸福，會是我永生都不會忘的回憶，我將帶著這樣的幸福，微笑著去面對明天。

第三十三章 怪洞

第二天一大早，大家是被吳老鬼咋咋呼呼的聲音給弄醒的，誰受得了在夢中的時候，一個帶著東北腔的聲音忽然在腦海炸開，嚷著：「狼來了，狼來了，不是，是狼沒走，狼沒走！」

所以，我們幾乎是同時睜開了眼睛，承心哥狠狠瞪了吳老鬼一眼，老張估計是有起床氣，揮舞著旱菸杆子給吳老鬼敲去，自然是敲了一個空。

只有我樂呵呵地醒來，只因為我一睜眼，就看見如雪在我的懷裡，緊緊抓著我的一邊肩膀，曾經多少次幻想，早晨醒來的時候，第一眼就能看見如雪，如今在這狼群包圍的冰天雪地裡倒是實現了這個願望。

所以，我已經顧不上跟吳老鬼發脾氣了。

待到大家都醒來，簡單洗漱了一下，我走出了帳篷，看見這些狼崽子果然就如吳老鬼說的那樣，根本就沒有退去，估計是一夜頂著北風守著我們也累了，大多數狼崽子是趴著的，只是見我們出來了，才齜牙咧嘴站了起來，無奈根本不敢下這個雪窩子半步。

「承一，決定了嗎？」承心哥在我旁邊問道。

「嗯，進洞。」我回答得言簡意賅，只要不是被逼到絕路，我不想放棄這次行動。

這樣的人。

「嗯吶，那就進吧。」老張的表情都沒有任何變化，這倒讓我有些感動，即使我知道老張是

既然決定了，那也就沒什麼廢話，我們沉默的收拾著，十幾分鐘以後，就收拾好了所有的行李，站在了那個黑沉沉的洞口。

那個洞口不大，根本容不下一個人站立著進去，像我的個子，貓著腰進去都困難，吳老鬼也說了：「這個洞不是直的，是朝下的，得爬著進去。」

爬著進去就爬著進去吧，不過想著那種姿勢，我還是忍不住一肚子的火，對著狼崽子們比了個中指，然後吼道：「狼崽子們，你們看好了，小爺我進去，有脾氣就跟著進來，沒脾氣就別在那裡瞎BB，學狗叫。」

狼群回應我的自然是一串兒汪汪聲兒，我呸了一聲，罵道：「沒出息，還是只會學狗叫。」

吳老鬼跟在身後，忙不迭地點頭，說道：「就是的，就是的。」

如雪噗哧一聲兒笑了，老張也咧嘴笑了，承心哥笑得更是暢快，再沒什麼廢話，我拿出手電，先把背上的行李扔進了洞裡，然後率先進入了洞裡。

洞裡一片黑沉沉的，很窄，窄到只能最多只能塞進一個半爬著進去的人，讓人感覺有一種莫名的窒息與壓力。

更讓人感覺到不安的，是洞裡的黑沉彷彿像是實際性的東西一樣，連強力手電筒的光在這裡都穿透不了多遠，可是我還是敏感地發現，這個洞裡的痕跡不太對勁兒。

因為這絕對不是天然的洞穴，而是什麼東西開鑿出來的一樣，一般人總會想到是盜墓者，但是盜墓者的盜洞也不知道是不是出於職業習慣，周圍的壁上都是整整齊齊的，能看出一鏟子一鏟子的痕跡，但這個洞的痕跡，怎麼說呢？很怪異，一條條的，倒像是鋒利的爪子抓出來的一樣。一個半人那麼寬的動物，會是啥？胖子穿山甲？我想像不出來，只得繼續朝前爬著。

只不過，爬了沒幾分鐘，我就覺得費勁了，因為這個洞口越往裡，坡度就越大，加上是泥土的，滑溜溜的，我得費勁撐著邊緣，才不至於滑落下去，倒是扔在前面的行李滑開了一些距離，被我及時拖住了。

在洞裡不方便說話，我們只能沉默地爬著，好在這個洞的空氣竟然十分流通，不至於讓人呼吸困難，根據基本的常識判斷，這個洞穴應該不是一個死穴，通風也就意味著有出口。

吳老鬼沒這限制，身為靈體的好處也出來了，一溜煙兒的在前面飄著，時不時還得意地轉過來，眨巴著它的眼睛，「無辜」地說道：「快點兒吶，整快點兒。」

沒人有力氣和它計較，任由它得意地飄著，一溜煙兒地飄不見！

只是幾分鐘之後，我就聽見了吳老鬼的一聲兒驚叫之聲，我很擔心地大吼道：「老吳，你沒事兒吧？」

吳老鬼的聲音半天都沒傳回來，我也顧不得什麼穩住身子了，乾脆很直接地換了個姿勢，半躺在洞裡，任由自己一路直滑下去，速度一下子提升了很多，卻不料人算不如天算，這個洞到了裡面，竟然是有拐角的，我一下子就撞在那個拐角之上，腦袋由於慣性，又碰到了另外一邊，暈了好一會兒，一睜眼，就看見吳老鬼在我面前飄著，看得我一身雞皮疙瘩。

不為別的，只因為吳老鬼臉上也是一個一個的疙瘩，密密麻麻，老子都不好意思說，我有密集恐懼症！

「承一，沒事兒吧？」承心哥擔心的聲音從後方傳來。

「沒事兒。」我大聲回答了承心哥一句，然後衝著吳老鬼吼道：「你把臉整成這副模樣幹啥？你一個鬼，還能長包咋的？」

吳老鬼挺「無辜」地說道：「你以為我願意整成這副模樣啊？不整成這樣，簡直不足以表示我那麻溜溜的感覺，我這是表達我起雞皮疙瘩了！」

「啥玩意兒？」我沒懂。

「你進去看了就知道了！」吳老鬼朝著那個拐角的洞口指著。

我也懶得和吳老鬼廢話，帶著疑惑爬進了那個洞口，只是一眼，我就覺得頭皮發炸，忍不住罵了一句：「我×！」

這洞裡沒有怪物，沒有任何恐怖的存在，也是和那洞口一眼，是一條簡單的直行向下的洞口，唯一不同的就是，這個洞裡的四壁上布滿了密密麻麻，大小不一的坑洞，最大的估計和小指頭一樣大，最小的估計就是指甲蓋兒那麼大。

看著這副場景，我剛才看見吳老鬼起的雞皮疙瘩還沒消下去呢，寒毛子又立起來了，心裡那毛乎乎，恨不得把這些小點兒都去掉的感覺簡直無法形容。

「承一，咋了？」承心哥的聲音再次傳來，顯然我那句粗口承心哥是聽見了。

我深吸了一口氣，強忍住心中的不適感，對承心哥大聲的吼道：「也沒啥具體的危險，就是進來這兒要做好心理準備！」

果不其然，承心哥進來被震撼了一次，如雪倒還好，比較淡定，長期和蟲子打交道的人，對密集的事物早就有了抵抗力。

「這個……」如雪看了看洞中的場景，忽然開口說了一句，但是卻沒多說，畢竟這樣的洞裡哪裡是談論的地方？

我們繼續著一路向下，只是這一路上，我努力的只看自己的手，一身的雞皮疙瘩也沒能消下去，在洞中爬了好一會兒，如果是直線距離，我得爬到地底多深的距離了啊？但這洞到了這一塊，坡度就已經很小了，倒是七彎八繞的彎彎很多，讓我懷疑這洞簡直是永無盡頭。

就這樣，又沉默地伴隨著那些坑坑點點前行了大概十分鐘，吳老鬼的聲音再次從前方傳來：「快點兒，到這兒來，這裡就出來了，可這是啥玩意兒啊？」

聽吳老鬼的聲音，距離不算太遠，可是我已經受夠了這個點點洞了，趕緊加快速度又爬了將近三十米彎彎繞繞的距離，終於到了洞口，但一個沒注意，我是摔下去的。

我還沒來得及喘息呢，承心哥、老張、如雪接二連三的摔下來，其中承心哥大半個身子都摔到了我的身上，壓得我一口老血差點兒沒噴出來。

「那啥？不好意思啊，忘記你們不能飄了。」吳老鬼一點都沒誠意地道歉，我抬頭一看，那個洞口，到我們摔下來的地方，起碼有一米多高，我再一次懶得和吳老鬼計較，因為就正如吳老鬼說的，這是啥玩意兒啊，天花板上一雙眼睛，死死瞪著我們！

第三十四章　碧眼狐狸

原本這個洞中很黑沉，就跟來時的洞子是一樣的，彷彿是有一種實質性的不能穿透的黑暗，我們的手電筒也在剛才掉落的過程中，亂七八糟地滾在了一旁。

可是，我還是很難不去注意這雙眼睛，因為太過奇特，也太過的顯眼，碧色的眼底，銀色的眸子，最重要的是那銀色的眸子還發出奇特的金屬色光芒，而這種光芒雖然微弱，卻異常「堅挺」得能夠穿透那彷如實質性的黑暗，也不知道是因為燈光反射，還是別的原因，你盯著這雙眼睛，你總覺得那眼神能跟著你的目光流動，你也體會到那憤怒的怒意，體會到它是在瞪著你。

那雙眼睛讓我看得「入神」，即使心底覺得很不安，還是難以挪開目光，這個空間安靜，我們聽著彼此的呼吸聲，心裡也都明白，大家都看「入神」了。

靜默了大概五秒，吳老鬼忽然一蹦老高，喊著：「嘎哈啊？咋都不說話呢？」

吳老鬼的話像一聲平地驚雷，一下子驚醒了我！

不好，我使勁一咬舌尖，疼痛讓我猛地徹底清醒了過來，我不再看那雙眼睛，反而是趕緊爬起來，先是一把拽起來老張，使勁搖晃了老張兩下，再是拉起如雪，也同樣搖晃了她好幾下。

最後是承心哥，我在拉起他的一瞬間，他就清醒了。

承心哥到底是底子要雄厚一些，而老張是普通人，我不得不先救他。

儘管大家都在第一時間清醒了過來，我還是出了一身冷汗，如果不是吳老鬼那莫名的一聲吵嚷，我相信不用再過五秒，我們立刻會陷入一種不能自拔的，真正的「眼」世界。那個世界會很神奇，按照記載，會讓你陷入反映出你心底最深欲望的幻覺世界。

「咋了？」老張有些驚魂未定，進入這地底之後，就不再是老張熟悉的老林子了，做為一個普通人，老張還能有這樣的表現，已經算心理素質不錯了。

我撿起所有的電筒遞給了大家，說道：「我現在不能判斷情況，不過，大家記得，千萬別輕易盯著那眼睛看，或者看之前，心思放鬆，背課文都行，總之不能讓心神跟著那眼睛走，對了，實在不行，就用電筒照著它，有強光的情況下，它的魅惑不會那麼厲害，我怕之後還會出現這樣的眼睛。」

大家默然，儘管搞不清楚是咋回事兒，但絕對不會懷疑我所說的話，而吳老鬼也小心翼翼地飄過來說道：「承一，這牆上我去看了，有壁燈，裡面的燈油還沒有乾呢，要不要點上試試？」

我來不及給大家解釋什麼，趕緊對吳老鬼說道：「你們別動，老吳在哪兒，快帶我去！」在這種環境下，在這種怪眼之下，有光亮絕對是最好的事情，而且這個洞穴是通風的，不用擔心缺氧的問題。

吳老鬼在這種黑暗之下，彷彿是不受影響，在前方飄著帶我走了幾步，然後把壁燈的位置指給我，我拿著手電筒一照，壁燈的位置不是很高，我踮起腳就能搆著，倒是省去了一番麻煩。

壁燈就是簡單的燈托形式，可仔細一看也詭異，詭異的原因在於壁燈背後有一個小小的壁畫，壁畫上是一隻沒有手指頭的手，黑色，骨節嶙峋，在托著壁燈。

這是什麼玩意兒啊？我儘量不去多想，而是拿出打火機朝著燈芯點去，我也不是沒有考慮過燃燒的燈油到底有毒沒毒的問題，但是有毒，也總比沒光強。

「啪」的一聲，燈花跳躍，壁燈亮了，那燈光是一種詭異的淡綠色兒，飄忽不定的燈光映照的整個空間更有一種恐怖的氛圍，可是看著這種顏色的燈光我反而不慌了，心裡已經有了答案。

這樣的壁燈一共有八盞，我催促著吳老鬼一一找到，把它們全部點燃以後，心裡才鬆了一口氣，渾然不覺自己已經驚出了一身冷汗。

八盞壁燈點燃以後，都是那種詭異的淡綠色火焰，看起來很是微弱，卻很是神奇的交相輝映，把整個空間都照亮了，至少能讓我們看清楚，我們是身處在一間石室當中。

石室簡陋，絕對不是什麼想像中的古墓墓室，因為這裡沒有任何的工藝水準可言，更別提什麼裝飾，就是把石頭一面弄平整了，亂七八糟地鋪在一塊兒，中間還有大條大條的縫隙。

這時，我簡單打量了一下，趕緊招呼如雪等人過來，看他們的神情，估計已經很不安了。

三人剛走過來，老張第一個開口了，估計是被刺激得太慘，連說話都是大聲嚷嚷：「承一，到底咋回事兒？你必須給我說說，必須的，至少說一下咋整！」

我望著老張，一時間不知道怎麼開口，不要以為普通人見識了一些，接受能力就會變得很強悍，他們最多還是只能接受生活範圍內的事兒，就比如說離生活很近的詭異事件，再深了，他們就會歸類為「玄乎」「神話」「扯淡」，反而變得疑神疑鬼，搞不好心理都會崩潰，所以，我也不知道怎麼解釋，乾脆用事實說話。

我拿起手電筒，指著牆頂，扶著老張的肩膀說道：「你再仔細看看，這牆頂上是什麼？」之前手電筒的光芒並不能穿透這實質性的黑暗，可如今在壁燈的幫助之下，卻輕易地照清楚了整個牆頂，牆頂比起這間石室還要簡陋，就是泥巴頂子，可是老張一看之下，卻真的驚呼了一聲兒，然後一句話脫口而出：「這不能啊，碧眼狐狸，這玩意兒真的存在？不不不，這只是一幅畫兒，就跟那些明星貼畫兒一樣，這就是一幅畫兒，不能夠，這不能夠！」

老張情緒激動之下，竟然開始在原地打起轉來，也不能怪他不接受，不只是在東北的老林子，很多有山林的地方，碧眼狐狸代表的意思絕對只有一個——狐妖！

而這牆頂上的壁畫雖然簡單，但是寥寥幾筆，卻真實勾勒出了一隻狐狸的樣子，再加上那雙詭異的眼睛，此刻清楚的映照之下已經是似怒含嗔，連狐狸那種狡猾，有些殘忍，卻又嬌媚的媚態都給勾勒了出來，傻子都能看出這是一隻碧眼狐狸。

老張亂轉了幾步，我沒拉他，這是一種需要心理發洩的過程，畢竟他被托夢了幾十年，接受鬼會比較快，但要接受一隻屬於很遠古傳說中的碧眼狐狸可不是那麼容易，壁畫本身沒有什麼不好接受的，不好接受的是那雙眼睛，竟然真的能勾魂奪魄，在山林子裡長大的老張難免聯想很多。

在幾乎激動了一分鐘之後，老張有些頹廢地蹲下了，說道：「就算有個黃鼠狼妖精站在我面前，我都能接受的，我就不相信神話啥是真的，扯淡，扯犢子，但我要咋整？一幅壁畫我剛才就差點兒忘記自己是誰了。」

原來，老張在剛才那一瞬間已經陷得那麼深了，我這時才蹲下來，對老張說道：「你也別先想著是碧眼狐狸，因為就如你所說，畢竟是一幅畫兒，那雙眼睛是被人動過手腳的，知道嗎？還不能證明就是碧眼狐狸存在！」

這時，如雪若有所思的問道：「承一，是動了什麼手腳啊？」

「關鍵就是那一塊銀色東西！」我抬起頭來，對如雪說道，感謝師祖的手劄，讓我能知道這一齣。

「那是什麼？」發問的是承心哥。

師祖留下的手劄其實不只一本，山醫命卜相各脈都有一本，只不過各自記錄的不同，針對性也不同，承心哥不知道也是正常。

「那其實是一種石頭，不是我們以為的金屬，或者是銀子什麼的，如果說這個世界上，還有什麼東西比玉石更能儲存磁場和能量一類的東西，那就是它了，只不過儲存的方向有區別，它或者根本不應該存在於世界，它有個師祖給定的名，叫做魅心石。」我簡單解釋道。

第三十五章　封閉的石室

聽我這麼簡單地一解釋，老張的情緒稍微平靜了一些，畢竟不是一隻真的碧眼狐狸在他面前，一塊石頭他勉強還能接受。

不過承心哥一聽卻來了興趣，問道：「承一，你詳細說說？」

我先沒忙著回答承心哥的問題，而是說道：「我們先看看，這裡有沒有出路再說。」畢竟我只是根據師祖留下的手箚來判斷了一些事情，但說到底這裡處處透著詭異，如果不找到出路，我也沒心思坐下來說什麼魅心石的事情。

「嗯吶，先找出路。」老張彷彿是一刻也不想在這樣的地方多待，趕緊地點頭。

倒是如雪，貌似漫無目的在這裡走走看看了起來，吳老鬼亦步亦趨地跟在如雪身後，「唧唧歪歪」的也不知道在小聲說著什麼，我只聽見一句「雪姑娘，妳有沒有姐姐妹妹？」之類的，如雪沒理它。

妹妹？要是如月那古靈精怪的丫頭來了，怕是夠它喝一壺的！不，兩壺！

我這樣想著，開始在這間石室裡找起出路來，雖然點亮了八盞狐燈，這間石室還是有小半截隱沒在黑暗之中，不走近是看不清楚的，只能走過去看看出路是不是在那邊。

在狐燈的配合之下，手電筒的光芒也算是能輕易穿透那層黑暗，把剩下的小半截石室照得一清二楚，只不過距離遠了就不行。

剩下的小半截石室就如我開始猜測的那般，竟然在盡頭的牆上畫滿了大大小小的碧眼狐狸，那眼睛畫得尤為傳神，只不過除了其中的兩隻安上了小小的魅心石以外，其餘的都只是真正的壁畫。

不過狐燈點亮，配合手電筒的光芒，魅心石也就發揮不出來所謂的「威力」，對我們倒沒造成什麼影響，只不過我們三人的臉色都不好看，只因為這分明就是一間封閉的石室，至少我沒有看見任何的出路。

我不死心，乾脆走到畫滿狐狸的牆上，一一摸索著，敲打著，在我心裡，這裡既然是通風的，斷然不會沒有出路，說不定這牆就是空心的。

我一寸地方也不肯放過地敲打著牆面，見我的舉動，老張和承心哥也明白我的意思了，趕緊來幫著敲打牆面，也同樣是一寸地方都不肯放過。

就這麼一面牆，我們花費了整整兩個小時來敲打它，連最高處和最低處的邊邊角角都沒有放過，事實也無情地打擊著我們，這就是一面兒實心牆。

怎麼辦？從原路出去嗎？那難度不是一般的大，畢竟是向下的洞口，有幾處坡度很大，很難攀爬，可也不是不能解決的問題。

最讓人頭疼的是那些狼崽子的問題！如果牠們還沒有散去，或者說牠們已經散去了，但是見我們出來，又跟上了我們……我不認為我們還會有那麼好的運氣，再次遇見這麼一個雪窩子。

「休息一會兒吧。」承心哥微笑著說道，不同於我的急躁，他還是能保持那溫和的笑容，心理素質比我強悍。

「那就休息一會兒吧。」老張的失望倒是不加掩飾，一屁股坐在一個石檯子上面。

說起這個石檯子，就是這間石室裡唯一一件兒東西了，就擺在那邊畫滿了狐狸牆的前方，原本我們也注意過它，但是經過一番觀察擺弄，我們認定這就是一個天然的石頭，只是一面被弄得比較光滑，然後不知道什麼原因被弄到這地下來了。

我們三人悶聲坐著，可是如雪卻沒有發表任何的意見，她還是那樣，時不時起來走走，四處打量，又時不時坐下，神情越來越迷茫。

「老張，別喪氣，這裡通風，也就一定有出口，最壞不過就是咱們再原路爬回去，和那些狼崽子拚個你死我活。再不濟，咱們也不是非要去這老林子深處，回去得了，還有江河湖海等著我和承一呢，你也回去好好過日子吧。」承心哥溫和地說道。

老張這一次沒有抽旱菸，反倒是問我要了一根香菸點上了，沉默了許久才說道：「其實說實話，我挺想去這老林子深處的，為我祖宗，也為我自己，我這過了大半輩子了，人生也就那樣了，幸福平淡，可回想起來，總是想過一段兒不一樣的日子，見識了這麼多，就想見識更多，回去也可以跟我的老哥們吹牛，說我見著碧眼狐狸了，你們愛信不信。」

承心哥拍了拍老張的肩膀，表示理解，如果人類失去了好奇和探索的心，又拿什麼來談未來的發展和進化呢？我們的目標永遠都是星河宇宙，那個一定更精彩的世界，儘管我們現在還站在起點之上。

我自然也能理解老張的心情，只不過我現在更擔心的是如雪的狀況，一向淡然的她，怎麼進了這間墓室以後就這麼不對勁兒？就連吳老鬼此刻也是用一種怪異的神情，看著好像是在夢遊狀態的如雪。

我忍不住了，喊道：「如雪，過來。」同時，我的心也在劇烈跳動，如果如雪對我的話沒反應，只能說明剛才她根本就沒有從「眼世界」裡醒來，是已經陷進去了。

可是，沒有道理啊，中途她還問過我一句話，如雪到底是什麼狀況，我的手心都出汗了，這算是關心則亂嗎？

「嗯？」所幸的是，如雪對我的話是有反應的，見我叫她，還是立刻轉頭望向了我。

不知道為什麼，我看著如雪那迷茫的表情，心底忽然有一種說不出的莫名的痛，這痛瞬間就布滿我的心臟，可是我竟然不知道它是從何而來。

「過來坐著，我給妳說碧眼狐狸的事兒。」我勉強擠出一個笑容，拍著身下的大石頭，故作大聲而興奮地對如雪說道。

「嗯。」如雪恢復了平日裡淡然而平靜的表情，如同一隻順從的小鹿，幾步就走到了我身邊，爬上大石，坐在了我身邊，甚至是緊緊依偎在了我的肩頭。

我不明白如雪為什麼到了這老林子以後，就彷彿對我放開了一般，那些曾經讓我們苦惱了那麼多年，束縛著我們，只能遠遠守望的東西，她也不在乎了，對我依戀親密，甚至連情緒也豐富了起來。

她靠著我，我握著她的手，有些涼，可我沒想那麼多，只是想用自己手心的溫度把如雪的手給溫暖過來，另外，她靠在我身邊以後，我那股子心痛就莫名其妙消失了，平復了，又重新變得平靜起來。

對於我們的親密，承心哥有一種樂見其成的心態，他曾經說過：「承一，到了老林子，你和如雪就不要彆彆扭扭了，就當是你們進入了一個與外面世界無關的小世界，痛痛快快的。」

話承心哥說得很簡單，但其中對我的情意卻不簡單，他不想我這麼痛苦。

至於老張，更加不在乎，活了大半輩子的人，對於年輕人談個戀愛，不會大驚小怪。

吳老鬼又開始嘟嘟囔囔地說道：「雪姑娘，妳到底有沒有姐姐妹妹啊？」

我們笑了，總覺得有個吳老鬼在，人都不那麼容易絕望，我開口說道：「講講這魅心石吧，這魅心石如果能大量的存在，絕對是我們修者最好的東西，我說過它儲存的方向不一樣，它能儲存的是強大的意念、靈魂力、精氣神來影響別人，就相當於是讓別人陷入自己的精神世界，這就好比，我們平日裡養玉，讓玉石充滿了正面磁場，助長自己的運勢是一個相同的道理！所以它就叫魅心石，師祖的手劄上講，在很久以前曾經有這樣一個門派……」

第三十六章　怪異的……

關於那個門派的事情，我其實只是想當成一個趣聞說一下，並不怎麼在意，畢竟在這種心理憋悶，又暫時找不到出路的環境之下，說一個奇聞軼事是很能緩和人的心情的。

卻不想，我剛說完這句，曾經有這麼一個門派，卻一下子被如雪抓緊了胳膊，她努力想平靜，可那眼神卻非常在意，那種在意是一種對答案的渴求一般，她問我：「什麼門派？」

我不明白如雪這反應是從何而來，只能歸結過這段日子，如雪的壓力太大了一些，畢竟對於野獸什麼的，女孩子要比男人更加感覺害怕一些，我輕輕撫上如雪的長髮，柔聲地說道：「這個門派和你們苗寨可沒有半點關係，只是師祖手劄曾經提到一句，魅心石是屬於罕見的天才地寶，就算偶爾在這世間出現，也容易被人們當做某種金屬的原礦石去提煉了，從而全毀，失去神效。在當年有這麼一個門派，他們卻擁有數量不少的魅心石，而這個門派的修行不怎麼樣，卻在咱們修者的世界風頭無兩，強盛一時，只因為他們善於利用魅心石，也善於利用……利用動物。」我稍微猶豫了一下，講出來了一個動物，事實上師祖手劄上對這個門派記載的簡單，但明確提到的是妖物。

老張情緒不穩定，如雪也有些奇怪，所以我刻意說得不那麼敏感，只是承心哥來了興趣，問道：「怎麼個利用法？那些燈又是怎麼回事兒？一點亮了，我倒是覺得這眼睛對我沒有魅惑的作用了。」

我就知道承心哥一定注意到了這個細節，想了想，我儘量斟酌字句地說道：「說起那個門派利用動物，大概就是用特殊的方式把動物的精氣神儲存在魅心石裡，就比如狐狸最善魅惑，牠的魅惑就在於勾出你內心最深沉的欲望，古時候不是有傳說嗎？書生被美色勾引，或者說窮人被狐妖送來的銀子迷惑，惹禍上身！我在醒來的剎那，一下子就感覺到這魅心石裡或許封印的是狐狸的力量，所以叫大家別再看了，怕的就是內心最深處的欲望被引出來，而陷入幻境不能自拔，狐媚自然是最厲害的。」

「動物嗎？」承心哥溫和地笑著，看了我一眼，他不是老張，自然深思一番我的說辭，也就知道了這其中的關節。

而老張則驚呼道：「那還是有碧眼狐狸嗎？碧眼狐狸的力量在魅心石裡？」

「也不一定是碧眼狐狸，說不定是畫出來誇張的，你知道咱們祖宗也愛畫一些壁畫，簡單明瞭，但其中也有些怪物什麼的，那……那個應該是誇張的手法吧。」我想著措詞安慰著老張，祖宗的那些壁畫其實在道家人的理解裡不是那樣的，我還沒有說出來的事實是妖物也可以自我封印力量在魅心石裡面。

承心哥也故意轉開話題，問道：「承一，你還有說那壁燈是咋回事兒呢？」

這時的如雪聽了那個門派的事情以後，反而不是那麼在乎了，整個人也放鬆了下來，懶洋洋地依偎著我，我放下心來，簡單對承心哥說道：「關鍵就是那壁燈的燈油，就好比劇毒的動物旁邊，說不定就能找到解毒的植物，這個燈油也就是這個意思，它是用動物的油脂加上祕法煉成的，就比如封印的是狐狸的力量，那麼就用那隻狐狸的油脂來煉製，那至於原理我不太清楚，就好比是那動物的氣味散發開來了，那主人也就不再攻擊了。因為魅心石可沒有眼睛，不分敵我，沒有防備之下，或者刻意有了防備，都還是容易中招，為免傷到自己人，自然留下一個法門。」

我猜測的判斷著，畢竟師祖留下來的手劄只是說了對於魅心石大概有那麼一個解法，原因，原理什麼都語焉不詳，可是我卻愈發覺得師祖留下來的手劄神奇，他提到的東西，為什麼我偏偏就能遇見？

想到這個，我微微有些發呆，可不想這時如雪忽然掙脫了我牽著她的手，跳下石台，然後走向了背後那扇牆，開始摸索起來。

「雪姑娘，妳咋能去摸這麼粗糙的石牆呢？不能夠啊！這個應該讓男人來的，剛才他們三個不是色咪咪地被狐狸吸引，把這牆摸了一個遍嗎？」吳老鬼一見如雪有動作了，趕緊跟上了，嘴上自然也是一貫的討打風格。

它和我們混熟了，就愈發這樣，本性簡直暴露無遺，承心哥對我說道：「承一，把它封了吧？」

吳老鬼趕緊閉嘴了，而老張則好心地提醒如雪：「ㄚ頭，這牆背後沒有暗道，我們剛才已經試過了。」

如雪誰都沒有回應，只是帶著迷茫的表情一再地在石牆上尋找，我看得擔心，趕緊從那個大石檯子上跳了下來，要衝如雪跑去，卻不想如雪擺擺手，神情很嚴肅，示意我別過去，她彷彿是在什麼關鍵的點兒，不能被打擾！

我不敢過去了，生怕打擾到如雪，只是靜靜站在那裡，可是心再一次劇烈跳動起來，那種心痛的感動又湧了上來，彷彿那個關鍵的背後，如雪會離我越來越遠，遠到我抓不住她！

這種莫名其妙的想法，簡直讓我暴躁，但是因為太過莫名其妙了，我卻沒有發洩的理由，只是沒由來的呼吸越來越粗重！

而如雪的雙手終於撫上了那兩對小的魅心石，就這樣靜靜撫摸著，陷入了一種思索的狀態！

魅心石如果不能魅惑了，也就是一塊普通的石頭，特別是已經封印了力量的魅心石，就跟別人養過的玉一樣，帶著別人的磁場，自己是不能再養了。

如雪為什麼會那麼有興趣？

另外，包括我在內，從魅心石下逃脫的人，會對這東西有一種本能的厭惡，因為傷害過自己，危險的關係！更不會想要帶走它什麼的！

「把冰鎬給我。」如雪忽然開口說道。

我不明白如雪這是要做什麼，但是老張已經傻呼呼地把冰鎬遞了過去，如雪接過之後，竟然用冰鎬敲起那牆面，用意再明顯不過，她想敲下那魅心石，至於是不是帶走我卻不知道。

也不知道是出於一種什麼衝動，我一步跨上前去，拉住了如雪的手腕，大聲對如雪說道：「如雪，妳相信我嗎？」

如雪的神情顯然還沒有從迷惑中醒來，她有些無辜地看著我，過了好幾秒才恢復成了平常那平靜的樣子，對我說道：「承一，你是我最相信的幾個人之一。」

「那妳也知道，我靈覺是很強大的，也很敏感，我總是……總是覺得這魅心石背後有極大的危險，不要動它，好嗎？」這時，我才理清楚這種感覺，是的，我覺得魅心石差點兒讓我著道兒，厭惡它，但是這種厭惡還不至於讓我不想帶走一塊兒，畢竟這種東西連師祖都批註，應該不存於這個世界了，帶回去研究一下也是好的。

可是，我偏偏不想動它，剛才敲牆的時候，我也是刻意回避它，是強烈的忍下心中那種不想觸碰的不適感才去碰了它幾下。

我剛說完，承心哥也說話了：「是的，如雪，這一次不僅承一有這種感覺，我也有，別去碰它。出路咱們另外找就是了，而且也不是非要死盯著這裡，大不了出去。」

老張沒發表什麼意見，做為一個普通人，他反而沒什麼感覺，躊躇了一下，他開口說道：「丫頭，聽兩個大兄弟的吧？」

吳老鬼一副異常了然的樣子，在空中飄著，也點頭附和：「危險，危險，就是危險得很吶。」

如雪看了我們一眼，輕輕推開了我的手，說道：「承一，不，不是出路，是很重要的事情，今天，我必須敲開它。」

如雪的眼神告訴我，這件事絕對沒有迴旋的餘地，話裡的意思也是一樣，不要再說服她了，我知道如雪骨子裡是個多倔強的姑娘，只能張了張嘴，到底沒有開口，選擇死死地守在了她身邊。

如果有危險，我會第一時間衝上去，保護如雪。

如雪再一次舉起冰鎬，「叮叮叮」清脆的撞擊聲在石室裡迴盪，終於在一聲脆響之後，第一顆魅心石應聲而落了，「咕嚕咕嚕」在地上滾出了好幾步的距離。

第三十七章　你看，出來了

安靜，一切都是詭異的安靜，這顆魅心石滾落在地底之後，我們都緊張到了極限，可是回應我們的只是安靜，無比詭異的安靜，任何事情都沒有發生。

如雪根本看都沒有看那顆地上的魅心石，依舊是舉著冰鎬敲擊著另外一塊兒魅心石，整個石室在絕對的安靜之下，依然只有那「叮叮咚咚」的聲音在石室內迴盪。

沒有任何事情發生，難道我的靈覺出錯了？我甩了甩頭，已經在仔細思考，這一次感覺到危險，是否只是因為這詭異的環境造成我疑神疑鬼，而非我靈覺的作用？

可是，從心底產生的那股危險的感覺，非但沒有消失，反而是越演越烈，彷彿如雪的每一個動作是敲擊在我的心口上一下，每一下落下，每一聲響起，我的心都會顫抖一下。

第二顆魅心石終於要落下了，如雪忽然停下了動作，靜靜地看著我，朝著我展顏一笑，然後輕輕地說道：「應該是很危險的吧，但我從來沒有問過你這個問題，今天想問一下。」

我不解，只是下意識地問道：「什麼問題？」

「你相信我嗎？」如雪竟然問我的是這個問題。

「如果我不相信妳，就會阻止妳了。」我根本沒有思考，答案就脫口而出。

我沒有說出口的是，就算如雪騙我，騙我失去了生命，但到最後我也不會不相信她，因為我捨不得！不信她，和被她騙，糊塗著被她騙，也比清醒著不信她幸福。

這，應該就是愛情，含笑飲毒酒，亦是甘之如飴！

「那就好。」如雪轉過頭去，再次敲擊起那塊魅心石，她沒有看我，只是輕聲說道：「是可以控制的危險，如果我有一天遇見我沒把握，卻也不得不探尋的危險，我死，也會讓你活著。」

「什麼意思？」我急了，我不明白如雪為什麼忽然給我說這個，聯想起來她的不對勁之處，我根本一刻都忍耐不住地大聲問了出來。

如雪沒有說話，似乎是太過全神貫注在敲擊那塊魅心石了，而這最後一下的敲擊落下之後，第二顆魅心石也落了下來，我還待再問，卻不想這個時候石室裡忽然響起了一聲「驚天動地」的吼叫之聲！

不是人發出的吼叫之聲，也絕對不是獸吼，是一種說不出來的詭異的吼叫之聲，直接響徹在人的靈魂裡，如同一個不知名的物事沉睡了千年，終於醒來之後，發出的一聲吼叫。

而這吼叫偏偏還恐怖無比，讓人感覺到莫名的畏懼，連我的額頭都直接滴落了一顆冷汗。

接著，就是一陣兒躁動不安的「嗡嗚聲」！

我們每個人的臉色都變得驚疑不定，特別是老張，一下子蹲了下去，下意識地就抱住了腦袋，這怪不得老張，因為石室忽然的變化實在太恐怖了，讓人猝不及防。

那「嗡嗚聲」只是響徹了不到兩秒鐘，就停下來了，而那吼叫更是只叫了一聲，就消失了，快到讓人懷疑它是否存在過。

這種變化只是幾秒之內的變化，來得劇烈，安靜得也快，卻讓我有了一種劫後餘生的感覺，回頭一看，承心哥、老張，包括吳老鬼都是如此。

吳老鬼原本望著兀自對著變成「瞎眼狐狸」的碧眼狐狸畫像發呆的如雪，想說點兒什麼，但因為驚嚇過度，愣是張了張嘴，什麼也沒說出來。

我深吸了一口氣，心情在終於平復了一點兒之後，就想繼續追問如雪是怎麼回事兒，可也就在這時，整個石室竟然開始晃動，這種晃動原本並不明顯，只是輕微的晃動，後來卻變成了帶著「絫絫絫」聲音的，比較劇烈的晃動，主要晃動的地方就是這個石檯子，原本還坐在石檯子上的承心哥更是直接被晃了下來。

而在這個混亂的過程中，我只聽見承心哥喊了一聲兒：「有出口！」

老張一下子回過了頭，而我關心著如雪，根本不在意是否有出口，我很難受地看著如雪，在如此劇烈的晃動下，她還是死死地盯著那隻「瞎眼狐狸」，不知道在想什麼。

我的難過，只是因為她有心事，而我一無所知，可在我的內心恨不能為她承擔所有！

就如師傅那句最樸實的話：「凌青要我的命，也是可以拿去的。」

這樣的晃動持續了一分鐘才平穩了下來，承心哥從地上站了起來，而走過去的老張也驚喜的喊道：「真的，是真的有出口！」

吳老鬼早已經飄了過去，嚷嚷著：「我瞅瞅，我瞅瞅！」

我哪裡管得了這個，能站穩以後，我一下就衝到了如雪身邊，一把把她抱在了懷裡，那一刻我真的異常無助，我幾乎是在懇求如雪：「求求妳，別看了，不管有什麼，別好奇，我只想妳能安穩地過日子，就算我不能與妳廝守，能守望妳到老死也是幸福的。」

如雪在我懷裡，輕輕摸了一下我的臉，然後臉色有些蒼白的，卻笑著對我說了一句：「傻瓜，我沒事，出去以後告訴你，好嗎？」

「嗯嗯嗯！」我的雙臂緊了緊，在我認為，只要如雪肯對我說，那麼一切都不是問題，就算刀山火海，我又何嘗不願意陪著她去闖？

可是，下一刻，我感覺到如雪的身子微微顫抖了一下，忽然就指著那隻「瞎眼狐狸」對我說道：「你看，出來了，真的出來了。」

什麼出來了？那一瞬間，我簡直無法形容自己的感覺，如雪的話剛落音，我幾乎是感覺到頭皮發炸，曾幾何時，我面對過最恐怖的殭屍「老村長」，曾幾何時，我面對過只要有怨氣就不死不滅的「小鬼」，但沒有哪一次，像這一次一般，讓我感覺如此的恐懼。

是的，就是恐懼。

我幾乎是脖子僵硬地看著如雪手指的地方，那是那隻「瞎眼狐狸」空洞的眼睛裡，我看見了一條長的，有一雙血紅眸子的，金黃色的，背上卻詭異的有三條紫色紋路的蟲子正從那裡面爬出來，此刻牠已經爬出了小半的身子。

是蜈蚣嗎？不是，我幾乎是什麼也不能做的，看著牠爬出來，而一開始我真的以為牠是蜈蚣的，卻發現牠有一對透明的，和眼睛一樣血紅的翅膀，而且牠沒有那麼多腳。

那牠是什麼？我發誓我絕對沒有見過這樣的蟲子，即使是動物世界，即使是我去苗寨看過很多蠱苗培育的千奇百怪的蟲子，我也沒有見過這樣的蟲子，類似的都沒有見過。

我的注意力完全被這隻怪蟲子所吸引，不自覺把懷中的如雪抱得更緊，而承心哥和老張也不知道什麼時候，站到了我們身邊，莫名也被這蟲子吸引了注意力。

牠終於完全爬了出來，所謂的長也不過是大半個巴掌那麼長，可是配上這異常詭異的顏色，我覺得牠是有劇毒的東西，一定是很厲害的毒吧？所以我才會覺得那麼危險！

我心裡就是這樣想的。

「牠沒毒。」如雪在我懷裡輕聲說了一句，接著又說道：「可是，如果我沒猜錯，比有毒的更可怕吧？」

如雪的話剛落音，那隻蟲子竟然盤旋了半圈，忽然就朝著如雪飛了過去！

我腦子一麻，腦中響徹的全是那一句話：「牠比有毒的更可怕！」我怎麼能讓牠靠近如雪，幾乎是下意識的，我伸手就去抓那隻蟲子，那蟲子還真的一把被我抓在了手裡。

「你別！」如雪一下子掙脫我，大聲喊道。

「沒事兒，牠才出來，飛得慢著……」我笑著想安慰如雪，忽然抓蟲子的手傳來了一陣異常可怕的劇痛，簡直是來自靈魂的疼痛，痛到我根本抓不住這隻蟲子！

我大喊了一聲，幾乎是本能的鬆了手，蟲子飛了出來！

第三十八章　迷霧

手上的劇痛，目瞪口呆的吳老鬼，著急的老張，責備我竟然用手去抓蟲的承心哥，此刻在我的眼裡都變成了吵嚷的背景，我的眼睛裡只有一個放大的「慢動作」，就是那一隻蟲子再一次的飛向了如雪。

我知道用手抓蟲很危險，特別是在如雪說了這蟲子無毒，卻比有毒的蟲子更可怕之後，我更不該犯這種「低級錯誤」，可事實上，如果如雪安全，什麼事情對於我來說都不是錯誤！

此刻，我有些恨我自己，眼睛跟得上蟲子的速度，再想伸手去阻攔，身子卻怎麼也跟不上眼睛的速度！

我只是看見我伸出的手上，鮮血淋漓，明顯少了指甲蓋兒那麼大的一塊肉！

蟲子飛了過去，停留在了如雪的肩上，如雪伸出手，蟲子爬到了如雪的手上，在這一刻我才剛剛抓住如雪的手腕，伸手要再次拿掉那一隻蟲子。

面對我，那隻蟲子明顯的充滿敵意，振動翅膀，望著我，似乎是準備再咬我一口。

「承一，別動，牠不會對我怎麼樣的。」如雪動作極快地拉住了我，並且開口對我解釋道。

我看見那隻蟲子真的就如如雪所說，拉開了我之後，牠只是「乖順」地趴在如雪的掌間，搖頭晃腦，彷彿在是討好如雪一般。

「牠……」我望著蟲子，不知道該說什麼，因為肚子裡的疑問太多，千言萬語我都不知道從何問起。

「關於牠我也是剛才才知道，是牠，並且牠絕對不會傷害我。承一，你怎麼那麼衝動？」如雪拉住了我受傷的手，手上鮮血淋漓，她眼神責備地望著我，是真的有些生氣。

「那種情況，換成是妳，也會救我的吧。再說，就是咬掉了一塊肉，沒有關係的。」我看見如雪拉著我的手，那隻蟲子就很聽話似的，自己爬到了如雪的肩頭趴著，一動不動。

「根本不可能沒關係，多咬幾口就會傷及你的靈魂，這蟲子咬掉的不只是肉，牠在咬噬人肉體的同時，也是在咬噬靈魂，牠吞下了一小塊肉，也同時會吞下那一部分和肉體對應的靈魂力，而且牠一旦成熟，是無物不能吞噬的。」如雪隨身總是帶著手絹，而承心哥帶著藥粉，她接過承心哥遞過來的藥粉，一邊平靜地對我解釋道，一邊為我包紮著傷口。

是的，如雪很平靜，可是我的心裡卻掀起了驚濤駭浪，原因很簡單，只要去想一想吧，如果是被這個蟲子吞噬，人就是魂飛魄散的下場，不，比魂飛魄散還不如，連靈魂都被吞噬，那是多麼恐怖的一件事情？

不只是我，承心哥也瞪大了眼睛，喃喃地說道：「這哪裡是沒毒，這是劇毒，根本無藥可解的劇毒。如雪，妳怎麼會知道這個蟲子的？承一沒事兒吧？」

此時，如雪已經細細地為我包紮好了手上的傷口，對承心哥說道：「承一沒事的，這隻蟲子初醒，也遠遠不是什麼成熟體，承一的靈魂力強大，這一口，就如身體上劃了一個小口子，會恢復的。」

「那就好。」承心哥長吁了一口氣，倒是忘了如雪根本沒回答他怎麼知道這個蟲子的事情。

至於老張瞪大了眼睛，喉嚨發出「嗬嗬」的怪異響聲，根本不知道該說什麼，卻又不能不驚歎，就造成了這樣怪異的效果，事實上，這一切對於老張來說，太匪夷所思了。

吳老鬼是個沒心沒肺的傢伙，見大家都沒事兒了，就一溜煙飄進了剛才打開的那個洞口，說道：「我去探探路啊，誰叫我就是個勞碌命呢？」然後就不見它影子了。

倒是如雪靜靜的，一邊為我吹著手上已經包紮好的傷口，一邊說道：「它進不去的，應該還有兩道門要打開。」

「妳的意思是……」我望向了另外兩對「魅心石」。

「嗯。」如雪點頭。

老張終於忍不住了，開口說道：「丫頭，是不是妳祖先在這老林子裡弄了這個啊？妳咋曉得得這麼清楚？這不能夠啊？」

如雪笑笑，卻也不解釋，望向我探尋的目光，竟然也只是回避。

我如同陷入了一團迷霧裡，根本弄不清楚如雪到底是怎麼了，按說我對她是知根知底的，為什麼我發現我再一次的不瞭解她了？

我只能安慰於如雪的那句話，出去了，會給我一個解釋，但願如雪能對我把事情原原本本的說出來，想起那莫名心痛的感覺，想起那不安的感覺，我很難再一次做到淡定。

「如果猜測的沒錯，另外兩對魅心石下，也有這樣的蟲子，我來敲開它們吧，你們等著，我們總是要出去的，不是嗎？」如雪彷彿已經不願意再深談，重新撿起了冰鎬，開始敲打另外一對鑲嵌在牆上的魅心石。

「叮叮咚咚」的敲擊聲再次在這個石室內迴響，可是承心哥、老張和我卻沒有心思說有話了，有些沉悶，我們不像吳老鬼那樣沒心沒肺，我們再傻也感覺得出來這事情處處透著詭異，太過不對勁兒。

特別是我和承心哥都清楚，如雪是「玩」蟲子的，如果得到了特別厲害的蟲子，一定是非常高興的，就如我學成了一項特別厲害的道術一般。

事實上，我並沒有感覺到如雪有多開心，甚至我覺得她彷彿在面對極大的壓力，可是她平日裡總是太過平靜，她的情緒我只能猜測，卻絕不能肯定。

而且，不只是我，連老張都忍不住在我耳邊嘀咕了一句：「大兄弟，你的媳婦兒讓那蟲子特別親近，是件厲害的事兒啊，對我們也有好處，她咋不開心？」

我不知道怎麼回答老張，只能搖頭，表示我並不知道，心裡那種陷入迷霧，偏偏對象又是自己最愛的人的鬱悶，讓我聽見老張說如雪是我媳婦兒也開心不起來。

過了一會兒，吳老鬼飄了出來，一出來就彷彿是天塌下來一般嚷嚷道：「了不得了，不得了了，下面那條路是死路，一個門擋著的，又是死路啊。」

我們都很平靜地看著它，只有老張說道：「我們都知道了，如雪告訴我們了，這裡面有三道門，才開了一道呢。」

「啊？」吳老鬼一副不爽的樣子，趕緊飄到如雪跟前兒，一疊聲地問道：「妳咋不告訴我呢？妳為啥不告訴我呢？讓我白跑一趟，不能夠啊。」

可惜，專心敲擊著魅心石，心事很重的如雪怎麼可能回應吳老鬼？

「叮咚」一聲，是一顆魅心石落地的聲音。

過了一會兒，第二顆魅心石又落在了地上，又一隻碧眼狐狸變成了「瞎眼狐狸」！

這一次，沒有像上次那樣出現一聲極大的怪異的吼叫聲，只是地面再次晃動了起來，但這一次我們很淡定，知道這是第二道門打開了。

不出意料的，這一次從那隻瞎眼狐狸的眼眶裡又一次爬出了一條蟲子，和上次那條一看就是一個種類的蟲子，只不過身形略小一些，身上的紫色條紋少了一條。

這條蟲子出來以後，也是同樣的，在牆上爬了大半圈後，就朝著如雪飛去，和第一條蟲子一樣，都靜靜趴如雪的肩頭。

很快的，石室又安靜了下來，如雪走到我面前說道：「承一，你幫幫我忙，馱著我，還要敲掉那最後一對魅心石。」

我看著趴在如雪肩上的詭異蟲子，心裡說不出來什麼感覺，但還是點了點頭，帶著如雪要去敲掉那最後一對魅心石！

第三十九章　連環迷扣

這個石室與其說呈正方形，不如說內部的空間更像一個貝殼，在最裡面我們從那個通道掉出來的空間是是最低矮的空間，一直到那面畫滿狐狸的牆，那裡是最高的空間。

那頭巨大的碧眼狐狸畫像就在這間密室的低矮處，我舉著如雪去敲那對魅心石倒也剛好合適，不算太費勁。

依舊是敲擊的聲音在石室裡迴盪，每個人都壓著沉重的心事，和對接下來的道路未知的心情在等待著，沒人開口說話。

除了吳老鬼，它倒是很有興趣的一次次飄蕩到那條通道裡，偶爾回來會說那條通道異常精美，如何如何！可惜再精美，也是籠罩在迷霧中的地方，我們都提不起多大的興趣。

十分鐘不到，如雪終於敲下了最後一對魅心石，我剛剛把她放下，石室就開始劇烈震動，比之前任何兩次震動都來得要大，所有的人都站立不穩。

我抱著如雪，一下子就滾到了牆邊，而天花板上的泥塊兒也大塊大塊掉下來，我趕緊把如雪護在我的懷裡。

在這一瞬間，我聽見如雪在我懷裡輕輕說了一句：「承一，能這樣的愛著一個人，已經是……」可惜震動的聲音太大，我和如雪又被晃動到了另外一邊，我根本聽不清楚如雪接下來說的什麼。

可是我又哪能甘心就這樣不聽清楚了，於是我大聲的問道：「如雪，妳說什麼？」

在這強烈的震動中，如雪笑了，那笑容是如此的美麗，讓我一如既往的心跳，她對我喊道：「沒說什麼，就是告訴你，是一件很好的事情。」

我不疑有他，只是把如雪抱得更緊了一點兒，在如此劇烈的晃動中表白，總覺得有一種超越生死的感覺。

在晃動了一分鐘之後，一切終於平靜了下來，這間石室經過如此劇烈的晃動，比起剛才的乾淨已經變得有些亂七八糟的感覺，煙塵未散，地上落了很多土疙瘩。

我們還沒來得及喘口氣，忽然我就感覺到眼前一花，接著就看見一條新的蟲子趴在如雪的肩上，這隻蟲子依然是那個「系列」的蟲子，不同的是，牠竟然有大半隻前臂那麼長，有兩對翅膀，而且身上的紫色條紋也是三條，但是比第一條粗大多了。

這隻蟲子給人的感覺更恐怖！我不明白牠們為什麼那麼「依戀」如雪？

我還來不及說什麼，突然就聽見更神奇的事情發生了，那是此起彼伏的狼崽子的長嘯聲兒，一聽就是很多狼崽子在呼嚎，我不用想也知道這聲音來自哪兒，就是在雪窩子旁邊圍住我們的狼崽子們唄，真行，真的還沒有走！

我不懂牠們此時嚎個什麼勁兒，而且是聲嘶力竭地在嚎叫，感覺火燒屁股似的，隔著那麼深的底下，隔著那些彎彎繞繞的洞穴，竟然能這樣就傳到我的耳朵裡。

聽見狼崽子們的嚎叫，趴在如雪身上的三隻蟲子蠢蠢欲動，那一動就給人膽戰心驚，兇相畢露的樣子。

如雪莫名歎息一聲，輕輕說了一句：「去吧，我總之也阻止不了，適可而止吧。」

我有些莫名其妙的望著如雪，她是在對誰說話？可是如雪卻沒有回答我的興趣，只是她身上趴著的三條蟲子卻回答了我，在如雪說了這句話以後，竟然振翅從我們來時的那個洞口飛走了。

「如雪，妳是在對牠們說話？」這些蟲子儘管對如雪親近，可就如同我對黑岩苗寨的惡魔蟲本能的厭惡一般，我也對這三條蟲子有一種說不出的厭惡。

我覺得我有必要和如雪談一談，如果能毀掉這幾隻蟲子，就不要留下，我篤定相信自己這樣的感覺不會有錯。

如雪看著我，神色依然是平靜的，她開口說道：「如果我告訴你不是，你信嗎？」

「我信，可是妳不覺得妳應該要給我一個解釋嗎？」我的神情也變得嚴肅無比，我愛如雪，我可以和她一起去死，但我絕對不放任和她一起去錯，我曾經對強子說過，如果你變成了惡魔，我就把你鎖起來，守著你。

對如雪，更是如此，如果她要錯，我會不管不顧地守著她，阻止她，哪怕什麼事情也不做，我也絕對不允許她錯下去，這種吞噬一切的蟲子，想想就是災難。

「承一，我會給你解釋。但不是現在，現在我可以告訴你的是，這幾條蟲子從沉睡中醒來，餓了，越是饑餓，牠們的凶性就越盛，如果不讓牠們吃飽，在這之後，會發生什麼，是不是會攻擊你們，我也不能保證。承一，你相信我，蟲子只是不會傷害我，可事實上我控制不了牠們。」如雪望著我認真地說道。

「而且……」如雪頓了頓，接著說道：「牠們沒有那惡魔蟲厲害，可是也能壓制我新的本命蟲，只是沒有刻意針對牠罷了，你也許不明白我在說什麼，但總會明白的。」

我是不明白如雪為什麼又提起本命蟲了，曾經在黑岩苗寨她的本命蟲身死，後來又培育了一條新的本命蟲，但是和這蟲子有關係嗎？

我唯一能聯想到的，就同樣只是壓制，可是……我腦中一下子像過了電一般，我又想到了一件事情，紫色，又是那紫色，莫非這蟲子也和昆侖有關係？

如果有，如雪為什麼不直說？而是吞吞吐吐地這樣暗示我？我看著如雪，如雪同樣看著我，在那一瞬間，我們彷彿已經交流了千言萬語。

她是在告訴我，她的無奈，讓我不要追問。

而我想傳達的意思只有一個，無論發生什麼，我總是在妳身邊的。

這樣沉默了幾秒，如雪轉身去把散落在地上的魅心石一顆一顆撿了起來，心細地掏出一塊手絹包好了，遞給了我。

我看著這包石頭，對如雪說道：「這個沒用的，已經封印過了別的力量，我拿著有什麼用？」

「或許是有用的，你收著吧？」如雪堅持。

我真的快被這搞不懂的一切弄瘋了，但到底沒有拒絕如雪，還是把那一包魅心石收在了自己的包裡。

「我們走吧。」如雪做完這一切，彷彿是放心了一些，笑著招呼我們下去。

「那蟲子，牠不來找妳了？」老張有些反應不過來地問道。

「牠們啊？只是去吃幾條狼，就會來找我的！放心吧，老張，我說過不要過分，牠們不會大開殺戒的。」如雪難得解釋了一句，老張畢竟是山裡人，真愛這片大山的人，是最厭惡趕盡殺絕的事兒，那是在毀了他們的根。

吃幾條狼？難道這些狼不敢下這個雪窩子，就是因為那幾條蟲子？都說動物是最能感覺危險的存在，莫非牠們怕的根本不是一開始我以為的碧眼狐狸，而是這些蟲子？

我腦子越想越亂，乾脆不想了，總之走下去，就一定會有答案，我只清楚這一次的目的是昆侖墓，參精是附帶，而在內心最深處，我還有一個想法，那就是無論如何，我絕對不會放開如雪的手。

抱著這樣的想法，我們終於進入了那個下行的通道，這裡出奇的沒有什麼煙塵，乾乾淨淨，雖然是一片黑暗，可是我們藉著手電筒，眼睛能看見的距離，入目真的如吳老鬼所說，是一片精美。

當然，這個精美具體是如何的，我根本不能評價，我只是能夠大致看見，這條青石通道鋪得細緻，兩旁有浮雕，看不清楚內容，但也能感覺到那個華麗。

和上面的石室一樣，這裡的黑暗彷彿也是實質性的，而且更加難以穿透，我都懷疑入目的黑暗到底是因為光線的原因，還是因為別的什麼了？

但是走了沒幾步，吳老鬼就蹦蹦噠噠地飄到了我的面前，說道：「承一，這牆上也有燈，燈裡也有未乾的燈油！」

莫非這裡也有魅心石？可是按照魅心石的屬性，要有的話，我們早該發現了，這裡是沒有的。

可是，我卻很快看到了吳老鬼口中所說的燈，和那個詭異的壁燈不同，這個燈盞的樣式很是古樸，但是沒有什麼奇特的地方，我摸出打火機來點燃了這裡的燈，卻發現這光芒不是那淡青色的火焰，而是正常的黃焰！

這是為什麼？如果是如此，為什麼這燈油經年累月都不乾枯，莫非還有人來過這裡？一想到這個問題，我覺得又一層新的迷霧籠罩在了我的心裡。

可是承心哥卻喊了一句：「傳說中的長明之燈？道家高人的煉製術？」

而老張則驚呼了一句：「這壁畫！」

第四十章 發現

傳說中的長明之燈，道家高人的煉製之術，我當然知道是怎麼回事兒，雖然疑惑承心哥是怎麼認出來的，可老張的驚呼無疑更加吸引我的注意力，讓我的心思都放在了通道兩旁的壁畫之上，與其說那個是壁畫，不如說是浮雕，比起外面那大大小小幾筆勾勒出來的碧眼狐狸，這浮雕才是真正的華麗而鮮活。

之所以，老張會驚呼，是因為壁畫上雕刻的是一隻栩栩如生的碧眼狐狸，在壁畫中這隻碧眼狐狸有三條尾巴，神態嫵媚慵懶，卻又有一種說不出的意氣風發。

在狐狸之下，是一群群身著奇怪服飾的人們，此刻正朝著這隻碧眼狐狸膜拜，送上貢品。而這貢品是幾個看起來異常清秀的少年，他們被綁起來，固定在一個巨大的木架子上，由那群衣著奇特的人的幾個首領，恭敬獻給碧眼狐狸。

不知道是不是浮雕太過追求於寫實，在這些或許是記錄性的浮雕之上，所有人都是那麼的鮮活，就比如被上供的少年臉上的絕望和恐懼。

就比如那些衣著奇特的人，全部戴著一張怪異的面具，而那面具詭異的表情，都是那麼的傳神。

我愣愣的看著壁畫，總覺得有一種非常不對勁兒的感覺在其中，就比如那些衣著奇特之人總顯得比例不太正常，而更讓我震撼的是那個怪異的面具，我總是覺得很熟悉，卻以我出色的記憶，也肯定我沒見過這種面具。

「承一，是不是真有碧眼狐狸，牠還吃人？」老張語氣緊張地問我，就彷彿一個高考完的學生在緊張地問他的考試成績。

我明白這種心情，因為我的回答，會徹底決定他對這個世界還有沒有安全感？

我望著老張，平靜地笑著說道：「當然是是假的，這些都應該是遠古的人，你看他們的服飾都不屬於我們歷史上任何一個朝代，那個時候的人迷信到極點，獻祭的壁畫在很多考古發現中屢見不鮮，而且咱們華夏人從來都是信奉頗多，就比如有的村子膜拜的就是一棵樹什麼的，誇張出獻祭狐狸的壁畫有什麼好奇怪的？」

其實，我此刻語氣平靜，但內心已經掀起了驚天駭浪，老張說牠還吃人時，我忽然想起了我小時候曾經也是在一個封閉的地下空間看見過的一幅壁畫，那是一群人獻祭一條大蛇，那條大蛇當然不重要，因為我見到牠時，牠已經是一堆冰冷的骸骨。

關鍵是那個地點，就是我曾經探祕過的餓鬼墓，而在餓鬼墓，我曾經撬下過一塊古玉，那古玉上雕刻了一張憤怒的惡魔的臉，仔細一看，它似乎又是在笑，在嘲笑著什麼，後來我交給了師傅，師傅曾經讓楊晟去調查……

這些事情也不是關鍵，因為後來我們就已經確認那張臉是肖承乾、林辰所在組織的標誌，我也沒有再放在心上，他們用什麼做組織標誌，關我什麼事兒？

可現在，我卻不能不在意了，因為那些畫中的浮雕之人所戴的面具，就好比，我努力地整理著自己的思緒，總算找出了一個合適的詞語來形容，那就是好比是——反義詞！

那塊古玉上的標誌是一張憤怒的惡魔臉，而那面具上的詭異表情，卻是一張嘲笑的人臉，人臉與魔鬼之臉對應，憤怒和嘲笑對應。

最重要的是，那種嘲笑的表情，你細看上去，又有一種別樣的怒意蘊含在其中！

這到底是怎麼回事兒？難道還與餓鬼墓有所呼應？我腦子有些亂，根本理不出頭緒。

而老張在得到了我的答案之後，安心了不少，也不再去注意那些壁畫，既然是誇張的、虛假的，又有什麼好看的？老張是個直接的人，他的好奇心在得到解答以後，漠然也來得很快。

吳老鬼不耐煩，催促著：「承一，快走啊，這些畫兒有啥好看的？我們快點走出去，說不定能找到點兒金銀財寶啥的。」

「金銀財寶？」我有些反應不過來。

「廢話，你不覺得咱們不小心進入了一個華麗的大墓嗎？有金銀財寶多正常啊？」吳老鬼果然是個「實誠」人，對女色的喜好，對財寶的喜好，人家都不帶掩飾的。

可是這裡是一個大墓？陪葬金銀財寶？我覺得吳老鬼的判斷真是不靠譜，按照我的想法，這裡或許是一個老窩，但到底是什麼東西的老窩，我現在還沒有得到答案。

在吳老鬼的催促下，老張走到了前面，而如雪也走在前面，她根本不關心這裡的一切，我在努力適應她的「不對勁兒」，讓自己在這種時刻，這種地方什麼也別問，儘管這種適應讓我相當的難受。

承心哥和我並排走在一起，故意拉著我磨磨蹭蹭的，我知道他有話對我說，也配合著他，假裝看起這些壁畫。

這些壁畫華麗，可是接連的幾幅圖內容都很殘忍，有那些被獻祭的少年被掏心挖肺的，有碧眼狐狸在享受精心烹製過的少年內臟的……總之整個就是一個獻祭的過程，彷彿這是碧眼狐狸的「偉大功績」，值得膜拜。

「如雪不對勁兒。」承心哥一邊看著壁畫，一邊聲音壓得很低地對我說道。

「我知道。」這個事情畢竟已經再明顯不過。

「長明燈，知道嗎？曾經，我師傅說他參加過一個大墓的挖掘，就親眼見過長明燈，回來給我仔細描述了，所以我能認出來。」承心哥語速很快地跟我說道，走在前面的如雪、老張、吳老鬼都沒有回頭看我們一眼，但是也不意味著，我們有時間在這裡長談，交換意見。

「重點？」我牽掛著如雪，不想離她太遠。

「重點是，在西方的傳說中有一個術士，叫煉金術士，真正有本事的，煉製出了很多稀奇古怪的玩意兒，而咱們東方的道士也愛煉什麼煉什麼的，這長明燈的燈油就是極有手段的道士煉製出來的，可保明燈千年不滅，不過也只有尊貴人物的墓中才能有這玩意兒，已經被發掘的早就被相關部門拿去研究了，關鍵是你覺得道士會為妖怪服務？」承心哥幾句話就把他的懷疑點了出來。

什麼誇張之類的話只是我安慰老張的話，承心哥是我同門，自然是不會相信這一套，甚至我們都以為「存在即是合理」，老祖宗留下的某些神奇壁畫，或者反映的是一個時代。

妖怪當然是那個碧眼狐狸，道士比大和尚自私多了，可也要頂著一頂「除魔衛道」的大帽子，畢竟天道走的還是正道，順應天道，無論怎麼樣，心底還得劃著一根兒正義的底線。

承心哥提出的這個話題顯然非常的關鍵！我有些震驚，可是亦是平靜用手指輕輕劃過了浮雕上一個衣著奇特的人戴著的面具，然後說道：「你看這面具，又覺得有什麼不可能？想想那一群瘋狂的傢伙吧？就比如林辰那一夥人，鬼市邪修，還有煉製小鬼的那群人。」

「面具？」承心哥一看，他心思比我通透，我一點，他當然看出了問題，輕輕皺眉，然後又展顏一笑，接著抽了抽鼻子，說道：「嗅到了一股子陰謀的味道，還是流傳了很久的陰謀啊！咱們以為是單純的進老林子找參精，卻不想這才是命運吶。」

是啊，這才是命運吶，一步步牽引著我們，把偶然的行為都能劃歸於命運的正規，就比如說糾纏的組織，就比如說——昆侖！

「看好如雪，她要出了事兒，不說別的，你就不要來面對我了，畢竟是我曾經的女神吶，保護女人，是男人的責任，我曾經沒做好。」承心哥說完這句話，大步朝前走去了。

我知道他說的是什麼，他這輩子最疼痛的事兒，就是沈星幾乎是在他背上去世的，諸多的痛和遺憾內疚，又豈是幾句話可以說透的？可無論如何，在午夜夢回，被折磨得再慘，第二天，天亮起的時候，你還是得堅強地活著。

所以，道說，煉心；佛說，放下……

第四十一章 傻虎的曾經

快步行走了幾步，我們就追上了如雪他們，對於我和承心哥的落後，沒人懷疑什麼，欣賞壁畫去了而已，而在這通道內到底壓抑，每個人還是想快點兒走出去。

就這樣，一路走，一路我們都在點亮長明燈，越點我和承心哥越是心驚，整整十六盞長明燈，已經不是用大手筆可以形容的了，這背後有著怎樣的故事和牽連？

儘管走得很快，可是那些壁畫我還是注意地看著，只不過越是看下去，反而越不能吸引我了，因為這些壁畫就好比是一個虛榮的帝王，在用這種方式，去記錄他一生的「豐功偉績」。

除了前面通道的獻祭有一些價值以後，到了後面的通道，記錄的幾乎都是碧眼狐狸這個存在的一些細節，包括在山林中如何威風，睡覺姿態如何優雅，中間也間插著一些戰鬥，戰鬥的對象有蟒，有大型的動物，那飛沙走石的畫面，我不停告訴自己是誇張。

畢竟長長的歲月已經過去，那一幕幕我也不敢肯定地說，就一定是真實的還原。

通道不算太長，二十幾分鐘就快要走到盡頭，儘管這些壁畫已經如雞肋般的存在，我還是索然無味地看著，心中的謎題太多，總是希望找出一點兒線索，大概就是我這樣的心理，難道還能說我對一隻狐狸做了什麼感興趣嗎？雖然這很有可能是一隻狐妖。

前面再次傳來了沉沉的黑暗，手電筒照去，竟然是一扇雕刻得富麗堂皇的大門，只不過那大門我是一百個不願意跨進去，只因為那大門的輪廓是一張魅惑的，彷彿是在微笑著的狐狸臉，而入門之處，是它張大的大嘴。

不知道是不是為了寫實，那門框之上和之下，尖銳地突出，突出之上有四根尖銳的小柱子，一看就知道是那狐狸的尖嘴，外加牙齒，走進去就感覺像是被吃掉了似的。

試問，有誰願意走進這扇大門？

可是，這就是唯一的路，沒有選擇，我儘量不去注意這大門的造型，更加把注意力放在這壁畫之上，反正也是無聊，就當欣賞，欣賞著欣賞著也就自然地走入了大門，但在下一刻，我終於失控了，幾乎是不受控制地驚呼了一聲，然後呆立在一幅壁畫的面前。

我的驚呼引起了所有人的注意，他們都圍攏了過來，眼神兒也停留在了讓我如此「失態」的壁畫之上，接著所有人又有些疑惑。

是啊，這一路的壁畫中不乏風格浮誇的凸顯狐狸威風的壁畫，就比如說如同神仙一般爭鬥的戰鬥場面，這幅壁畫和那些壁畫比起來，簡直不值一提，實在沒有什麼好引起我注意的地方，不就是兩動物，貌似很有禮貌地相對而臥嗎？

是的，簡單說起來，這幅壁畫表現的就是這個，在一座高高的特別突出的山峰上，有一隻威武雄壯的老虎懶洋洋地趴在那裡，下方就是茫茫的森林，老虎正俯瞰著這一片森林，眼神淡然，平和卻充滿了王者的威嚴。

而碧眼狐狸就趴在老虎稍稍身後的位置，眼神中也是平靜的，可是不知道是不是太過於在神態上寫實，我總覺得我從這狐狸的眼中看出了滿足。

壁畫的內容就是那麼簡單，換一般人來解讀的話，既然是表現碧眼狐狸的「豐功偉績」，自然也要表現牠的交友交遊情況，就比如皇帝的壁畫表現的，一般就是與神仙喝酒下棋論道什麼的。

總之，也不過就是表示一下，狐狸的朋友也是鼎鼎了不得的，這有什麼稀奇？

可是，在看到這幅壁畫的瞬間，我的內心就開始強烈地震動，甚至在短時間內陷入了某一種幻覺，幻覺中，我就是那一隻懶洋洋的趴在峰頂之上的老虎，我知道那一片峰頂就是我的領地，下方的茫茫森林就是我的王國，在經歷了廝殺的歲月以後，這片峰頂就是我的證明，沒有我的允許，在我的王國內，沒有任何的存在敢輕易攀上這座峰頂。

這幻覺如此真實，可是這幻覺中的記憶卻是如此模糊，只記得，那時的茫茫森林比現在大了很多，在無比多神祕的地方，總是一片霧氣籠罩。

在這幻覺中，我彷彿呆了很久，卻又只是短短一兩秒的事情，當我清醒過來，自然忍不住驚呼！這是來自我靈魂深處的影響——傻虎！

我如此的篤定，在壁畫上的那隻老虎就是傻虎，我竟然在這裡看見了傻虎曾經的歲月，我如何能不驚呼？那一句傻虎回老家了的玩笑話兒，竟然就這樣的成為了真實。

我沒空理會眾人的疑問，我只有一個本能的反應，就是聯繫傻虎，可是回應我的依舊是一片沉寂的沉睡，甚至透露出些許的不耐煩和警告，大概就是我要睡覺，別打擾我。

這傻虎怎麼面對過去能如此平靜？又或者，一縷殘魂早就忘記了曾經？我內心感慨，而在這時，如雪開口：「這老虎……？」

她總是瞭解我心思的，我轉頭看著如雪，苦笑著說道：「難以置信嗎？太過巧合嗎？牠就是傻虎，我肯定。」

說話間，我又轉頭望著那隻老虎，壁畫沒有顏色，除了狐狸的那一對碧眼，可是我總像是望見了那時候的傻虎，皮毛不是黃色，也不是白色，那是一種威嚴的，神祕的銀色，那個銀色的身影，是山林之王！

「走吧，不管如何地激動，時間總是過去了，過去了的，能記錄卻不能挽留，它的心思影響了你，可你的心思卻不能影響了它，太多的想起過去的輝煌，未免不是一種折磨。」如雪輕聲開口了。

話裡的意思再明白不過，我和傻虎共生，見到了自己的「威風」，自然激動，可是這種激動由我而生，如果讓傻虎的殘魂想起了什麼，它會為如今的處境痛苦的，它的痛苦從某種方面來說，就是我的痛苦，如雪不想我痛苦。

我自然順從如雪的這份關心，視線從那壁畫上移開了去，心情也不再波動地順著大家走進了那扇詭異的大門，承心哥卻是在身後笑著說：「傻虎？這事情越來越有趣了，誰還敢說不是命運？」

跨入大門，就如同跨入了另外一個世界，大門之內的黑沉，已經是不能再用感覺精確地形容出來了，儘管這一路上，猶如實質性的黑沉一路伴隨著我們，可這種黑暗從來沒有像現在這個空間一般，真的已經化為了實質。

伸手一摸，都能摸到那冰涼的觸感，如霧氣，帶水氣！可是手一握，卻抓不住什麼。

「承心哥，有毒嗎？」我的語氣很輕鬆，就猶如開玩笑一般，可是內裡的那份沉重卻怎麼也掩蓋不了。

黑暗總是存在，就像每一天，都會有黑夜，黑暗也總是能掩蓋很多東西，所以黑暗本身往往就被人們忽略了，這一路走來，我幾次都覺得這黑暗有些不對勁兒，卻又找不出一個不對勁兒的理由，畢竟這裡是深深的地下，黑一點兒，很正常啊。

如果這份黑暗真的是有什麼問題，那麼我們應該早就中招了，在這種時候，只能求助於醫字脈的承心哥，畢竟我那並不豐富的想像力，第一時間能想起的也只是中毒。

承心哥自然明白我說的是什麼，他搖頭，說道：「沒毒，至少在我知道的知識範圍內，是沒毒，可是我……」

承心哥還沒說完，如雪忽然插話了，她說道：「自然是沒毒的，牠們的呼吸就會造成這樣，呼吸也就是一種另外的排泄，排泄一種負面的能量，形成了這種黑暗，長時間待在裡面，會影響的只是情緒，就比如說——容易絕望。」

如雪？我驚奇地看著如雪，怎麼再一次的，又是她知道？她彷彿洞悉了這裡的一切！

她剛才說話的語氣，就如同是在背誦一般，又如同在很痛苦地思考，亦或者是在仔細地聆聽，總之一切都是說不出的怪異，讓我心底的不安越發重了。

重到了我甚至忘了問，是什麼東西在呼吸和排泄會是這個樣子。

可在這時，如雪握住了我的手，輕聲說道：「承一，我有些害怕，害怕這些突然的東西擠入我的腦海，卻又老是走神，就像剛才，我腦子裡不停想著那個蟲子能吞噬什麼，反應過來你去抓蟲子的時候，已經來不及阻止了。承一，我覺得我快不是我了。」

我輕輕擁住如雪，我也很不安，可是我嘴上說著的卻是：「妳也不是不知道我是一個多麼莽撞衝動的人，我不去抓蟲子了，才不是我了，說明一切都沒有變，妳也沒變，莫名其妙的事兒咱們還遇見的少嗎？」

如雪的身體有些微微的顫抖，卻忽然間把我抱得更緊。

第四十二章 黑蟲

愛情雖然在任何時候都可以折射出它獨有的光芒，以及散發它溫暖人心的力量，可我和如雪也清楚，在這裡並不是纏綿的地方，況且吳老鬼那張臉已經快杵到我跟前兒了，它臉皮極厚，神經又粗，覺得要看這個熱鬧，根本就不顧及我和如雪的感受，看著它擺出一臉羨慕卻又實在猥褻的臉，我還真沒辦法和它生氣，只得在如雪鬆手的同時，也輕輕放開了如雪。

就如承心哥所說，我們或者真的已經把這裡當成了一個與世隔絕的小世界？又再次放肆而痛快地發洩自己的情感了嗎？

我來不及思考這個問題，卻是老張說話了：「如雪丫頭，妳既然啥都知道，能不能知道咋才能從這黑不隆咚的地兒出去啊？」

如雪搖頭，說道：「很多想法是很偶然的，我也不知道我什麼時候會知道什麼？」

這話挺繞口的，可仔細一想，卻又覺得匪夷所思，我自問經歷豐富，看過的典籍也不少，就是獨獨不知道如雪這個算什麼情況。

我曾經一度懷疑，她的身體是不是在不小心的時候，擠入了一個陌生的靈魂潛伏著，左右著她的行為，用自己的記憶影響如雪，可是剛才和如雪的那一個擁抱卻打消了我的這個懷疑。

我悄悄用一個小法門試探了一下，如雪的靈魂很正常，沒有出現一體雙魂的現象。

如雪這麼說，老張沉默了，我們在這裡，只能看見小範圍的距離，也不知道這裡有什麼不敢輕舉妄動，這個時候還能咋辦？我看著面前飄來蕩去的吳老鬼，也只能依靠它了。

畢竟吳老鬼是靈體，遇見危險的情況小多了，而且靈體逃得也是極快的，有養魂罐兒在承心哥那裡，關鍵時刻，我還能瞬間把吳老鬼弄回來。

最重要的一點兒就是，靈體看事物不是用看的，是靈魂直接的感應，它不受這黑暗的影響。

想起這一齣我心裡憋悶，我太把吳老鬼當人了，當時它在通道裡驚叫，我下意識就去救它，卻沒想著找承心哥拿來養魂罐兒，把它弄回來，自己白白被撞一回不說，睜開眼還看見一個滿臉疙瘩的吳老鬼。

想到這裡，我的語氣就不怎麼好，很直接地對吳老鬼說道：「老吳，去找燈。」

吳老鬼自然不滿，相處熟了，它也不是那麼的怕我了，嘴上嚷著：「讓老人家行動也不知道客氣一點兒，真是的，下次跑腿該收點兒錢了。」

老張難得幽默一回：「收紙錢嗎？好咧，出去以後，給你燒個十斤八斤的，讓人如雪丫頭介紹姐姐妹妹的時候，又不說自己是老人家了。」

老張的話，讓我們全部都笑了起來，這時，我也才意識到，那種能暢快地笑的心情對於人生是多麼重要，那是一種最大的自我開解，就如同現在，在這種環境下，一笑之後，我竟然心中又平和而敞亮了起來。

吳老鬼去找燈了，我們幾個席地而坐，這地也是上好平整的青色石塊鋪就而成，坐著倒也舒服。

「如雪，講講妳知道的，什麼東西的呼吸，我很好奇。」首先開口的是承心哥，顯然他沒忘記這個話題。

如雪靠著我，到了這裡之後，這種親密好像已經日漸成為習慣，聽到承心哥的問題以後，她也沒有猶豫，開口說道：「我們華夏是一個源遠流長的古文明，神祕奇怪的事情很多，但還有一個沒能很好地延續下來的古文明，也很神奇，那就是埃及的古文明。」

我聽著就笑了，然後說道：「如雪，咱們是在東北老林子裡，妳咋還扯到埃及去了？」

如雪掐了我一把，說道：「你就不能聽我說完？」

這樣的動作，以前的如雪是絕對不會有的，她總是太過清冷，反倒是現在的她，多了很多「趣味」，我也樂得這樣，儘管被掐得有些疼，臉上卻笑得開心。

如雪不理會我，繼續說道：「人們都以為蠱苗是玩蠱子的專家，其實古埃及的那些大祭司和巫師也是玩蟲子的高手，只是他們的詛咒術更為出色，也善於利用其他的，嗯，其他的一些動物，所以這一點倒沒有被人們怎麼注意，可這也是不能掩蓋的事實。」

「然後呢？」老張又習慣性地拿出了旱菸出來拔著，閃爍的紅光映照得他的臉忽明忽暗，那好奇而急切的神態是那麼真切，我估計他是在驕傲，這片老林子還能跟埃及的古文明扯上關係。

「其實，我說埃及的事情，並不是說和我們現在所在的老林子有什麼聯繫，只是想說，曾經在埃及古文明的祕密記載裡，有這麼一種蟲子，牠來自地獄，吞噬一切，包括不滅的靈魂，在那裡，最嚴厲的懲罰就是被這種蟲子吞噬。」如雪輕聲地說道。

「如雪，妳是想說？」我一下子聯想起了剛才我們遇見的那種蟲子，莫非就是古代埃及人祕密記載裡的蟲子？

能這麼神奇嗎？埃及也有這種蟲子？

在那時的我，又怎麼可能想到，如雪在今時今日所說的話，在兩年以後的一部電影中就展現了出來，那是一部關於古埃及探險的電影，電影中就出現了這麼一種蟲子，相當類似於如雪在這時描述的蟲子，在人們紛紛感慨這部電影想像力神奇的時候，我卻感慨一切電影中的一切，運用的資料未必就不是一個真實的寫照，即便它是誇張了。

面對我提出的問題，如雪說道：「是的，我之所以說古埃及，是因為這種蟲子在那邊有明確的記載，在我華夏卻沒有什麼太明確的記載，在我們寨子卻隱約的，似是而非的記載了一下這種蟲子，在我們那裡這種蟲子叫做黑蟲。」

「黑蟲？」這名字，我流了一頭冷汗，這算名字嗎？這天底下黑色的蟲子就多了去了。

「嗯，黑蟲，並不是說牠是黑的，其實牠本身的顏色，應該是接近於泥土的一種黃色，但記載中，牠一旦有了吞噬靈魂能量的能力，牠就會在呼吸中排泄，排泄出靈魂裡的負面情緒，這些負面情緒在累積多了以後，就會漸漸化為實質的黑氣，所以牠就被稱呼為黑蟲。」如雪說到這裡的時候，忽然像是很難受似的，用手輕輕敲著額頭，彷彿是頭很疼。

「如雪，妳是怎麼了？」如雪靠在我身上，我自然就發現了如雪的不對勁兒，連忙問道。

如雪猛地抬頭看著我，忽然異常害怕地說道：「承一，我是怎麼知道古埃及的文獻有記載這種蟲子的？」

我一下子瞪大了眼睛，難道不是如雪本身就知道的嗎？

「承一，我們寨子沒有記錄過黑蟲，承一，我是怎麼知道的？」如雪的情緒剎那就有些失控，顯然自己剛才說得理所當然的事情，忽然反應過來，這些自己以前根本不知道，而且和剛才不同，自己還不知道這記憶是什麼時候插進來的，那是一幅多麼讓人驚慌的場景！

不僅是如雪，我也慌了，換成當年，還在黑岩苗寨時候的那個我，說不定就會嚷出來，是誰在害如雪，出來拚命了吧！

可是，現在我卻清楚知道我不能慌，我一把抱緊如雪，輕輕幫她揉著額角，儘量柔聲地說道：「如雪啊，妳聽我說，這是很正常的，妳也知道我們的傳承斷了很多，可是未必沒有祖宗能在我們的靈魂裡烙下烙印，打個比方來說，傻虎都能影響我，讓我偶爾感受到它的記憶，妳說對嗎？不要怕的，寨子裡的大巫如何厲害，妳不知道嗎？那大巫祖先呢？回去再問問清楚，畢竟妳提起了寨子，這應該是靈魂烙印吧。」

我太明白了，其實我這番話雖然有根據，但胡扯的成分更大，若是能夠這樣傳承，這種現象絕對不會只發生在如雪一個人身上，但除了安慰，穩定她的情緒現在我也不知道該從哪個方向入手，做些什麼。

但顯然，我的安慰起到了作用，如雪不再那麼害怕了，承心哥則說道：「就是，這種傳承是很神奇的，就如我師傅，莫名的在一覺醒來之後，就會得到一個方子，妳只是明顯罷了。」

承心哥也在幫我安撫如雪，如雪平靜了，可是我呢？內心巨大的不安快要把我吞噬了一樣。

第四十三章　獸皮怪文

我不明白我的不安來自於哪裡，而如雪也明明說過，出去之後，就告訴我全部的事實，可心裡就像有一根隱藏的線在拉扯著自己，一直拉向那不安的巨大黑洞。

我怕我連表面的平靜都維持不了了，會忍不住讓如雪在現在就告訴我她到底怎麼了，可這時吳老鬼飄了回來，說道：「承一小哥兒，是有燈的，去點燈吧。」

我剛要起身，承心哥就站了起來，說道：「承一，你多陪一會兒如雪，我跟著老吳去點燈吧。」

聽著如雪的呼吸聲，依舊是那麼的不安，我點點頭，就只說了一句：「你們小心點兒。」

於是，我和如雪，還有老張，就這樣安靜地在黑暗中等待著，只是一分鐘不到，第一盞燈帶著溫暖的黃色燈光亮起了，接著是第二盞，第三盞……

隨著燈光的亮起，如雪的呼吸也慢慢平穩了下來，這是一種很奇妙的體驗，在沉寂的黑暗中，在不安的情緒，微微的暴躁失落中，那種看著燈光亮起，希望一點一點復甦的感覺……

「如雪，無論是發生了什麼事，都有我在。」我語氣堅定地對如雪說道，燈光帶給了我平靜和希望，我要把這種堅定的心情帶給如雪。

如雪沒有在第一時間回應我什麼，過了好久，她才說道：「承一，沒有事情是絕望的，只不過只是選擇而已，你要相信我，我會變得很堅強，很堅強的。」

我有些不懂這話的意思，可是我絕對相信她會堅強的，我看著如雪，她此刻眼中不再是迷茫和不安，而是閃爍著一種異常決絕的堅強和決然，之後她輕輕離開了我的懷抱，突兀地就變回了那個平靜淡然的如雪。

這種轉變，讓我感覺有一種說不出的怪異，可這總是好的轉變吧？我試圖把一切的事情往好的方面去想，這時，卻聽見吳老鬼喊道：「這頂上有一盞大燈，我來點吧，我來。」

接著就傳來了承心哥的聲音：「你行嗎？」

「廢話，我好歹也是活了幾百年的老鬼，觸碰一個打火機絕對是沒問題的，我來吧。」吳老鬼帶著一點兒小得瑟地說道。

靈體不能影響物質，這是常識，但是如果一個靈體經過修煉，精神力特別凝聚的話，可以輕微的影響物質，也就是說可以「舉」起比較輕微的物體。

這個不奇怪，這就好比人體的特異功能，用精神念力去搬動物質！

只不過，吳老鬼還有這個本事，卻讓我震驚，一般來說，怨氣越重的靈體越厲害，可是精神力凝練，這個屬於鬼修之路了，莫非吳老鬼生前沒天分，死後還有鬼修的天分？

就在我胡思亂想的時候，吳老鬼已經飄了上去，開始去點亮這個地方懸於頂上的大燈了，我看見打火機一次次地亮起，到最後，這個大燈才被徹底點亮。

在大燈和壁燈的配合下，整個空間終於完全明亮了起來，連那實質性的黑暗也被驅除了，之前我有過不安，畢竟如雪說了，這種黑暗是那種黑蟲的呼吸造成的，我怕這個空間一點亮，我會看見許多許多沉眠的蟲子，但事實上沒有，這裡只是一個巨大的華麗石室，異常的乾淨，灰塵都很少，更別說有什麼奇怪的蟲子了。

承心哥回到了我跟前，吳老鬼也飄了回來，問我：「承一小哥兒，我咋覺得這兒像一個大臥室呢？把臥室建在地下，不能夠啊。」

吳老鬼說得沒錯，這裡非常大，怕是有兩、三百個平方米，事實上也真的很像一個臥室，我清楚看見有石刻的精美梳妝檯，上面安著一面巨大的銅鏡，也有精美的石床，還掛著簾子，只不過那簾子看起來腐朽而脆弱，怕是一碰之下，就會碎裂開來，還有一些雜七雜八的物件兒，一切的一切都表明這裡就是一個臥室，而且還是女子的臥室。

「和我猜測的一樣，我們闖進一個傢伙的老窩了，不過是很久以前的老窩了。」我低聲說道。

「是的，它們是應該在地下的，修行的路線不一樣。」承心哥也如此說道，修者需要都是練一口內息，那只支撐所有的基礎，不過人類需要的是靈氣，而妖物修煉需要的是月華，是陰氣，因為它們承受得住，在很久以前，地下是有一條條純淨的陰氣集中之地的，不像現在那麼難尋，老窩在地下不是什麼奇怪的事情。

我和承心哥對話，老張異常緊張地問道：「是什麼東西的老窩在地下？」

我拍拍老張的肩膀沒有說話，按照這個路線走下去，如果我們終究是要看見真相，我不能一直去安慰老張，告訴他這不是真的，真的看見以後他會崩潰的。

我沉默，老張緊張得舔了舔嘴唇，而吳老鬼跟著承心哥開始四處翻找起來，想找一點兒有價值的東西，畢竟這是很久以前的妖物，進了它的老窩，找有價值的東西，是很正常的。

可事實上這裡一目了然，承心哥並沒有找到什麼，倒是那掛在巨大石床上的簾子，倒真如我預料的那樣，一碰就碎掉了，露出了石床的內部。

石床上並沒有像人類的床那樣，還鋪著被單枕頭被子什麼的，就是簡簡單單光滑的床面，只不過看著那床面，承心哥「咦」了一聲，然後拿起了一件兒東西。

那是一個捲起來的東西，厚厚的一疊，看起來像是獸皮，承心哥示意我們過去，然後當著我們全部人的面兒，打開了這卷東西。

這獸皮比我想像的還大，鋪開來後，幾乎佔據了一半的石床，大概有兩米長，一米多寬的樣子，但也不知道是什麼獸皮鞣製的，總之是很薄卻很堅韌的一層。

上面密密麻麻地寫滿了東西，我們拿手電照著，開始以為是文字，但仔細一看，這些曲曲扭扭的東西，根本不是我們熟悉的文字。

自小師傅就教過我不少古文字，甚至很生僻的一些古文字我也認得，但這張獸皮上密密麻麻的「字」兒，我卻一個都不認得，一看之下，根本就是完全的陌生。

這讓我們怎麼甘心？進入這地下以來，一直都覺得神祕和危險，到現在也不敢說生命就安全了，好不容易得到一個巨大的線索，有可能關係著我們的生命問題，怎麼可能就那麼輕易放棄？

所以，我和承心哥一邊看一邊討論著，論起這方面的學識他也不比我差，所以只能我們兩個人來慢慢研究，這次的行動時間倒還充足，所以磨刀不誤砍柴工，我們也不在乎這點兒時間。

如雪在旁靜靜看著我和承心哥討論，老張不懂，乾脆退到了一邊，掏出一包壓縮餅乾，慢慢地吃著，吳老鬼早就無聊了，飄到老張面前和老張扯淡去了。

大概過了十分鐘左右，承心哥忽然大喊了一聲：「承一，我看出一點兒門道了，我們方向錯了。」

「怎麼？」看著承心哥驚喜的樣子，我知道這事兒有譜了。

「傻啊，我們一直都把這些符號當成字來研究，自然研究不出來什麼，哪有字是一堆一堆的寫的，這根本就是簡筆圖，簡筆圖啊！」承心哥大聲且激動地說道。

他一說，我趕緊仔細去看，這才發現這真的如承心哥所說，是簡筆圖，是一幅圖一幅圖這樣連著的，一幅圖表達一個內容，根本就不是我們先前以為的一堆奇怪的符號擠在一起，接著又一堆奇怪的符號擠在一起。

既然認出了是簡筆圖，那麼解讀起來就方便多了，可是這簡筆圖的意思似是而非，想要全部精確解讀，卻也不是那麼容易的一件事情。

至少，又過去了好幾分鐘，我和承心哥才解讀出來了第一幅圖，那圖裡表達的意思，讓我和承心哥哭笑不得，翻譯成語言，那就是在很久以前，在這片林子裡，誕生了一隻小狐狸。

這算什麼？講童話故事的開頭嗎？

可我和承心哥還沒來得及說什麼，忽然在這石室就傳來了一陣兒「嗡嗚」的聲音，低低的，讓人心底都壓抑得難受，那聲音很近，卻像隔著什麼一般。

我和承心哥對望了一眼，這聲音我們聽過，就是在如雪敲下第一對魅心石的時候——聽過！

第四十四章　碧眼狐狸的存在

這樣的嗡鳴聲，就更剛開始一樣，只是響過了幾秒鐘，就安靜了下來，我們面面相覷，有點兒摸不清楚這到底是怎麼回事兒，意味著什麼。

我唯一能想到的只是如雪說的——黑蟲，可是黑蟲又在哪兒？

承心哥快速收起那卷獸皮卷，對我說道：「承一，我們先別在這兒研究了，你不覺得我們忽視了一個很嚴重的問題嗎？這裡也沒有出路？剛才那聲音提醒了我，像是隔著什麼傳來的，這裡應該有暗門。」

暗門？我這時也才想起這個問題，而承心哥則早已走到了聲音發出來源的地方，開始敲敲打打！

我們也反應了過來，趕快去幫助承心哥找暗門，在同一個地方仔細敲打起來，從牆後傳來了空洞的回音，再明顯不過了，這後面絕對是有空間的，說不定就是我們的出路。

「我咋就覺著這個雕刻怎麼不對勁兒呢？」我們在忙碌的時候，吳老鬼沒事兒幹，東看西看的，忽然就讓它看出一點兒問題來。

我們的目光集中了過去，才發現吳老鬼說的那一處雕刻在另外一邊，是真的很不對勁兒，這個石室的整個風格都是華麗的，那個雕刻卻像是一個孩子刻上去的一半，比簡筆劃還不如的，歪歪扭扭的一隻小狐狸，而且被摩挲得很光滑。

承心哥一下子就興奮了，喊了一聲：「老吳，你這次可立大功了！」然後衝了過去，開始擺弄那個凸出來的雕刻，很明顯的，那個雕刻是可以移動的，只不過不知道是不是因為年深日久的關係，承心哥費了很大的勁兒才推動了一點兒，我和老張趕緊去幫忙。

就吳老鬼悠閒地飄著，說道：「這不能比，這狐妖多大的力氣，你們仨不夠看的。」

承心哥憋紅了一張臉吼道：「你再瞎咧咧，老子一定讓你來當苦力。」

承心哥這話剛說完，我們三個也正好推動了那個機關，機關一下子滑了過去，這時，整個石室內響起了一陣兒機關的聲音，在剛才我們敲打的東北角，一小面牆朝著旁邊滑去，露出了一個暗門。

老張喘息著，望著那暗門，對我說道：「承一啊，你也別安慰我了，我總覺得這道門進去以後，我一定得看見什麼了不得的事兒。」

老張說這話的時候很平靜，我卻沒有接話，看來接二連三的一些事情，讓他的心理也慢慢的承受了過來，同時我也很詫異，連老張都有這種感覺嗎？

是的，在門被打開的一瞬間，我是明顯感覺到了在這門裡，會有什麼了不得的東西！

是什麼呢？我猜不出來，或者會是那些蟲子？

想到蟲子，我就下意識地看了一眼如雪，因為結合路上的種種事情，我再笨也能察覺，如雪在，大概這些蟲子就對我們構不成威脅。

卻不想，我看見的是如雪輕輕咬著下唇，那一瞬間似乎是在掙扎，但很快眼睛就變得平靜而決然起來，是我看錯了嗎？這種情緒怎麼來的？

可是再看，如雪依舊是那個平靜的如雪，至少從表面看不出任何的情緒波動，是不是我太緊張了？以至於到了草木皆兵的地步？我儘量放鬆著自己的心情。

而這時，承心哥扶了扶眼鏡，說道：「咱們進去吧？」

就如人生一般，不管前方是什麼，總得繼續走下去，我們的腳步聲在這空曠的石室迴盪，我有意無意地走到了最前面，如果是有什麼危險，應該是我擋在前面的。

在進入那道暗門的一剎那，我首先感覺到的是刺骨的一陣陰冷，這不是那種鬼魂出現時的冷，就是純粹的一種涼，感覺整個人都清爽了幾分，來自靈魂的清爽。

「這裡……應該在曾經以前，是一個純淨陰氣聚集的地方。」我在心裡暗想著，但也只能是曾經，按照現在這個濃度，是絕對達不到古籍裡描述的陰脈之地的程度的，否則在再炎熱的環境下，這裡都會結出霜花兒。

我有感覺，承心哥和如雪也有感覺，畢竟都是「懂行」的，而我也越發的確定，如果碧眼狐狸真的存在，那麼這裡才是它真正的修煉之地。

老張沒啥感覺就覺得涼，至於吳老鬼已經舒服得「哼哼」出來了，畢竟陰氣聚集的地方，對靈魂是最有滋養的。

我的腳下就是向下的臺階，臺階不長，短短十來階，就看見是一個轉角，而這裡是明亮的，沒有那猶如實質一般的黑暗，因為這裡的長明燈真的是長明著的，所以我看見這臺階也是奢侈的，竟然是白玉，雕刻得很是精美。

我已經懶得注意這些細節了，只要是修者都知道，玉對於修行是非常有好處的，只因為它能存儲磁場和能量！

只是感慨這隻狐狸也真夠「有錢」的！

十幾階臺階很快就走完了，到底以後的拐角是一個小小的走廊，不過兩、三米的樣子，上面雕刻的竟然是各種華麗的衣飾，我可以理解為這是那隻狐狸的另類愛好嘛？

可這也讓我對這個修煉之地更加好奇！

走廊的盡頭是一扇很小的門，僅容一個人通過的樣子，在門後也透出溫暖的黃光，讓我心裡稍安，我快步走過去，第一個進入了那個門裡，但只是一眼，我就驚駭得倒退了兩步，退出了門裡。

在那一瞬間，我覺得自己是產生了幻覺，真的太不真實，為了確定這不是幻覺，我甚至下意識地再看了一眼，不，這是真的，真實存在的。

我出來後，第一個動作，就是拉住老張，我也不知道自己是為了什麼，只是想老張不要看見，可是此刻老張身體都在發抖，他就站在門後，門內又明亮，而我誇張的反應，讓他好奇也會去看一眼門內！

所以，老張什麼都看見了，所以，他發抖也是正常反應！

這時，不光是老張，就包括承心哥，如雪，吳老鬼都是驚詫到極致的反應，那就是什麼也不會說，什麼也不會動，目瞪口呆的樣子。

是的，這是真的存在著，我放開了老張，再次看向那門內，一隻巨大的，比正常老虎還大的白毛狐狸就臥在門內，它閉著眼睛，彷彿只是在安睡！彷彿隨時都可能醒來！

面對這樣一隻的存在，我們都不敢動了，不是它體型帶給我們的壓力，而是那股若有似無的氣場，壓得我們都喘不過氣來。

老張幾乎是下意識地就拿下了背上背著的獵槍，手顫抖著，嘴哆嗦著，念叨著：「碧眼狐狸，閉著眼睛，我也知道你是碧眼狐狸！」

「老張。」如雪摁住了老張的手，輕輕搖頭，說道：「這狐狸已經是死了，死了很久了。」

死了怎麼不腐朽？我帶著疑問，一步一步走進了這個洞穴，應該是洞穴吧？天然的小小的地底洞穴，還有鐘乳石的存在，在長明燈的映照下，分外的美麗。

那隻白狐狸也很美麗，拋開它那恐怖的氣勢，它是真的很美麗，一身白毛竟然還能透出流光溢彩的光芒！

是死了嗎？怎麼死的？死在這裡？我老是想起那一卷獸皮古卷，上面的第一幅圖，老林子裡誕生了一隻小狐狸，修到如此的地步，還是死去了嗎？

這是典型的一種修者才會體驗到的悲哀，我有些癡了。

卻在這時，如雪沉靜地說道：「承一，別過去了，再近了，就有危險了。」

「什麼危險？」我轉過頭望著如雪，思維卻不是太清晰，只是本能反應地問了。

如雪沒說話，可是吳老鬼卻說話了：「那隻狐狸動了，動了！」

它動了？我猛地一轉頭，看見的是這隻巨大的碧眼狐狸眼睛一下子就睜開了，真的是碧眼！

第四十五章　意料之外的

看著碧眼狐狸睜開了眼睛，我腦中的第一個念頭是：「我要在這裡上演一場人狐大戰了嗎？」

可下一刻我就發現了不對勁的地方，只因為那隻碧眼狐狸睜開的眼睛，眼珠子根本沒有任何的色彩，反倒有一種死氣沉沉的暮氣在其中，看起來眼珠子都是萎縮的。

那樣的眼睛我當然見過，那是死人才會有這樣的眼睛，用到動物身上也同樣適用！

它就如如雪所說，是死的，可是死的為什麼會睜開眼睛？

我還來不及思考太多，就有一雙手拉住了我，輕輕卻不容抗拒地把我拉到了後方，說道：「我說過，再近了，會有危險。」

是如雪！

我不知道會有什麼危險，莫非還能變成一隻殭屍狐狸？可我還沒來得及說話，卻發現那隻碧眼狐狸好像哭了，因為從它的眼眶竟然「流」出了黃色的淚水，我震驚地看著，之後起碼大腦空白了一秒種，才發現這根本不是什麼黃色的淚水，而是從它的眼眶爬出了一隻土黃色的蟲子。

那隻蟲子的爬出只是一個開始，接著我看見越來越多的蟲子從這隻碧眼狐狸的眼睛裡爬出，一隻，兩隻，三隻……接著，那隻碧眼狐狸整個巨大的身軀都在顫抖，然後我看見了鋪天蓋地的蟲子，從碧眼狐狸身上的各個地方爬出來，就如同剎那的蟲子的海洋！

「它真正活著的時候，原型比我們現在看見的，還要巨大得多，我們現在看見的，只是一張妖獸狐狸的皮。」如雪機械地說道，語調熟悉，語氣卻陌生，彷彿這一切她早已了然了一般。

我哪兒還來得及去計較這個，有什麼比一隻你以為活靈活現的碧眼狐狸以你肉眼可見的速度，在你面前萎縮，萎縮到就快只剩下一張狐狸皮來得震撼恐怖嗎？

巨大的狐屍裡面起碼藏了幾千隻這樣的蟲子，現在牠們全部都爬了出來，只是短短兩分鐘，就鋪滿了大半個石洞的地面，如雪站在最前方，和這些蟲子相隔了不到一米。

要怎麼辦？我的腦子開始急遽思考，思考要用什麼辦法去滅了這些蟲子，恐怖的大妖都被它們吞噬成這樣，我不認為我們的結果會好到哪裡去？

這些蟲子爬出來以後，感覺有些「迷糊」，一個個都在地上靜止不動，可待到那隻碧眼狐狸徹底變成了狐皮以後，忽然間，一聲震耳欲聾的叫聲在石洞裡響起！

是幾千隻蟲子發出了一聲怪異的吼叫，彙聚在了一起，如同打在人的靈魂上一般，這叫聲我聽過，就是如雪敲下第一對魅心石時，發出的叫聲，原來在那個時候，這些沉眠的蟲子就已經醒了。

那為什麼如雪要敲下魅心石呢？

我很頹然，我想不出什麼辦法可以滅掉這些蟲子，唯一可行的是火龍術，可火龍術也不可能瞬間滅掉這麼多蟲子……

難道是跑嗎？我剛才一直在搜尋出口，還真被我發現了在狐屍背後有一個可容一個人爬出去的黑沉沉洞口，那個應該就是出口，之前被狐屍擋住了，可是我們應該怎麼過去？鋪天蓋地的蟲子已經布滿了這個溶洞。

「我們出去。」我小聲地說道，就算是面對狼崽子也比面對這些蟲子好的多，這就是我唯一能做的決定。

蟲子在鳴叫以後，還沒有任何的動作，只能趁現在，我們退出去。

我第一個去拉老張，卻發現老張哭了，我不明白老張在這個時候哭什麼，莫非是嚇的？可是在下一刻我就聽見老張說：「這些了不得的蟲子要是爬出來，咱老林子就完了，完了……」

我的頭皮發麻，想像一下，就覺得這太可怕了，無物不吞噬的蟲子「肆虐」在老林子裡！

我們這一次的行動竟然惹出了這樣的禍事？

可是我已經顧不得許多了，至少現在先保住性命重要，我幾乎是用力地要把快崩潰的老張拖拽出這個溶洞，承心哥也明白地在幫忙！至少此刻我這個決定是正確的！

也就在這時，如雪忽然說道：「不用退出去的，我們可以出去。」說完話，如雪竟然朝前跨了一步，一手撿起了一隻蟲子，放在手裡仔細打量著。

我無法形容如雪此刻的「詭異」，我放下拖拽老張的手，我已經決定就算是扛也要把如雪扛出這個詭異的洞穴，這樣的如雪我太陌生，我太不安！

我快步走到如雪跟前，想也不想地就一把把如雪扛在了肩上，如雪沒有掙扎，只是說道：「承一，如果你就這樣把我扛出去，你最終是打不開仙人墓的。」

我咬牙不理會，只是扛著如雪朝前走，比起她來，仙人墓有什麼重要？

「承一，如果你就這樣把我扛出去，老林子才會真正的面對不可挽回的災難，這蟲子很堅硬，必須用很大的力氣，還要藉助工具，才能徹底的碎砸死它，而牠唯一柔軟的地方，是在下腹部的這一塊，牠們的繁殖能力也是驚人的，除非陷入沉眠，承一，你能想像這樣的蟲子在……」如雪在我肩膀上說著，她不反抗我，她只是試圖說服我。

我的腳步停住了，只因為老張忽然跪在了我面前，就要磕頭！

外來人是沒辦法理解山裡人對老林子的感情的，或許他該責怪我們放出這些蟲子，可是他此刻在懇求我們。

而我，在聽了如雪的話以後，也根本沒辦法再坦然地走出去，因為這不是我以為的我們出去以後，可以再想辦法，關鍵是在於如雪。

我放下了如雪，但沒有離開如雪半步，她往前走，我也跟著往前走，我不離開她！要怎麼樣都一起吧。

如雪把手中的蟲子放回了地面，在那時，我才看見蟲子腹下有一塊鮮紅的地方，那應該就是如雪所說的弱點。

但接下來應該怎麼做？如雪沒有動作，靜靜地站著，彷彿是在和這些蟲子對峙，我也只能等著。

時間「滴答滴答」的過去，我也不知道過了多久，大概是兩分鐘，或者是五分鐘？我完全沒有概念，我只是在有一瞬間聽見 陣兒風一般的「嗡鳴聲」，然後就看見三個如同箭一般的影子衝向如雪，然後停留在了如雪的肩頭。

是那三隻剛才飛出去的蟲子，此刻牠們飛回來了，身上那股濃重的血腥味兒我站在如雪的身邊都能聞到，但牠們身上詭異地沒有血跡。

這三隻蟲子飛回來了，原本安靜趴在地上的蟲子開始躁動起來，這種躁動意味著什麼，我不知道，卻聽見趴在如雪肩膀上那隻最大的蟲子忽然振翅發出了一陣兒怪異的叫聲，在牠叫過以後，地面上的蟲子竟然安靜了下來。

如同一個國王，在對他的臣民訓話，真是好威風。

我看著這奇怪的場景，忽然感覺到有目光停留在我身上，我一看，是如雪在望著我，深深地望著我，這樣的目光代表了什麼，我一時竟然想不出來。

接下來，如雪忽然動作極快地劃破了自己的眉心，一顆鮮紅，比一般血液紅得更加豔麗，如同一顆紅寶石的血液從如雪的眉心滲出。

那是……精血！養蠱人在培育本命蠱時，就會用到精血，他們自然是有一套辦法，逼出眉心精血，如雪那是要？

如雪忽然拉住了我的手，說道：「承一，你什麼也別做，也別阻止我。」

她的話剛說完，她肩頭上那隻最大的，有四翅的蟲子忽然振翅而飛，從如雪的眉心飛過以後，那滴精血就已經消失不見。

第四十六章　橫骨藏狐魂

如雪讓我別阻止她，我也就真的不阻止，就如我師傅和凌青奶奶一般，你決定的事情，哪怕是赴死，我也不會阻止，可我會陪著你。

況且，如雪已經是對我解釋了，為了這些蟲子不在老林子裡肆虐，她的言下之意就是我無法阻止這些蟲子的。

人，固然會有一死吧，這片老林子的一切絕對會大於我們的生命。

所以，我擔心如雪，可是心中卻有一種莫名的坦然，只要我們不是在做錯誤的事情。

那隻蟲子在吞噬了如雪的精血以後，如同喝醉了酒一般，竟然搖搖晃晃地飛到如雪的肩頭，趴下來不動了，而另外兩隻蟲子，如雪則是劃破了中指，以鮮血餵養。

而那兩隻蟲子，在吞噬了如雪的鮮血以後，帶著奇異的嗡鳴聲，繞著整個洞穴飛行了一圈，那些蟲子竟然開始動了，卻是朝著整個洞穴的四壁爬去。

接著，我看見了恐怖的一幕，這些蟲子開始啃噬這個岩洞，只是片刻，這個美麗的岩洞，就出現了和我們來時通道一樣的小坑洞，密密麻麻，而那些蟲子就待在裡面不動了。

我瞬間就起了一身雞皮疙瘩，那意思是我們來時的那個通道，那些密密麻麻的坑窪是那些蟲子啃噬出來的？或者牠們以前就藏在那裡面？

這感覺無疑是與死神擦肩而過的感覺，我出了一身冷汗。

「沒事了。」如雪做完這一切，臉色有些蒼白，那隻最大的蟲子依然趴在她的肩頭，而另外兩隻蟲子，竟然也啃噬了岩壁，待在了裡面。

「這樣蟲子就不出來，不會動了？」老張有些猶疑地問道，言下之意是我們要不要做點兒什麼，徹底消滅這蟲子。

「不要去動牠們，至少現在是沒事的。」如雪說到這裡，躊躇了一下，又繼續說道：「以後也不會有事。」說完這些，如雪有些疲勞地坐在地上，畢竟是擠出了一滴精血，消耗太大了。

這是塵埃落定了嗎？莫名其妙地進洞，然後就這樣莫名其妙地出去，如雪有了重重的心事，而且還損失了一點精血，我們唯一的收穫就是那卷獸皮古卷，我在懷疑當初要進洞的決定是不是正確？

給如雪餵了一點兒水，又餵她吃了點兒東西，我扶著如雪休息，心裡卻開始懷疑起整件事情是否正確，為什麼只是單純的來找個參精，竟然會發展到如此地步？

一向活躍的吳老鬼在說了狐狸動了之後，就一直很沉默，承心哥在問它：「為啥不說話了？」

吳老鬼小聲且小心翼翼地回了一句：「我能感覺，這些蟲子能吞了我！」

我忍不住皺了皺眉，如果有必要，怕是要通知相關部門行動了，這樣的蟲子無疑是更可怕的，可在這時，如雪緩過了勁，輕聲地對我說道：「承一，你注意到了那張狐皮嗎？」

「嗯，怎麼了？」我望著那張狐皮，除了還保持著一種特有的光澤外，我沒發覺有什麼特別啊。

「我剛才說，你進仙人墓的關鍵之一就在這裡，祕密就藏在那張狐皮之上，你看見沒有，整隻狐狸都被吞噬一空了，可它的頭骨還存在著，它的魂魄還殘留一絲，就藏在頭骨的橫骨裡，如何取精魂，你是知道的吧？」如雪輕聲地對我說著，但是有點兒費勁兒的樣子。

我看著那張狐皮，它的頭骨確實存在著，原本我是沒在意的，卻不想如雪一說，我倒想起一個典故，妖物要化形要得道，最關鍵的就是煉化腦後的一截橫骨，到橫骨徹底煉化以後，妖物才算真正的修煉有成。

我怎麼也想不到，碧眼狐狸還殘留了一絲殘魂，也真虧它是狐狸，想得出來這樣一個辦法，把殘魂留在那橫骨裡，沒想到天道與妖物設置的最大障礙橫骨，竟然連那蟲子都吞噬不了。

狐狸的殘魂是開仙人墓的關鍵之一？如雪又怎麼知道？再一次的，我壓下了心中的疑問，是的，這一路走來，我有一肚子疑問，也順著如雪的意思是行動，不是我呆，不是我愣，而是我明白什麼叫尊重！

我只需要知道，如雪不會害我，她始終是在做正確的事情就夠了，事實證明，我相信如雪是對的，到最後，不也是她阻止了這一批蟲子嗎？

「我知道怎麼做。」我平靜地回應如雪，讓她靠著洞壁休息，而我站了起來。

如雪看了我一眼，眼神中是感動，我至始至終選擇的相信與「放任」，她明白的。

「承心哥，你們稍等，我畫一張收魂符。」說話間，我從隨身的背包裡拿出了一張藍色的符紙，一盒朱砂，還有一枝符筆。

就算是殘魂，這種大妖級別的，還是能配上一張藍色符的。

「放心好了，承一。」承心哥淡淡地回答了一句，也有些疲憊，這一路上我們雖然沒戰鬥過，可是那種驚疑不定的精神壓力，根本不是筆墨能形容出來的。

藍色符，幾乎需要我集中全部的心神來畫了，我很快就開始靜心畫符了。

可是就在行符之際，我總是覺得鼻端不停能聞到一種怪味兒，很難聞，分不清楚是什麼味道，可惜在存思畫符的過程中，我能感受到外界，卻不能有思考能力，我不能受到影響。

這股怪味兒一直伴隨著我，一直到我行符完成，都不曾消散，反而越來越濃，我拿起符紙，心中好像抓住了什麼，可就在這時，如雪喊道：「承一，什麼都別想，快點收魂，等一下來不及了。」

我答應了一聲，開始踏動步罡，掐動手訣，要把魂魄從橫骨裡拉出來，需要強大的精神力量，只能藉助步罡之力，而掐動引路訣，是為了保證那一縷殘魂能夠順利進入收魂符。

藍色的收魂符，雖說不能像養魂罐那樣滋養魂魄，但也能保證魂魄的力量不會一再流逝。

這個步罡簡單，我很快就踏動完畢，我的靈魂有一種異常輕鬆舒服的感覺，澎湃著強大的力量，因為這裡是積陰之地，最是滋養魂魄，連踏動步罡都更輕鬆了幾分，威力也更大了幾分。

步罡完畢，我的精神力在不斷的「前行」，撫過狐皮，進入狐頭骨，在頭骨的一個隱祕位置，一截妖物特有的，潔白如玉的橫骨就隱藏在那裡，我的精神力一次次地試著衝擊，要衝進那裡。

這是一個艱辛的過程，我要衝擊，卻又不能「用力過猛」，否則會傷到碧眼狐狸的殘魂也不一定，這種過程最是要細心不過，就好比在人的靈台內，拉出人的靈魂，這種過程一不小心，就會把別人弄成傻子，魂魄也受損傷。

我的額頭出現了細細密密的汗珠，可偏偏在這種時候，傳來了吳老鬼大聲的驚呼之聲，和老張帶著恐懼的呼喊聲，那股濃烈的怪味充斥在我鼻端，我甚至聽見了一個笑聲：「呵呵呵呵……」

好熟悉，可我卻絲毫不敢分神去想什麼！

我聽見如雪說話：「不要慌，不影響承一。」

我聽見承心哥說話：「這次讓我來出手，承一，你放心收魂。」

是嗎？承心哥出手？我沉下心神，乾脆在心中默念起靜心口訣，關閉五感，只是一次次地衝擊那截橫骨，也不知道試了多少次，我「轟」的一聲進入了那截橫骨。

眼前彷彿黑了下來，在存思的世界裡，那就是一片沉寂的黑色，可是在黑色的中央，有一抹白色那麼顯眼，那抹白色是一隻沉睡的狐狸，很小，很脆弱，甚至很畏懼的樣子。

它在沉睡的時候，不經意地吐露著一小截紅色的舌頭，如果是女孩子在這裡，一定會驚呼這有多麼可愛，絲毫不會覺得它是吃人內臟的恐怖大妖！

這才是最初的最初，最深最深記憶的靈魂表現形式嗎？讓我想起了那卷獸皮古卷的開頭，在一片茫茫的山林中，誕生了一隻小狐狸！

「醒了，醒了，我帶你走。」我的精神力輕輕撫過那隻小白狐狸，不停呼喚著，其實我的心神已經不是很穩定，雖然關閉了五感，可是地面的震動，我是怎麼也能感覺出來的，外面的情況到底怎麼樣了，我掛心著。

可是這種事情又偏偏急不得，只因為沉睡了那麼久的殘魂，豈是那麼容易喚醒的？

但彷彿是感覺到了我的急切，一直在沉睡的傻虎忽然醒來了，它意識不是很清醒，在這個時候只是下意識的，幾乎是出於本能地發出了虎吼之聲。

不，不是虎吼之聲，是那種「咕嚕咕嚕」的低低叫喚之聲，傻虎要做什麼？

第四十七章　「超人」來了

我的確是不知道傻虎要做什麼，從我和這個傢伙「相識」以來，從來聽它的咆哮，都是威風凜凜的聲音，就像無時不刻不在告訴大家：「我是一個山大王哦，我很厲害，我很威風的哦！」

這麼溫和的叫聲，我倒是第一次聽見。

這倒是一件異常讓人詫異的事情，甚至讓我詫異到了忘記了自己的處境，下意識就想和傻虎這個傢伙交流，可是這傢伙就這麼叫喚了幾聲之後，竟然頭一搭，又沉沉睡去了。

我也猛然驚醒，我明明是在喚醒狐魂的啊，明明外面還發生了不可預知的狀況，如果精神力可以流冷汗的話，我估計我又是冷汗一身了。

可是，我再看向狐魂的時候，狐魂不知道什麼時候已經睜開了雙眼，正在定定看著我，是因為殘魂的原因嗎？它此刻的雙眼不是狐狸那種狡猾的眼神，而是一種對未知世界懵懂的眼神，就如初初出生的小崽子一般。

對付這種可愛的傢伙，我是沒有任何辦法的，也更沒辦法像女孩子一般愛心爆棚地就衝過去抱住，大喊：「好可愛啊！」我憋了很久，竟然冒出一句自己聽了都要暈倒的話：「喂，你，跟我走！」

那小狐狸對於我的話根本沒有任何反應，迷迷糊糊地站起來，開始圍著我腳邊打轉，東聞聞，西嗅嗅的，問題是我現在根本不是實體，只是一段精神意念，在存思的玄妙空間裡與小狐狸交流，它能聞出來個什麼啊？

我真是有些沒辦法，卻不想這傢伙伸了個懶腰，「嗖」的一聲就蹦我懷裡來了，那雙濕漉漉的狐狸眼睛就這麼看著我。

而實際的情況，就是它的靈魂就這麼依託在我的精神力上，也就意味著我可以輕易把它帶出去了。

我受不了它那眼神，真想對它說，你正常點兒吧，有點兒大妖的覺悟好不好？一時，又會出神的想，它萬一問我要奶喝怎麼辦？不然我涎著臉去求如雪幫忙？如雪會不會殺了我？

胡思亂想的時候，我已經帶著小狐狸走出了它藏身的橫骨，我不得不承認，在這種危機四伏的地方，這一隻小狐狸竟然給我帶來了好心情。

引路訣是沒用了，小傢伙堅決不肯離開我的懷抱，我的精神力回歸的剎那，我整個人也瞬間清醒了過來，第一個感覺就是我肩頭多了一點兒什麼東西，側頭一看，竟然是蹲著一隻極小的狐狸。

果然是大妖，就算殘魂也可以清晰地表現到如此程度。

但我還來不及感慨，就差點被洞內的味道熏吐了，接下來，我就看見詭異的一幕！

老張拿著獵槍，承心哥瞇著眼睛，吳老鬼飄在承心哥的身後，正緊張地盯著前方，至於如雪，臉色依然有些蒼白，還是靠在那裡，但眼中也有幾分擔心。

畢竟從存思的狀態中完全清醒需要一定的時間，這時我才回憶起來，在我收魂的過程中，好像是發生了什麼？

於是，我順著承心哥他們的眼神朝前望去，看見了一個身影，我發誓在這麼緊張的時刻，我是不想笑的，但我忍不住。

這個身影我是見過了，就是那個花花綠綠偷內衣的傢伙，嗯，妖狼是它的手下，這個原本沒什麼，關鍵的地方在於，它身上穿著如雪的內衣，嗯，內衣外穿，直接就罩在了它花花綠綠的衣服之上。

它沒動，就這麼定定地看著我們，是不是看著我也不知道，因為它的一張臉也包得嚴嚴實實。

面對我憋不住的放肆笑聲，承心哥雙手插袋，眯著眼睛說道：「很好笑，乍一看，我以為是超人來了，那麼時尚，還內衣外穿。」

「哈哈哈，就是！」我笑著說到，但心裡卻一點也不輕鬆，這是一隻活生生的妖物！妖物我還沒對付過，我笑，可不代表我不在意。

「承心，請你注意，不要再提內衣。」如雪清冷的話從我們身後傳來，承心哥驚出了一身冷汗。

可就在這時，我快速從隨身的黃布包裡摸出了一個瓷瓶子，瓶子裡裝的當然是公雞冠子血，這是很多道士都會隨著攜帶的東西，最是辟邪不過，簡稱隨身三大件兒。

公雞冠子血至陽，用來對付這些靠月華和陰氣修煉的妖物，倒也十分的相剋。

「夠無恥的。」承心哥對我突然動手的行為，表示了鄙視，但在同時，他指縫間夾著幾枝金針，也快速衝了過去。

妖物好像傻了似的，根本就是定定站著不動，我沒搞清楚狀況，但我們這邊有誰啊？有個囉哩囉嗦的吳老鬼，它在那邊口沫橫飛地說道：「抓緊時間啊，我可是費了老大的勁兒，才扎了那傢伙一針。」

承心哥在我旁邊，不忘給我解釋：「我的主意，那傢伙力氣好大，我挨了好幾下，我讓老吳偷襲，不過快撐不住了。」

承心哥一說，我就能想像當時的場景，肯定是這隻妖物突兀的進來了，我在作法，如雪失去「戰鬥力」，老張的槍就先不考慮了，沒啥作用。

然後承心哥衝了下去，衝上去之前交給老吳一枝金針，然後承心哥吸引火力，老吳在承心哥的指揮下，趁其不備，給那隻妖物來了一針。

金針可以刺穴，金針自然也可以封穴！咱們華夏傳下來的武家文化，就比如點穴之類的手段，可不是瞎忽悠的！

這妖物挨了一針，自然是身子酥麻，動彈不得，但是承心哥他們也不敢太過刺激這妖物，氣血上湧，自然是可以衝開穴道的，那妖物一生氣，這穴就白扎了，也沒有第二次機會再去偷襲。

所以，我醒來的時候，我看見了那麼詭異的一幕，雙方對峙。

見我們衝來，那妖物開始瘋狂吼叫起來，再也不發出那神經質的「呵呵呵」的笑聲了，只不過它那急促的聲音，讓我聽起來異常耳熟，一時想不起來是個什麼玩意兒。

在快衝到的時候，我忽然對承心哥說道：「其實，你不能打，要有一隻老鬼配合，你倒是無敵了。」說話間，我那已經擰開瓶蓋兒的瓷瓶子，已經脫手而出，帶著那至陽的公雞冠子血，朝著妖物砸去。

承心哥再次鄙視地看了我一眼，罵了一句：「卑鄙！」估計是又鄙視我，假裝說話，實際卻在偷襲的行為。

可是，他自己也猛地加速，衝了過去！

「劈啪」一聲，是瓷瓶兒落地的聲音，接著傳來了承心哥哎喲的一聲叫聲。

我們倆竟然同時落空了，妖物在關鍵的時候，竟然真的如我所料，衝開了承心哥封住它的穴位，一個打滾滾開了去。

洞穴安靜，迴盪著老吳的聲音：「中央電視臺，中央電視臺，××頻道，××頻道，歡迎大家收看今天晚上由吳言五給大家播報的格鬥決賽——鐵籠格鬥，兩男子激鬥臭妖怪……」

這丫還看過中央電視臺？

我和承心哥同時太陽穴暴跳，回頭罵道：「閉嘴！」

我和承心哥的大吼，讓吳老鬼及時地閉了嘴，但是嘴上還在碎碎念：「我就是想讓大家有個輕鬆的氣氛，這人一輕鬆了啊……，我要害你們，不能夠啊。」

我和承心哥根本就沒心思聽它在那兒囉嗦，因為我們剛吼了吳老鬼一句閉嘴，那個妖物已經緩過勁兒來，衝了過來。

老張的槍聲及時在洞穴中響起，「砰」的一聲，打得那妖物連退了好幾步！

然後跌倒在地，洞裡的鐘乳石恰好不好地也勾掉了它身上那花花綠綠的布料，就剩一內衣在它身上掛著，我和承心哥都沒辦法形容它那副形象。

只是，我們也笑不出來了，因為這是我們第一次看見了這妖物的正面形象！

第四十八章 金針刺穴，請神上身

是的，是真的笑不出來，我第一個反應就是，這是《西遊記》現實版嗎？

在那個年代，《西遊記》如火如荼，我還住在北京的大院兒，大院裡很多小孩子都瘋狂的追看《西遊記》，但是也有幾個小屁孩哭死哭活地不願意看，為啥？因為電視裡妖怪的形象嚇人啊。

我當時聽了好笑，覺得那幾個小孩子忒膽小了，可事實上一個人真的面對一個人身動物頭的存在，怕很多人會嚇得哭出來。

只不過我和承心哥是哭笑不得，為啥？

此時的情況再明顯不過了，杵在我們面前的是個女黃鼠，不，母黃鼠狼，那張遮羞布一掉下來，我們第一時間就看見那隻碩大的黃鼠狼頭。

可橫骨哪裡是那麼好煉的？這隻黃鼠狼是顯然沒有化形成功，說到底它只能算是可以人立而起，四肢的比例比較像人，身上還是毛絨絨的。

在東北有很多關於黃大仙的傳說，真真假假不可細分，但總有一點兒是沒錯的，就是黃鼠狼是最愛模仿人的一種動物，比如說拜月亮啊，比如說攔在路上作揖啊之類的。

要說這其中的原因，黃鼠狼和狐狸一類的存在一樣，是非常有靈的，另外一個原因，就是拋開家畜不談，黃鼠狼絕對是離人類最近的一種動物，偷雞摸狗的傢伙就是牠，可長期以來，人類的一切對黃鼠狼產生的影響也是巨大的。

它此時就這麼杵在我們面前，要命的是還做出一副害羞的樣子，下意識去捂胸，好像我和承心哥占了它莫大的便宜似的，而如雪的內衣就這麼歪歪斜斜的掛在牠身上，更莫名其妙的是它身上還掛著很多小袋子。

小袋子破了一個，裡面露出來的竟然是乾花。

面對這樣一隻黃鼠狼，我們除了哭笑不得還能有啥表情？我說為啥第一時間沒有聞出這傢伙的味兒，連老張都沒聞出來，這傢伙原來還會在身上帶著人工香水——乾花啊！

它不知道的是這種香臭味兒混合，形成了更難聞的怪味兒，看著它此時的模樣，我更是氣得破口大罵：「你丫八個咪咪的傢伙，穿啥內衣？像那回事兒嗎？遮你×的遮，老子還沒問你要錢，好去洗眼睛。」

吳老鬼在旁邊冷不伶仃來了一句：「估計承一是被如雪的內衣給刺激的。」

我連罵吳老鬼的力氣都沒有了，因為我的話好像徹底激怒了那隻黃鼠狼，它竟然怪叫著一聲，直直朝著我撲了過來。

你要說這妖物打架，想看法術的鬥法那是在看小說，會法術的妖物都能修正道了，會法術了，哪裡還會叫做妖物，那是真正的妖怪，也早就化形成功了。

我沒遇見過妖物，但是典籍上記載，妖物無非就是兩點。

第一，力大敏捷，這是人家先天的優勢，咱們羨慕不來的。

第二，就是迷惑人的心志，高級點兒的會使個障眼法。

所以，它們除了形象恐怖點兒，識穿了這些，反倒你不會覺得怎麼恐怖了，在某些野史記載裡，常常有古人遇見妖物的故事，膽子橫點兒的，提把大刀就上了，還能贏，就是這個道理。

「砰」黃鼠狼的身體撞到了我肋間，那力氣大得我差點兒連胃裡的酸水都吐出來了，其實它是想咬我的，我機靈地避開了，不然這一下就是一大塊兒肉。

「承心哥，金針刺穴啊！」我大喊道，還趁機打了那隻黃鼠狼一拳。

承心哥看著我和黃鼠狼「打」成一片，插不進手，喊道：「它動作太快，我扎不到。」

我快哭了，顯然和妖物硬碰硬的打，不是我這個「仙風道骨」，最好躲在人家後面扔符的道士的作風，要慧根兒在就好了，絕對打得這隻黃鼠狼連自己的媽都不認識。

我大聲嚷道：「扎我，金針刺穴，請神之法。」

是的，金針刺穴請神之法，也算是祕法的一種，不過和老回曾經使用的獻祭請山魈之法相比要溫和多了，金針刺穴是刺激身體的潛力，存思溝通「天兵天將」之力，讓身體也能承受得住，這也就是很多行走江湖的道士，莫名力氣會變得很大的法門。

當然，代價也要付，那就是要在一定的時間內，供奉所請之神，天數按照借力的程度來界定。

這個祕法很雞肋，因為借力絕對是有個限度的，不要說達到慧根兒那金剛之身的程度，就連老回的山魈獻祭也比不上，一小半都比不上。

再說，道士是鬥法的，又不是裝大力士打架的，這金針刺穴，刺偏了，還會一不小心把自己整成個偏癱。

可無疑，此時此地卻是最合適此法的！加上承心哥的技術絕對不會把我整成偏癱。

我這麼一喊，承心哥總算是反應了過來，喊著：「老張，你用槍對付一下這八個咪咪，拖半分鐘。」然後一把把我拖了過去。

八個咪咪！這黃鼠狼又被刺激了，尖叫著撲向承心哥，可在這時，老張的槍聲也及時響起，「啪」的一片兒鐵砂，就炸在了黃鼠狼的身上。

老張就是實在，幹活從來不廢話！

而這時，承心哥的第一根金針已經扎在了我身上，接著，他的手影飛舞，下針幾乎是沒有猶豫地落在我身上，這就是有技術，都不帶猶豫的。

只是一小會兒，我就被承心哥扎得跟個刺蝟一樣，承心哥很得意地跟我說：「最大的開穴之法，刺激了很多要穴，你可以最大程度地借力。」

我眼睛帶淚地看了一眼承心哥，對付這妖物，你用得著給我扎成這樣嗎？我不需要最大程度的借力，只因為我的戰術，只是為了拖住妖物。

可是，我已經來不及囉嗦什麼了，老張嚷著：「快點兒，撐不住了。」老張一邊喊話的時候，一邊還在裝著子彈，就是老張這種神槍手，在速度極快的黃鼠狼面前，也是會落空槍的，再說這種槍械對這妖物的傷害也有限。

我出於「憤怒」，一腳把承心哥踢開，吼道：「去幫老張。」然後閉眼、掐訣、行咒、開始請神借力。

這種術法的準備時間不用多長，我相信以承心哥從小練體的底子，也一定能夠撐住的。

在積陰之地，我的靈魂力簡直達到了一個巔峰，很快就存思溝通到了一股莫名的力量。

我大喝一聲，踏腳三下，借力上身，下一刻一股子澎湃的力量瞬間就布滿了我的全身，我幾乎是喘著粗氣想要發洩，睜眼就看見，承心哥被黃鼠狼的「毛手」拍了一下屁股，正在暴跳如雷。

我二話不說地衝了過去，忍著那劇烈的怪味兒就衝著黃鼠狼的腦袋，對撞了那麼一下子，結果黃鼠狼暈乎乎地被撞開了好幾步。

我也暈呼呼的，被它身上的味兒給熏的。

我忍著難受，對承心哥說道：「等一下，我會鉗制它，你抓緊時間，金針封穴！」

「嗯！」承心哥的眼神委屈的緊，因為剛才被這八個咪咪給拍了一下屁股！

我很想沉痛的對承心哥說一句，我能理解，但已經來不及了，黃鼠狼又怪叫著衝了上來，我也毫不猶豫地迎了上去，此時，在我的耳邊，響起了小狐狸激動的吼叫聲，我這才反應過來，這傢伙就一直在我的肩膀上。

只不過，這吼叫的聲音哪裡像一個大妖，嫩生生的，估計靈魂殘缺了，也就失掉了大部分的記憶，變成了這種嫩狐狸！

「澎」我狠狠一拳抽到了黃鼠狼的臉上，它一臉哀怨，估計是怪我不憐香惜玉，可它手上也沒閒著，一爪子打在我手臂上，我頓時就有了一種快骨折的感覺。

叫。

小狐狸估計此刻已經完全清醒了，見我們打得如此激烈，高興得在我肩膀上蹦蹦跳跳的

可這時，黃鼠狼忽然雙眼放光地看著小狐狸，那眼神惡狠狠的。

小狐狸一下子就躲我腦袋後面去了，我眼角的餘光瞟見，它正小心翼翼地伸出個腦袋悄悄的看。

我心裡憋火啊，你他媽的是大妖啊，大妖！看看我家傻虎每次多威風！

第四十九章　又來一隻？

可無論那隻嫩狐狸是怎麼表現的，這一架我還是得打下去，總覺得眼前這隻黃鼠狼有點兒「獸性」未脫的樣子，想什麼就直接表現的「赤裸裸」，就比如剛才我看得分明，絕對是覬覦著我肩膀上的嫩狐狸，那眼神就像捕食者之於獵物一般。

在和八個咪咪的對打中，我腦子裡不停在思考著這件事情，只因為我曾經懷疑過它是吳大膽遇見那隻妖物，可事實上那隻妖物充滿了靈性，和人對話，也克服了獸性，只是拿了一條魚就走了，絕對不是眼前這隻妖物能夠比擬的。

要知道，人的心頭肉於妖修來說，並不是什麼味道特別好，而是心藏一口精血，一股子人的靈氣，對妖修是大有補益。

所以，看到什麼聊齋，包括西遊記在內，高高在上的大妖怪要吃的都是心！能忍住這種誘惑的傢伙，能像眼前八個咪咪一樣是「智障」型的嗎？更讓人佩服的是它已經觸摸到道，觸摸到一點兒仁慈的意思。

八咪姐力氣很大，也很靈活，可惜沒有什麼招式，純粹就是一通亂打，而我從小和師傅學藝，雖不是武家人，但也比八咪姐專業多了，加上師傅曾經讓我重點練習了鎖人的一些招式，在如今也派上了用場。

在纏鬥了七、八分鐘以後，終於被我逮著一個機會，死死鎖住了八咪姐，可一鎖住，我就差點鬆手了，只因為八咪姐身上的味道太過「銷魂」。

我大喊道：「蘇承心，你丫要不再快點兒，我就和你拚命。」

承心哥見我那副要崩潰的樣子，哪兒還敢怠慢，衝過來，就金針伺候起八咪姐來。

我站起來之後的第一個反應就是我要洗澡，我絕對要洗澡。

而老張嘿嘿地笑，說道：「這事兒倒不難，這深林子裡有一處有幾口溫泉，是我祖上發現的，一般人去不到深林子裡去，這些溫泉還沒啥人發現過。」

聽到有溫泉，我就心生嚮往了，而吳老鬼也飄到了被金針封住的黃鼠狼面前，咋咋呼呼的嚷道：「這傢伙要咋處理啊？妖狼瞎子都看出跟它是一夥的，處理不好，咱們剩下的路也不好走啊。」

這倒是個問題，我看了一眼八咪姐，那眼神兒倒沒有啥害怕的意思，倒有一股子臨死不屈的憤怒，這可真有意思，這憤怒是從何而來？

老張倒也乾脆，提著槍和一根大棒子過來，說道：「還能咋處理，一槍給斃了唄，或者一棒子敲死，黃大仙這傢伙偷雞摸狗的，到了哪個屯子裡，也不能給了好。」

老張是獵人，又長期活動在山下的各個屯子，屯裡人對黃鼠狼啥態度，是再清楚不過了。

說話間，老張舉起了棒子，或許這一番的經歷，讓老張對待這些妖物也不是那麼害怕了，就當一般的大型野獸處理了。

承心哥摸著下巴沒說什麼，我雙手插袋，再次看了一眼八咪姐，發現面對老張的大棒子，八咪姐第一次流露出了畏懼的神情，我有點兒於心不忍，剛想叫老張住手。

卻不想此時八咪姐竟然拚著命在承心哥的金針封穴之下都動了一下，然後一股子奇臭無比的氣息瞬間就瀰漫在了整個岩洞裡。

「我×，這味兒！」有潔癖的承心哥終於忍不住爆了一聲粗口，下一刻他卻連爆粗口的力氣都沒有了，捂著鼻子，軟軟地靠著一根鐘乳石坐下了。

我和老張的情況也好不到哪裡去，都是一下被熏得全身發軟，腦子發暈，這是什麼境界？這就是把人能臭暈過去的境界！以前我還不信來著。

吳老鬼倒沒啥感覺，做為一隻靈體，它完全可以不受這些影響，只是在旁邊解說道：「原來這場精彩的比賽還沒有結束，為哈啊？因為那妖怪還有絕招——放屁，眼看著咱這邊兩位男子選手被熏昏了，觀眾大嚷著不能夠啊……」

「閉嘴！」我和承心哥再次默契的，有氣無力的呵斥著吳老鬼，卻不想這一張嘴，一股子臭味兒鑽嘴裡去了，我一下子臉憋得通紅，終於忍不住大吐特吐。

狗日的八咪姐！

但也就在這時，這個洞穴裡傳來了新的動靜，是從那個出口傳來的，難道又有什麼東西要進來？

我被熏得暈乎乎的，但眼睛還是死死盯著那個洞口，但出人意料的是，我看見了一道跟八咪姐差不多大的影子衝進了洞裡，卻沒有看清楚是什麼？

接著，我看見那道影子開始在岩洞裡瘋狂奔跑，速度快到就如旋轉一般，漸漸的，岩洞就起風了，漸漸的，岩洞裡的臭味就這樣被風給慢慢吹散了，空氣終於恢復了正常的味道。

而在空氣清新以後，那個身影也停了下來，我仔細一看，一口老血就憋在了喉嚨裡，是的，我沒看錯，又一黃鼠狼出現了。

不同的是，人家整個就透著樸實的味道，比起八咪姐的花花哨哨，人家就一工農階級，保持黃鼠狼該是什麼樣兒，就是什麼樣兒的本色，雖然大了一點兒，雖然背上的毛幾乎是全白了。

可這是什麼意思？難道說是來幫助我們的嗎？我皺著眉頭仔細想，沒覺得我在老林子有啥熟悉的黃鼠狼，莫非是師傅？他在老林子和這黃鼠狼有過一段驚天地，泣鬼神的交往？這可真是的，我想著師傅深情款款地抱著一隻黃鼠狼的模樣，我陡然起了一身雞皮疙瘩，原諒我，師傅，如果有機會再見，我發誓是絕對不會告訴凌青奶奶的。

面對我探尋的目光，那隻黃鼠狼的神色竟然是平靜的，下一刻，它竟然人立而起，給我們所有人作揖起來，似是在討饒一般。

和八咪姐比起來，這隻黃鼠狼是非常誠意的，人家一進來，先使了法門驅散了臭味兒，接著又是作揖，真是一隻有修養有禮貌的好黃鼠狼。

八咪姐被承心哥的金針封穴封著不能彈動，但是打它看清了這隻黃鼠狼以後，竟然發出「嚶嚶嚶」的哭聲，敢情和吳大膽遇見的那隻和人說話都說得無比利索的黃鼠狼比起來，這八咪姐除了「呵呵呵呵」，就只會「嚶嚶嚶嚶」了啊？

這叫什麼？哭笑組合？

「你是在為它求情？」說話的竟然是如雪。

如雪的話剛一落音，忽然我們就聽見了一個清晰的女聲傳入我們的腦海，妖物不見得會人類的語言，但是精神上的交流是絕對沒有問題，也別小看了人的大腦，如果普通人能夠體會這種精神交流，就絕對可以理解這種大腦「自動翻譯」為話語的本事了。

當然，在普通人看來，這也和說話沒多大區別了，吳大膽遇見的就應該是這種情況。

那隻白毛黃鼠狼是這麼說的：「我和妹妹一直都在此地修煉，雖然知道危險，但也抗拒不了這個地方修煉的好處。比起我來，妹妹修煉時間尚短，不懂人倫禮數，希望各位見諒，就放過我妹妹一次。」

瞧瞧，什麼叫素質？這就叫素質！一番話說的文謅謅的，讓人心裡舒坦，我打心眼裡願意原諒八咪姐了，雖然我還不太清楚，承心哥他們是為啥和八咪姐打起來的。

可是，我們還沒來得及發表意見，就聽見八咪姐開始急吼吼地叫了起來，那聲音我們不懂啥意思，但是聽得出，那是又氣憤又委屈，還著急上火。

那隻禮貌黃鼠狼聽著聽著，臉色就變得怪異了，過了一小會兒，它很不好意思地問了一句：「你們罵我妹妹八個咪咪？」

說話的時候，它下意識地去遮擋自己，我和承心哥差點沒吐血，剛才還誇你有素質呢，這下又來了，難道黃鼠狼那意思都是，我們人類稀罕看黃鼠狼的兩排咪咪？

可它估計又覺得不合適，竟然站了起來，一身白色的布莫名出現，緊緊地就把自己裹住了。障眼法，還能簡單的風行法門，我瞇了瞇眼睛，我可一點兒都不敢小看這隻黃鼠狼。

第五十章　小喜小毛的故事（上）

面對這隻穿著白布的黃鼠狼，我首先想到的就是，對了，是正主了，吳大膽遇見的多半就是它。

它比八咪姐「高端」太多了，因為它身上的白衣服就是一個完美的障眼法，而八咪姐身上是貨真價實的花布。

對於它的質問，回答它的不是我，而是承心哥，承心哥說道：「我們又怎麼會莫名其妙的罵它，且不說我們在老林子裡被狼群包圍，其中一隻妖狼對我們的窮追不捨跟它有關係，就說我們在這裡待得好好的，它一衝進來，看見我師弟正在施法的緊要關頭，竟然二話不說就要衝過去咬我師弟，是我及時阻止的。原本都這樣的，我們還不打算和它打，結果天知道它打什麼鬼主意，又二話不說開始瘋狂攻擊我們，你說我們罵它一句八個咪咪，是不是過分？我們把它制服住，是不是過分？」

承心哥的話剛落音，八咪姐又憤怒了，估計是承心哥又提到了八個咪咪這一茬，它急吼吼地又開始叫喚，那隻白毛黃鼠狼就安安靜靜聽著，過了好一會兒，它憤怒的聲音傳來，喝道：「閉嘴，貪心不足，敗事有餘。」

這隻黃鼠狼好像挺有威嚴似的，在呵斥了八咪姐以後，八咪姐竟然真的不亂叫喚了。

它又衝著我們做了一個揖，然後說道：「我看見這裡面的恐怖之蟲已經醒來，這裡不是說話的地方，如果你們相信我，我們可以到外面去談，不過在這之前，能不能放了我妹妹？」

老張不說話，對於這些關鍵性的決策，他一般不參與。

吳老鬼賊兮兮的眼珠子直轉，然後跑我和承心哥面前不停地說道：「放不得啊，放不得，一隻就不好對付了，等一下兩隻，怕是吃不了兜著走。」

承心哥不說話望著我，顯然他也懶得決定這種頭疼的事，就交給我了。

畢竟我靈覺出色，到底是不是有危險，我沉下心來自有判斷。

在我看來，我本能覺得這隻黃鼠狼是真誠的，可是吳老鬼說的話不無道理，我不能什麼事兒都交給我的靈覺，萬一此時正是我運勢低的時候呢？

卻不想，這時如雪說話了，聲音依舊聽不出什麼感情起伏：「放了吧，沒事的。」

吳老鬼訕訕地說道：「既然雪姑娘都那麼說了，那就放了也不礙事的。」

我懶得理這個牆頭草吳老鬼，只是點點頭，表示同意如雪的意見，而承心哥早已經去解金針了。

所有人靜靜等待著，不安肯定是會有那麼一絲的，十來分鐘以後，承心哥終於推拿開了八咪姐的穴脈，八咪姐一能活動自如了，立刻對著我們齜牙咧嘴。

我們還沒來得及有什麼反應，那隻白毛黃鼠狼已經呵斥道：「放肆，還不過來。」

此刻，神奇的事情發生了，八咪姐朝著那邊走過去，慢慢就縮成了一隻正常大小的黃鼠狼，然後一躍而上，跳入了另外一隻黃鼠狼的懷抱裡。

那隻黃鼠狼再次對我們點頭致謝，然後說道：「你們可以叫我小喜，叫我妹妹小毛，我們出去談吧。」

要談什麼？我覺得恩怨已了，也沒什麼好談的，畢竟我們還要繼續出發去找仙人墓，不過人家那麼禮貌，確實也不好推脫。

只不過，在走之前，我得先把那橫骨取了，容納此刻在我肩頭上「耀武揚威」的嫩狐狸，最好的容器自然是那一截它自己的橫骨，煉化一下，比養魂罐兒還好，滋養作用還要大一些，我家傻虎師祖就是那麼弄的。

所以，我去取橫骨了，那張狐皮我沒有去動，儘管老張舔著嘴唇說了一句：「老值錢了。」我可不想取出去驚世駭俗的，別人一看那麼大的狐狸皮不得瘋了嗎？再說，一張狐皮在這裡，多多少少也有入土為安的意思。

老張自然也沒有什麼惡意，畢竟做為半個獵人，對「山貨」抱這個態度，感慨一句也是正常的。

待到我們從洞裡出來的時候，天又一次擦黑了，我們早上進去，竟然到這種時候才出來，也是一件兒意想不到的事情。

只不過出來的地方，我們完全陌生，老張四處跑，對比著地圖看地形，總不能在這老林子裡迷了路吧？

沒有去干涉老張的行為，此刻我們幾個人圍著一堆篝火，正在聽小喜說著一些事情，對於我們幾個來說，再驚世駭俗的事情我們也可以接受，哪怕有一天蹦出一個人來告訴我，他其實是火星人，我也不會感覺到很吃驚。

相對來說，老張選擇在此刻去看地形倒是有一些回避的意思了，那是他自己的選擇，在最初的錯亂以後，是徹底接觸一些不可思議的事情，還是努力把這些藏在心裡，不影響自己的平凡日子，真的只是一個選擇。

「自從發現狐仙洞以後，我就很久沒有出過老林子了，算起來怕是有幾百年了吧。」小喜一開口就是這樣說的。

狐仙洞自然就是剛才我們出來的那裡，和我猜測的沒錯，是我肩膀上這隻嫩狐狸的老窩。

不過，我們都沒開口，選擇靜靜聽小喜訴說，其實從一開始它準備要找我談談，我就明白了，它和我們絕對不是關於小毛的恩怨那麼簡單，這其中一定還有別的事情。

從小喜的訴說中，我大概理清楚了它們「姐妹」的一些事情。

原來小喜就是這老林子山腳下的一隻黃鼠狼，和普通的黃鼠狼沒有什麼不同，也未開靈智，它出生的地方說是山腳下，確切說來，卻是一個靠近山腳的屯子裡。

黃鼠狼是最接近人的動物，這句話的意思不是說黃鼠狼和人有相像，只是說黃鼠狼是不避忌，甚至和人的生活有交錯的動物，不像別的動物，如果可以，如果不是逼不得已，是絕對不願意靠近人的生活圈子的。

小喜就是這樣一隻黃鼠狼，出生在屯子裡，慢慢長大，活下來，靠的也是那個屯子，不過是吃老鼠而已。

「在我那時懵懂的記憶裡，雞肉是很美味的，但大多數時候，我們黃鼠狼一族是吃老鼠的，靠近人類的地方，鼠類多，所以我們黃鼠狼因為這個愛貼近著人類一起生活，久了，就算懵懂，也自然的羡慕人類，模仿人類的動作，或者我們這一族天生的靈智比較高吧？」小喜關於這個是這樣說的，有一點兒為黃鼠狼伸冤的意思，畢竟黃鼠狼是它的族類嘛。

原本，小喜的生活軌跡就應該是那樣了，和普通的黃鼠狼一樣，慢慢地長大，然後老死，事情的改變卻發生在某一天，它實在找不到食物了，就打主意在屯子裡一家人身上，在饑餓的本能的驅使下，它去偷雞了。

「事實上，我很不幸，第一次出手，就被逮到了，因為那一家人養了一隻很厲害的黃狗，我比不上我的那些兄弟姐妹，第一次偷雞根本不知道，絕對要選沒有狗的人家。」小喜說這個的時候，語氣裡有點兒自嘲的意味。

透過火光，我看著穿著一身兒白衣的小喜，心裡也有些恍惚，這是真的嗎？一隻黃鼠狼在我面前，跟我訴說偷雞的故事。

可是這就是真的，從古至今，妖的傳說從來沒有斷過，各個遇妖的故事也是層出不窮，妖的好壞不在我們的討論範圍，而事實上，為什麼如今卻很少再聽見妖物的傳說了？

我想，只是因為人類太「霸道」了吧，看看那一片片消失的森林，看看那一條條由清澈變得渾濁的河流？人類意識不到自己得不償失，同時也真的「侵犯」了太多一個地球上生物的生活空間。

想著這些，我有些恍惚！

第五十一章　小喜小毛的故事（下）

但小喜的故事還在繼續，說到底很普通，就是一隻黃鼠狼偷雞被逮住的故事，可是因為那家人中一個老奶奶的善念，這個故事變得不普通了起來。

當時，小喜被逮住已經是負傷了，那時，人們的生活比起現在困難，雞已經是很珍貴的財產了，人們對待偷雞的黃鼠狼自然是憤怒的，逮到一般都是打死了事。

可那一天，小喜遇見了那家人裡善良的老奶奶，老奶奶說了那麼一句話：「看這隻黃鼠狼眼睛濕漉漉的，臉上也有淚痕，怕是已經知道了錯誤，上天有好生之德，雞也沒被咬死，放了吧，放了罷！咱們窮苦人家更是要積德啊。」

就是這麼一句話，讓小喜死裡逃生，但是由於負傷加上恐懼的原因，它卻是再也不敢待在屯子裡，懵懵懂懂地上了山，懵懵懂懂地就在老林子裡迷了路。

「我當時負了傷，在林子裡很久也沒有吃飽，雖然未開靈智，我在那時也知道自己是快要死掉了，這是一種本能的感應吧，我還記得那一日下雨……」小喜繼續講述著。

我是第一次聽見一隻動物的故事，總覺得聽聞著有那麼幾分辛酸的感覺，恍惚中，我彷佛是有一點兒明白天道的意思了，捕食與被捕食永遠沒有對錯，強大的動物不是邪惡，弱小的動物也不是善良，這只是公平的生存，因為在我接近一隻黃鼠狼的故事時，也忍不住為它的生命辛酸擔憂，所以偷雞的黃鼠狼又有什麼非被打死不可的理由？

而人類永遠在乎的只是自己的角度，自己的生活生命，如果有一天，人類有幸能能聽見一隻野獸在自己面前訴說自己的一生，是不是又會有不同的領悟呢？

怪不得天道寵溺人類，給了人類一點兒靈氣，憑藉靈智在這地球上生存，又怪不得天道責罰人類，讓人類不停陷入對於死亡的畏懼，不停承受輪迴之苦。

皆因人類不悟！

永恆的自私下去，不能領悟天道的那一點兒「善」是立身之本，不能領悟那「留一線」的站在他人或者其他生物的角度考慮，終有一天會自食惡果。

那一刻，我覺得我的思想又通明了一點兒，師傅曾經對我說過的很多話，我理解有通透了一點兒，道法自然，自然之道裡，哪裡又是殘酷，是處處皆有餘地，皆有本意！

小喜自然是想不到它的故事，能給我這樣的靈光一現，它只是還在講述著，那一夜的雨，讓它找到了一個避雨的洞，它那時沒有什麼智慧，受傷找避雨的地方，也只是動物本能，可它無意中闖入的避雨洞口，卻是「嫩狐狸」的修煉之處。

那一個地方，我早就知道是一處積陰之地，對於動物開靈智是很有好處的，我去的時候，能明顯感覺靈魂舒暢，被滋養的意思。

更別說，承受能力更為強大的動物！而且還是先天靈智勝於其他動物太多的黃鼠狼，加上它們長期貼近人生活，多多少少沾染了一些人類的靈氣。

更何況，它進洞之時，距今已經有很長很長的時間了，那個時候的積陰地，想必比現在強大了許多。

看著不遠處，我們剛才爬出來的洞口，我不由得感慨萬分，原來這就是小喜一生的轉折，這也是它的機緣吧！

後面的故事我能猜到，它無意識跑進了洞子的深處，終於進入了嫩狐狸修煉的真正核心之地，在那裡開了靈智，然後就本能的開始修煉了。

只不過中間有一點兒我沒猜出來就是，在嫩狐狸的洞裡，長著幾棵奇異的植物，那味道誘惑著小喜一口就吞了下去。

「吞下去之後，就像喝醉了一樣，我當時也不懂，就迷迷糊糊地睡著了，醒來後，我就發現我腦子好用了。」小喜是這樣說的。

可不想承心哥一下子激動了，忽然大聲問小喜：「那些花果子是啥樣兒的？」

小喜似乎有些不明白承心哥為何那麼激動，它撫摸著懷裡的小毛，歪著腦袋想了想，說道：「淡紫色的，帶點兒黑色，然後……」

小喜努力地回憶訴說著，承心哥的表情越變越精彩，最後是激動得手都在發抖，然後一把拉著我，「痛苦」地說道：「積陰之地的伴妖草啊，不，承一，你一定不能理解，這名字很普通，可是在我們這一脈流傳下來的祕密手劄中有記載啊，這種東西太逆天了，合上幾樣東西煉製出來藥丸之後，如果給天智宿慧（先天靈智）不是太糟糕的隨便什麼動物服用的話，那個動物可以生生的開靈智啊，不不，這個都不算逆天，更強悍的是，它是少有的，已知的，可以提升人靈魂本身的東西啊，何況是積陰之地長出來的。」

承心哥越說越痛心疾首，我能理解他，在這個世間養神的非常有效的東西都難見了，何況是直接提升靈魂本身的東西，聽起來就不比參精差了。

醫字脈到如今也是可憐的，能利用的藥草也太過珍惜稀少，一身本事因為這個制約，能發揮出來一半就已經不錯了，再難像幾百年前，懂醫的人憑藉一些古方，調製出來一些藥水和藥丸，竟然本身就能活到兩百多歲。

面對承心哥的激動，我稍許淡定一些，機緣這個東西說不清楚，不是你的，就一定不是你的，這個是強求不來的。

而小喜更加淡定，慢慢地說道：「有什麼比待在你們人類身邊更好呢？就像笨笨的狗類，你們人類養久了，牠就會變得很聰明，貓就更不得了，有的在你們人類身邊待久了，說不定就可以和你們人類交流了，不過按照那些傢伙慵懶、小心、有點兒冷血的性格，也不見得愛和你們交流。」

我目瞪口呆，狗我是可以接受的，畢竟我真的知道，狗在人身邊養久了，會有很多不可思議的情感表達和智慧，養狗的人自然也有體會。厲害的貓可以和人交流，貓說話？我無法想像！

不過，小喜那麼插一句，承心哥也算冷靜了下來，我們繼續聽著小喜訴說，總之在那一次之後，小喜就踏上了妖修的路，要知道動物本能強大，修習也是憑藉本能行事，但在這之前，開靈智尤為重要，很多動物是過不了這一關的。

「小毛比我可憐，我是幸運遇見了一戶善良的人家，得以逃生，而小毛則是差點被打死。

說起來，也是我和小毛的緣分，在以前，我每隔一段時日，總會下山去一次，叼些山貨，去到以前那個屯子，為的就是報恩，只因在我開了靈智以後，我曾經發誓，要對老奶奶的後人報恩五十年。」小喜說道。

吳老鬼哼哼了幾聲，問了一句：「你都叼著啥啊？該不會是老鼠肉吧？」

「就是山裡的一些藥材，靈智漸開以後，我就知道了，那些東西對於人類來說也是極珍貴的，那些年頭不像現在，山裡的藥材只要有心，還是很好尋得的。」小喜倒真是一隻好脾氣的黃鼠狼，竟然認認真真地回答吳老鬼的問題。

只不過它這話說得我們幾個大活人汗顏，為啥如今山裡藥材會難尋？不就是因為我們嗎？

小喜在繼續訴說著，它那一次照例是去報恩，卻遇見了在另一戶人家快被打死的小毛，想起了自己的遭遇，那一次它冒著極大的風險，在眾人的面前，叼走了小毛，然後把小毛帶到了這裡。

然後，小毛在積陰地，自然也得到了好處，開了靈智，跟著小喜一起修煉，接著，就有了如今的八咪姐。

「有時，我就在想，一善一惡，絕對不是當時發生了之後，就簡單完結了的念頭，那就像是一種精神的鎖鏈在延續，就如我和小毛同時修煉，我因為當時受人之恩，卻對人類抱有一分善意，也更願意行善積德，不求福報，卻相信累積起來的善總會給自己帶來福報。可是，當年小毛受人之惡，性子一直偏激，天生就厭惡人類，做事也講究能得好處，便不擇手段。我的勸誡不見得有多大作用，畢竟曾經發生的事情就像刻印在了它靈魂深處，只得處處壓著它，最近老林子因為某些事情不平靜，我自然也是要去看看的，沒想到就發生了這些事。」小喜淡淡說著。

我卻感慨萬千，是啊，一善一惡就如它所說，是延續的精神之鏈，一點兒善可以傳播很遠，影響很遠，一點兒惡也能帶來深遠的影響，所以莫以善小而不為，莫以惡小而為之，這句話的深刻兩隻黃鼠狼給我們完美演繹了出來。

兩隻不同的黃鼠狼！

我感慨著這個，卻完全忽略了小喜所說的，最近老林子因為某些事情而不平靜。

第五十二章 小狐狸的選擇

老張回來了，回來的時候手裡帶著獵物，他去查一下地形，都能搞到吃的。我們幾乎是從昨天餓到現在，這冰天雪地的晚上，也真虧他能那麼快搞到獵物。

老張有些忌諱接近兩隻黃鼠狼，回來暖和了一會兒，就提起獵物，悶聲說道：「你們說，我去收拾一下獵物。」

這種事情我們都表示理解，可能在老張眼裡，這一幕人、鬼、妖席地而談，比做夢還不真實，他的選擇早已經做出來了，終究是要回到平淡生活裡去的。

小喜的故事到這個時候剛好講完，我們感歎不已，卻在這時吳老鬼也做出了一副深沉的模樣，也似很有感慨，我很好奇，吳老鬼這個神經粗大的傢伙能有什麼感慨，卻不想吳老鬼自己卻說出來了：「唉，我算明白了，偷雞誤事兒啊，偷雞誤事，你說你們黃鼠狼因為偷雞都背了多少年的罵名兒，打也被打了，咋就不改捏？」

我一下子臉脹得通紅，是被想爆笑的衝動給憋的，只因為顧忌小喜的感受，才強忍住沒笑，心裡卻在想，怪不得吳老鬼以前修道沒天賦，因為它這「領悟」能力實在是太逆天了。

小喜卻不以為意，說完這些話，忽然放下小毛，朝著我就直直跪了下來，二話不說就開始叩拜。

我不明就裡，自然是要去扶小喜的，卻不想小喜說道：「你不用扶我，我要拜的不是你，是狐仙姐姐，若不是它當年的洞穴，我和小毛只怕早就死掉了幾百年，並且一生懵懂，不得開靈智，狐仙姐姐於我既是恩人，又是師傅一般的存在。而我這一拜，也是代小毛再一拜，小毛靈智未曾全開，還屬於獸性未脫，懵懂幼稚之時，加上性子又偏激，對狐仙姐姐有不敬的念頭，是該我在這裡磕頭認罰。」

說話間，小喜就朝著我肩膀上原本在打盹的嫩狐狸，恭恭敬敬地磕了三個響頭。

這嫩狐狸見小喜拜它，原本還在打盹，忽然就精神了，立刻耀武揚威地蹲在了我肩膀上，神情得意，努力想做出一副威嚴的樣子，無奈太嫩了，看著倒是挺有喜感。

這就是殘存的記憶嗎？我看著如今可愛的嫩狐狸，想起石室壁畫上，那真正威嚴的大妖，身下是一群戴著奇異面具的人在跪拜它。

「狐仙姐姐，它是那隻碧眼狐狸？」在小喜拜完以後，吳老鬼一下子驚呼出聲了，然後嚷道：「承一，你咋不早說？碧眼狐狸啊，你竟然沒介紹給我認識認識，我都沒有表達出我的友好，承一，你這陰險的傢伙，不能夠啊！」

我滿頭黑線，對吳老鬼問道：「你一直能看見它？」

「是啊，你不是有本事嗎？我還以為你無聊，把身上帶著的戰鬥靈召喚出來了，這麼瞇（小）點兒一個狐狸，誰知道是碧眼狐狸啊？」吳老鬼回答得理所當然。

我閉嘴了，我發現和吳老鬼這種反應慢二十幾拍的人說話，永遠是一種自虐的行為。

「承一，碧眼狐狸在你肩膀上？讓它顯形來看看？」承心哥倒是一副很有興趣的樣子。

我試著跟這隻有些二百五的嫩狐狸溝通，卻不想它很好說話，也有能力做到讓大家看見，只是一小會兒，大家就看見一隻白毛碧眼的小狐狸蹲在了我的肩膀上。

不得不說，這嫩狐狸的外觀是很有殺傷力的，如雪喜歡得瞇起了眼睛，想要抱它，無奈它是靈體抱不到，至於承心哥直接誘惑這隻嫩狐狸了：「小可愛，跟哥哥走唄，哥哥比他溫柔多了。」

我不滿地盯著承心哥，說道：「你一大男人，表現得跟女人一樣幹嘛？」

承心哥扶了扶眼鏡，說道：「誰規定大男人不能喜歡可愛的東西了，你嗎？你這種跟你師傅一樣粗線條的傢伙，懂什麼叫美嗎？」

我無言，其實說實話，就算碧眼狐狸跟著我，也註定得不到最好的待遇，在師祖傳法那次，我就知道了，和別的修者不同，我們老李一脈是有祕法可以養本命靈的，就是共生魂，但是一輩子註定也只能是一隻，碧眼狐狸如果跟著我，倒是真的得不到共生魂的待遇，承心哥也是我們這一脈的，如果碧眼狐狸肯跟著他，倒也不失為一件好事，有狐頭橫骨在，他也同樣可以把碧眼狐狸的殘魂培養成自己的共生魂。

我在鄭重考慮這件事情的時候，我看見了嫩狐狸搖擺不定的樣子，同時也讀到了這隻小傢伙的心思，大概意思翻譯過來就是，怎麼辦好呢？我喜歡那個笑起來比較溫和斯文的哥哥，這個哥哥不溫柔。

我×！我心中那個火大啊，一隻母狐狸都能被承心哥「勾引」了去？這個裝溫柔溫和，實際一肚子「壞水」的春風男！

而承心哥不理我憤怒的目光，繼續勾引道：「小可愛，來跟著哥哥吧，哥哥是學醫的，平時為你補補什麼的，是很簡單的哦？過來吧，哥哥會很疼你的。」

終於，那隻嫩狐狸經不起誘惑，跳到了承心哥的肩膀上，但彷彿對我還是有一些不捨，可是後來我才知道它哪裡是對我不捨。

面對嫩狐狸的決定，我火大，覺得沒面子，但實際上我一點兒也不生氣，反而是為承心哥高興，按照師祖的意思，有了一隻共生魂，才算是完整的老李一脈，在那個時候，我讀到了他的遺憾，自己太過匆忙，沒能為徒弟們準備一隻共生魂。

而準備好的虎魂，也許我師傅都不知道真正的意義，或者我師傅知道，只是他出於愛護我而給了我，又或者，他不想特立獨行於自己的師兄師弟面前，儘管當年他們因為小師姑的事情翻臉了很多年。

具體師傅怎麼想的，我不知道，除非有一天我能找到他，親自問問他，我相信我一定能找到他的。

想著，我把那截橫骨遞給了承心哥，說道：「平日裡，讓這嫩狐狸在這裡滋養，回去了我幫你煉化一下這玩意兒，再跟你說點事兒。」

原本承心哥的「勾引」只是和我開玩笑，他也不是真的要帶走嫩狐狸，畢竟他是醫字脈，不是要戰鬥的，見我那麼認真，他反倒詫異了，對我說道：「承一，你開什麼玩笑，我是醫字脈啊？」

「承心哥，相信我，沒開玩笑，咱們從老林子裡回去以後，就要面對更難的事兒了，江河湖海裡的怪物怪事兒，怕是比這老林子多了去了，我們師門到時候一起出動，你是需要它的。」我認真地對承心哥說道。

承心哥的表情有些迷茫，但嫩狐狸又再次在承心哥的肩膀上打盹兒起來，可是出於對我的相信，承心哥什麼也沒說，什麼也沒問。

倒是小喜說道：「這樣真好，跟著一個修者，狐仙姐姐的殘魂倒是得了一個好歸處，免得總是處於很危險的境地，很多存在都打著它的主意，包括小毛，要不是我壓制著它。」

我不解地望向小喜，小喜則耐心解釋道：「這些事情，倒是說起來話長了，我應該怎麼對你們說呢？其實，這一次找到你們，我也有一事相求，你們聽我說完，能否做個決定，帶上我們？」

「帶上你們？去哪裡？」我一時反應不過來。

「去那神仙的地方，這老林子加上你們，來了三撥兒人，這冰天雪地時進林子，走的方向也是朝著那裡，你們不會不是去神仙地方的吧？」小喜的聲音帶著一絲狡黠。

是啊，它是妖物裡比較善良真誠的存在，可是這和它狡黠也並不矛盾。

我明白，這下才是小喜找我們談話的真正目的。

第五十三章　隱藏在背後的

鍋裡燉著魚湯，烤架上烤著香噴噴的兔子肉，原本已經餓了很久的我，面對如此的美食竟然沒了心思去吃，只因為小喜剛才說的那一席話太過震撼。

它首先是告訴了我們小毛的行為，這些日子，修者頻繁入山，小毛一直就蠢蠢欲動，想要殺死兩個修者，食其心頭肉。要知道和普通人比起來，修者的精血和靈氣對於妖修來說才是大補。

一開始的狼熊大戰，確實是小毛想讓妖狼佔領了週邊，殺人給它進補，後來遇見了我們，小毛敏感地感覺到了我們是修者，然後才有了狼群圍攻我們的事情。

「小毛自然是不會親自動手，只因為它殺你們背負了因果就太重了，到時候劫數難過。但你們要是是被狼群殺死的，事情就有所不同了，這樣你們明白嗎？」小喜給我們解釋的時候，我們驚出了一身冷汗，一隻帶著獸性，靈智未曾全開的妖物都有如此手段，如果這老林子裡別的大妖盯上了我們……

這樣想來，我們四個人就貿然進老林子找仙人墓，真是唐突的行為。

可是開弓哪有回頭箭，加上時間的限制，我們也只能繼續走下去了。

隨著小喜的訴說，我們知道再後來，我們跌入雪窩子，確實是巧合，狼群不敢入雪窩子，怕的根本不是什麼碧眼狐狸老窩啊，或者小喜小毛，因為這裡的狼群和小毛廝混得很熟，很喜感的是，這群狼群的老大是小毛。

所以，牠們怕的是那個洞穴裡的蟲子。

「一開始，我沒有發現蟲子的存在，因為對狐仙姐姐的尊重，我根本沒有想過要動它的遺體，直到後來小毛修行有成，在一次我出外的時間，它去動了狐仙姐姐的遺體，才引出了惡魔蟲！那一次，幸好它反應及時，剎那感覺到了危險，跑得很快，才得以逃脫，可是它帶進洞穴裡的狼，就只剩下了白灰兒一隻，白灰兒就是攻擊你們狼群裡的頭狼。」小喜是這樣對我們解釋的。

原來那隻狼崽子也有名字，叫白灰兒啊，怪不得那麼有靈性，原來是進過這個洞穴，多多少少靈魂被滋養，開智了的狼崽子啊。

在當時，聽到那裡的時候，我有疑問：「為什麼小喜會在你出外的時候，去動嫩狐狸的遺體？那些蟲子到底是怎麼回事兒？」

「你們也知道小毛受過巨大的傷害，性子偏激，我們在洞裡住了那麼些年，隨著修行的加深，哪裡不知道狐仙姐姐保有一絲殘魂不散呢？說句不敬的話，如果可以吞噬狐仙姐姐的殘魂，對於我們的好處是巨大的。另外……」小喜說到這裡的時候，有些躊躇。

而我望著小喜說：「你直接說。」

「另外就是關於那神仙的地方了，傳說中要集齊四個大妖之魂，才能真正進去！這個說法不知道是怎麼流傳出來的，你知道我們妖修都是憑藉本能修煉，跟你們人類比起來，實在慚愧的

緊，我們也不知道這個集齊是個啥意思，就只能自己理解為吞噬啊，真的是，也不知道誰傳出來這樣一個揚了二正（在此可以理解為白癡）的說法，是嘎哈啊？想動我狐仙姐姐。」小喜說到最後有些激動了。

而在我旁邊，承心哥正在嘗魚湯熟了沒有，一聽小喜那腔調，「噗」的一聲兒，魚湯就噴了出來，老張無辜地被噴了一身魚湯，然後眼神木然地轉向小喜，問了一句：「咋的？也是東北的？」

「這不廢話嗎？老娘生在這黑土地上，長在這老林子裡，誰敢說老娘不是東北滴，看老娘不削死他！」小喜激動了。

在這個時候，一直避諱著小喜和小毛的老張，竟然罕有地拍了拍小喜的肩膀，摸了摸在旁邊趴著的小毛，有些激動地說道：「對，東北滴，咱東北這疙瘩的好黃大仙啊，改天去整兩杯。」

「好啊，老娘最喜歡喝酒了，就是在這老林子裡搞不到哇。」小喜興高采烈的。

這時，吳老鬼也飄下來，大聲說道：「啥也不說了，是要整兩杯，這老鄉見老鄉，不整點兒，這不能夠啊？」

看著這一幕，我、承心哥和如雪同時目瞪口呆，這不是在說正事兒嗎？咋變成鄉友會了呢？這小喜不是知書達禮，文質彬彬的，咋變成彪悍的「老娘」了呢？

看著我們的表情，這時小喜才反應過來，有些害羞的模樣，低眉順眼地說道：「不好意思，激動了，讓各位受驚了。」

敢情這還是個雙面黃鼠狼？

不管我們怎麼「震驚」，這正事還是要說下去的，小喜在說完老林子妖物之間流傳的傳言以後，又說起了蟲子。

提起這蟲子，在這老林子有身份的棍兒都知道，這蟲子是老林子的禍害，因為不僅在嫩狐狸的洞裡有，其他幾個埋藏大妖的地方也有。

「上次小毛引出那蟲子是第一次蟲子現身，那一次出來了二十幾隻蟲子，就吞掉了五、六隻狼，所以狼群是不敢再入狐仙姐姐的洞了，我和小毛也很長一段兒時間不敢回去。後來，我去查探了一下，這些蟲子只要你不去招惹牠們，牠們是不會動的，而且動了也不會出洞穴，所以我和小毛才敢回洞穴去，但是也只敢偶爾回去修煉，平日裡是不敢多待的。」小喜在訴說它們第一次發現蟲子的一些經歷。

接著，就是那傳言出來了，什麼集齊大妖之魂，進神仙的地兒，這傳言也不知道是誰傳出來的，總之這老林子裡修煉有成的一些妖物都相信了，而很快這幾個大妖的埋骨之地也被傳了出來，妖物們紛紛行動，結果，就是蟲子被發現了。

「這些蟲子生生吞噬掉了一隻很厲害的傢伙，那傢伙是一隻狼妖，而這些蟲子我們在老林子那麼些年都沒有發現過牠們的存在，可是驚醒過牠們一次後，也不知道是怎麼回事兒，牠們儘管沒動，身上卻發出了越來越可怕的氣息，弄得這老林子的好多動物都不安了，一些未開靈智的棍兒，也紛紛往外趕，這段時日裡，老林子裡打得可熱鬧了，小毛也是趁著這個由頭，讓白灰兒出來占地盤了。說起來，這也是我和小毛不敢在洞裡多待的原因，那蟲子的氣息太可怕了，都不知道牠們是什麼，我常常想，牠們這要一鬧騰開來，絕對是老林子的災難。」小喜若有所思地說道。

這話和老張說得一模一樣，聽著小喜說這話，在「啪嗒」著旱菸的老張又憂愁了，說道：「那不成啊，我命可以沒有，這老林子要不在了可不行啊。如雪丫頭，妳要想想辦法啊？」

老張是看見在洞中的一幕的，知道如雪對上這蟲子的神奇。

老張這麼一說，我倒想起了一件事兒，小喜說洞裡蟲子的氣勢可怕，可是為什麼我們自始至終沒有感覺到？難道是因為如雪。

這個想法，讓我看了一眼如雪，想說點兒什麼，卻發現如雪坐在火堆面前，臉色異樣的蒼白。

「如雪，妳……」我三步併兩步跑到如雪身邊，很是擔心。

如雪望了我一眼，只說了一句話：「承一，我的本命蠱要出來了，先幫我守著一陣子。」

本命蠱要出來了，這是什麼意思？我看著如雪，忽然發現我忽視了一個關鍵的問題，那就是一直趴在如雪肩頭上的蟲子到哪兒去了呢？

第五十四章 仙人墓的存在

我有一肚子的疑問，如雪也曾經說過，在出來後，會給我們一個交代，可此時如雪的樣子，我哪裡還顧得上去問如雪什麼？

我只能緊緊抓住如雪的手，看著她臉色蒼白，痛苦地捂著肚子，抓著我的手也分外用力。

過了好一會兒，如雪忽然站了起來，有些腳步不穩地跑到了另外一邊，她示意我們不要跟來，然後走到了一棵樹後，我聽見如雪在那邊發出了痛苦的呻吟聲，接著安靜了好一會兒，如雪才臉色蒼白地出來了。

不過，看她平靜的樣子，應該是沒有事情了。

重新坐回了火堆面前，如雪伸出了手在我面前，手心裡是一隻白白胖胖的蟲子，在背上的某個地方有兩個疙瘩，她對我說道：「承一，這是我之前的本命蠱，你幫我好好收著吧。」

「妳……？」我看著如雪手中顯得有些萎靡的本命蠱，一時間卻有一種說不出的感覺，是不安，還是難過，我自己也分不清楚，可是這感覺來得太過莫名其妙，彷彿已經是一種逝去的事情不可追憶一般，卻偏偏什麼也說不出來，倒口中卻變成了一個妳字，就再也說不什麼來。

相對於我，如雪顯得平靜了許多，只是神情中怎麼也有一種淡淡的揮之不去的哀傷，她對我說道：「蠶蠱的培育最是不易，這一隻本命蠶蠱還是姑婆給我的，她千辛萬苦地尋得，培育了那麼久，比我之前那一隻還要好，可惜我不能繼續帶著牠了。這蠶蠱上已經有我的精血，承一，你也不懂育蠱之術，恐怕是不能成為你的本命蠱了。但不妨礙你帶著牠，偶爾牠也能幫忙，其實養牠不麻煩的，以後我慢慢教你。」

說話間，如雪手一翻，一個竹筒出現在了她的手裡，她把蠶蠱放在了竹筒裡，幾乎是不容抗拒地塞在了我的手裡，說道：「這蠶小寶兒到底有什麼用法，我以後也會慢慢地說與你。」

我原本是不安的，但聽著如雪說以後，我莫名其妙地就心安了，如雪也恰好在這時，望著我笑了笑。

弄得我也抓著腦袋傻笑了起來，忽然又想起一個問題，趕緊問道：「如雪，那隻蟲子呢？那隻在妳肩上……？」

如雪看著我，忽然就挽起了袖子，露出了一段兒手臂，我一看就忍不住「啊」了一聲，小喜和小毛像是有什麼感應似的，一下子就跳開了去，小毛身體在微微發抖，小喜也好不到哪兒去！看來，它們對這個蟲子真真是非常畏懼的！

而那個蟲子就在如雪的手臂上，確切地說是牠已經鑽在如雪的手臂皮膚之下，乍一看，就像如雪在手臂上紋了一隻恐怖蟲子的紋身。

我看著如雪，如雪的表情卻平靜，抹下了袖子，淡淡跟我說道：「本命蠱只能有一隻，如果不能蠶小寶弄出來，蠶小寶會死的。牠很厲害的，我不吃虧。」

我點點頭，還想說點什麼，如雪卻說道：「你不要急著問我，小喜還有話沒說完呢。」

說完如雪收回手臂，安安靜靜地坐好了，我反倒不好問什麼了，索性坐在了如雪的身邊。

這時，小喜小毛也才有些畏懼地坐了回來，小喜問如雪：「雪姑娘，妳這是什麼蟲子？我感覺和我洞裡的那些恐怖蟲子是一個氣息，但還要恐怖好多啊？妳能控制牠？」

如雪溫和地說道：「等一下，我會告訴你們的，你不是還有事情要說嗎？繼續說啊。」

小喜這才點點頭，說道：「剛才我說到神仙的地方了，這個地方在咱們老林子裡是確實存在的，聽說裡面有好多寶貝，還有傳言說，咱們妖修去了，也能得到極大的好處的，我就是想請你們帶著我們姐妹兩個去到那裡，當然我們也會幫忙。」

這話剛說完，小喜生怕我們不同意似的，趕緊又說道：「我們兩姐妹修行這麼多年，沒有做過什麼壞事的，是真的沒有做過任何的壞事，就算我妹妹性子偏激，但事實上，它也是一直被我管束著，及時地阻止它做壞事。我知道你們修者有一種『眼觀之法』，如果身上纏著殺孽，用『眼觀之法』是可看見血氣纏繞的，你們可以看看我們兩姐妹的。」

或者，小喜認為我們是好人，一定接受不了殺孽太重的妖物，所以才加了這一句解釋。

我相信妖物是有那麼本能去感覺一個人到底有沒有惡意，是不是邪惡之人的，眼觀之法只是一個小法門，可以配合天眼使用，它這麼一說，我是當真使用了眼觀之法，去查探小喜和小毛，畢竟憑它兩句話，就讓我完全相信它不是邪惡之妖，也是不可能的。

但正如小喜所說，它們是「乾淨」的，在眼觀之法下，我看見了它們身上沒有背負人命，沒有一絲血氣纏繞。

我點點頭，表示它們說的是真的。

這時，倒是承心哥開口了：「你說有三撥兒人進了這老林子，你……」

承心哥還沒說完，吳老鬼就打斷了承心哥的話：「這不能夠啊，明明就是兩撥兒人，咋就變成三撥兒人了呢？這不對啊！」

小喜肯定地說道：「的確是三撥兒人，這個是沒錯的，而且他們一開始走的不是這邊，我聽有消息說是另外一邊，但如今恐怕是要繞路，他們只要進了這林子，稍微接觸了一下妖物，都能知道大妖之魂的傳說，那說不得就要繞來這邊。」

小喜這個說法讓我心裡一緊，原本繞路就是為了不提前遇見，不想這次事情有變，看來是不得不提前遇見這些人了，更可惱的是，原本以為就只有我們和吳老鬼的仇人，沒想到莫名其妙的還多了一撥兒人。

看來，這一路上是絕對不太平了，更棘手的是，大妖之魂的傳言我是絕對相信的，因為在那個石室裡，如雪曾經莫名對我說了一句：「你要進仙人墓，這碧眼狐狸的殘魂就是關鍵之一！」

如雪說的，我絕對是相信的。

待到小喜解釋完了，承心哥這才扶了扶眼鏡，繼續他的問題，這次也不會有吳老鬼打斷了，只因為吳老鬼一聽要提前遇上，竟然激動得到旁邊去「團團飄」去了，顧不上打斷承心哥的話了。

「我剛才想問你，你說有三撥兒人，你為什麼要選擇我們？這是第一！第二，你憑什麼肯定你說的神仙地兒就一定存在？」

這就是承心哥的問題，我們能猜測到小喜小毛說的神仙地兒就是仙人墓，但是為什麼這老林子裡的妖物會知道，倒真的是一個必須解開的謎題。

小喜不疾不徐地說道：「其實這兩個問題，還真的要併作一個問題來說了，你們從這條路進山，一定是遇見扁子吧？」

扁子？扁子是什麼東西？我們面面相覷，完全不明白小喜到底說的是什麼？

「扁子就是老林子週邊的一隻大貓頭鷹，人們常常說貓頭鷹啊，老鷹什麼的，是扁毛畜牲，所以，那貓頭鷹的名字就叫扁子。」小喜解釋道。

小喜這一說，我倒覺得這貓頭鷹異常喜感了，原本挺威嚴嚴肅的一隻大鳥兒，竟然因為人們叫牠扁毛畜牲，所以給自己弄了個名字叫扁子，倒是挺好玩兒的。

「說起來，扁子就是曾經在神仙地兒得過好處的一隻鳥兒，才有了如今的成就，這就是我們肯定那片禁忌之地是神仙地兒。另外，扁子也不知道在神仙地兒受了什麼刺激，是一個性格有些怪異的傢伙，這樣說吧，牠就像是一個守衛者，一般是不會允許人類傷害老林子有靈的有希望成為妖物的動物的，但是也不會允許有靈的動物去傷害它認為的好人。我聽小毛說，扁子曾經在外面幫過你們，呵斥走了白灰兒，所以，我就知道你們是好人。」小喜認真地說道。

這倒讓我們震驚，原來最週邊的那隻棍兒是得過仙人墓的好處的？

這也就解釋了為什麼那天晚上，那隻貓頭鷹會有如此的舉動，不許群狼傷害我們，也不許我們傷害群狼。

也就在這時，吳老鬼也說話了：「如果說是一隻鳥兒，在那個地方得了好處，還真的可信的啊！」

如此說來，那是一個什麼地方？難道在天上，要一隻鳥兒才能得到好處？

第五十五章　如雪的講述

顯然吳老鬼看出了我有這個疑問，那就是仙人墓是在天上？可他顯然不想回答我這個疑問，飄到一邊去，假裝沒看見我探詢的目光，而在這裡唯一知道仙人墓具體下落的，也只有吳老鬼。

可還沒待我多說，承心哥又說話了：「就算我們是好人，你為什麼要執意選擇好人？這種事情應該是憑實力的吧？我們小身板兒，身單力薄的樣子，你應該選兵強馬壯的啊？」

小喜說道：「我是誠意地想與你們合作，卻並不執著於一定能成功，人比起我們來說複雜得多，我們是什麼性格就流於表面，人卻不是，我們看不透！所以，如果有成功的可能，我們也不想白白當了棋子。」

小喜的話很明白，能不能成功看天意，它就是情願不成功，也不願意被人坑。

「你想要的是什麼？」承心哥盯著小喜認真地問道，我們老李一脈向來不貪婪，但是也不代表不會防著別人貪婪，為了這兩個字反目成仇，背後捅刀子的例子，還能少了去嗎？

「我們想要的……」小喜稍稍猶豫了一下，但很快目光就堅定了，然後對我們說道：「那片神仙地兒，傳聞那神仙特別照顧我們這些妖修，據說有我們需要的東西，具體是什麼，我也不知道，但這應該和你們想要的不矛盾。」

的確算不得矛盾，承心長吁了一口氣，說道：「我想問的都問完了，我們是可以合作的。不過日久見人心，這句話也可以理解為日久見妖心，我也明人不說暗話，真正要到彼此信任那一步，還得看時間。」

「我想是的。」小喜並不反對承心哥的話。

鍋中的魚湯已經沸騰了很久，魚肉燉得爛熟，溶於了湯中，火上烤著的兔子也開始變得金黃金黃，一滴滴的熱油滴在火中，發出了「嗤嗤」的響聲。

餓了很久的我們也不客氣，一人一碗魚湯，加一大塊兒兔子肉，吃得那是滿嘴流油。

我嘴上雖然吃得香，可是心中到底牽掛著如雪的事，反觀如雪倒是淡定許多，一邊吃著，一邊掏出手絹，為我擦去嘴角的油。

這種調調還是沒有變啊，清冷的性子是骨子裡的，改不了，可就是對我親熱了許多。

小喜和小毛堅持只喝了一碗魚湯，就說自己去弄吃的，不會浪費我們的吃食，畢竟它們在老林子生存了很久，弄點吃的是再簡單不過了。

不過，我看得出那性子偏激的小毛流露出來的眼神，對人類的食物是如此的沉醉，不過礙於小喜的管束，不敢貪嘴。

說起來，小喜還真是一隻不願意給人添麻煩的黃鼠狼啊，嗯，好黃鼠狼！

小喜和小毛去找吃食未歸，可是我們卻吃完了，圍著火堆，我還在斟酌要怎麼樣對如雪開口，如雪已經先說話了：「大家一定對我的問題很好奇吧？」

大家的目光都落在了如雪的身上，顯然她的情況我們都擔心也奇怪著。

如雪單手托著腮，很平靜地說道：「其實說起來也沒什麼特別的，就是在我一進入這片林子以後，就總覺得這片林子有什麼東西在呼喚我吧，我也說不清楚，總之就像是來自內心，來自靈魂的呼喚。」

如雪這樣說著，我心裡奇怪，這算是一個什麼樣的情況，那麼玄？但火光映照著如雪的臉，她從眼神到神情都已經恢復了以往的平靜，彷彿在洞中那個慌亂、脆弱的她根本就不曾存在過，只是我的幻覺。

我看不出來什麼，但如雪依舊在訴說：「不過，這種情況是很模糊，就像時而你覺得這種呼喚是真的存在的，有時卻覺得飄渺虛無，根本就是自己的錯覺，所以我也就一直沒有說出來，直到我們無意跌進了那個雪窩子，在進洞穴以後，這種召喚就忽然開始強烈了起來，一開始我是沒有在意的，或者說我不想一驚一乍地說出那麼玄的事情，所以也就乾脆靜觀其變。」

「然後呢？」我問道，但忍不住有一點想責備如雪的意思，為什麼不說出來？或者她在顧忌這事情太玄了？

「然後，就進入了那個洞，就是洞壁被啃噬得坑坑窪窪的洞，在那個時候召喚在陡然清晰了起來，也有莫名的記憶湧上來吧，就是我看見那坑眼，自然就知道那是黑蟲啃噬的，接下來的事情，也很簡單，就是那種召喚越來越清楚，我自然出現的記憶也就越來越多。」如雪簡單地說道。

「那結果是什麼？那召喚妳的……」我也不知道召喚如雪的是什麼，努力想了一下，才表現清楚自己的意思：「那召喚妳的存在到底是什麼目的？」

如雪彷彿沒有聽見我的話，而是兀自陷入了沉思，過了好半天，才說道：「嗯，只是應該有一個前輩來過這裡吧？留下了一些東西，剛好讓我遇見了，這樣的解釋是合理的吧。」

這樣的解釋的確是合理的，我想破腦袋也想不出有什麼不合理的地方，可是心裡卻覺得真是那麼簡單嗎？我們覺得如此神奇的存在，如雪就那麼簡單地敘述完了？

可是，我有一種強烈的直覺，如雪並沒有騙我什麼，那我還在胡思亂想什麼呢？

在這時，我有一種不真實的交錯，這五年來如雪的清淡守望，在老林子如雪對我突然的親密，如雪的淡定冷靜，如雪的無助悲傷，這種感覺讓我不自覺就望著如雪認真地說道：「如雪，妳的說法我相信是真的，可是事情是不是真的只有簡單？」

如雪看著我，看了很久，才說道：「你還想有怎樣的複雜呢？無非也就是選擇要或者不要那神祕召喚留下來的蟲子而已，事情的本質就真的只是這樣。」

我吐出了一口氣，我這一次也很真切感覺到如雪沒騙我，就如如雪說的，那還能有什麼呢？我是關心則亂，想太多了嗎？

或者真的是吧？

我看了一眼承心哥，他的心思比我細，在這之前，承心哥一直都是皺著眉頭的，此刻看著承心哥的眉頭也舒展開了，並衝我點了點頭，看來承心哥也是認為沒有問題的。

我的心情稍微放鬆了一點兒，原本心底深處總是覺得還有不對勁兒的地方，也生生壓了下去。

畢竟，我再把如雪的話在腦子裡回想了好幾遍，也沒發現有什麼隱瞞的，唯一可以追究的無非就是到底是什麼存在在召喚她，但這個事情偏偏是最解釋不清楚的，就如我解釋不清楚，我中茅之術請來的師祖為何能和我交流，甚至在上一次，還玄而又玄地傳了我老李一脈真正的「壓箱」祕術——合魂！

夜漸漸深了，小喜和小毛也回來了，讓我沒想到的是那隻叫做白灰兒的妖狼也帶著兩、三隻狼崽子跟來了這裡，但到底是懼怕火光的吧，只是遠遠趴著，並不靠近。

一彎冷月掛在了天空。

吳老鬼回養魂罐兒裡睡了，小喜抱著小毛倚在樹上睡了，白灰兒帶著牠的狼崽子，也在不遠處安靜趴著，承心哥帶著嫩狐狸和老張進帳篷去睡了，而如雪則是靠在我肩頭，偎著溫暖的火光，也安靜睡了。

人、鬼、妖、獸在這樣一個普通的夜裡，莫名安然睡在了一起，竟然有一種安靜的，淡淡的溫暖在這寒冷的老林子裡瀰漫。

望著月光，我在想，這樣的夜或者是值得讓人留戀的吧。

但，這是留不住的吧，無論如何明天又是新的一天，新的一天，我們依然是在一起的。

想著這個，我竟然淡淡笑了，心底安然。

第五十六章 遭遇

頭一晚明明是一個清月朗朗的好天氣，第二天早上卻飄起了雪花，有了小喜小毛白灰兒在，我們最大的好處就是不用守夜了，一整晚睡了一個好覺的老張出來伸了個懶腰，望著這天兒，說道：「這灰黃的天景兒，到中午的時候怕是要飄鵝毛大雪了。」

白雪山中行，想著倒是挺有詩意的，我在簡單的洗漱，眼睛卻盯著吳老鬼，它此刻在「調戲」小毛：「我說小毛啊，我覺著你的眼光杠杠的，母的，不，女的嘛，就是要穿得花花綠綠才好看，大姑娘跟鮮花似的，不用鮮豔的料子襯著，就白費了大好青春了，以後別用乾花了，我跟你說，城裡有好東西啊，叫香水，知道不？這香水……」

吳老鬼的囉嗦是我們避之不及的，沒想到這小毛倒是聽得津津有味兒，兩眼放光，吳老鬼如同找到了知音一般，那是越吹越玄。

從我洗漱完畢到我們收拾好一切的行李，吳老鬼還在口沫橫飛地跟小毛扯淡著，到小喜走過來的時候，吳老鬼已經在跟小毛拍胸脯保證了：「以後我給你去城裡整點兒香水，使勁用，哥哥管夠。」

而小喜卻一把抱起了小毛，對吳老鬼禮貌地說道：「我妹妹雖然性子偏激，最是羡慕人類的女孩子，開了靈智以後，總是想學著人類的女子穿一些漂亮的衣服，也嫌棄我們黃鼠狼味兒重，愛美自然是好的，也不希望成了它的執念，有時學也學不來，還不如簡單的好，免得讓人笑話。」

說這話的時候，小喜朝著我和承心哥這邊看了一眼，雖然臉上蒙著布，可我也知道那目光是落在我和承心哥身上的，我和承心哥臉一紅，同時劇烈咳嗽。

小喜這嘴真毒，不就是幫妹妹出口氣嗎？我和承心哥昨天確實罵了別人八個咪咪！

想著有些訕訕的，如雪卻是望著我和承心哥，眼中有一些笑意，老張擦拭著獵槍，看了一眼周圍，大喊了一聲：「都整好了，咱們走著吧。」

於是，老張走在了最前面，我們跟在老張的身後，在我們的身後，白灰兒也跟著，只是不知道那幾隻狼崽子跑到哪裡去了。

不過，這樣的早晨，這樣的出發，讓我產生了和昨天晚上一樣的感覺，挺好，挺溫暖，充滿了希望的樣子。

有了小喜小毛的陪伴，白灰兒的警戒，我們的行程無比順利，感覺走在這深林子裡都沒有什麼危險了，老張在和承心哥感慨：「沒想到我有一天進入深林子裡，都還能有那麼放鬆的時候，你們找到了小喜小毛，我這個導遊看來是沒用了。」

「哪裡，人畢竟和它們的生存需求不同，要在這老林子活下來，還得靠您吶。」承心哥的確是比我會說話，一席話說得老張咧著嘴就笑了。

我走在中間，吳老鬼飄在我旁邊，而小毛儼然成了吳老鬼的跟班，一路上聽它口沫橫飛的神吹鬼吹！

小喜和如雪走在最後，我聽見如雪在和小喜說黑蟲的事：「我這個蟲子可能是黑蟲裡面進化而來的『王者』吧，要說起來，我是不能控制牠們的，但我可以安撫牠們。你也別擔心老林子的事，老林子不會因為這蟲子出事的。」

「為什麼？」

「兵來將擋，水來土掩，上天是會庇護這片老林子，不會讓它消失的。」如雪安慰著小喜。

我走在前面淡淡地笑，這就是如雪，外冷心熱，只不過現在比以前進步多了，還知道安撫別人了。

由於大妖的傳聞，我們一路上的行程稍微有了一些改變，原本的路線肯定是不行了，在中午吃飯休息的時候，我們研究了一下地圖，如果按照原來的路線走，會錯過一處大妖埋身之處，我們必須繞一點兒路才行。

「我們最大的優勢就是時間，畢竟我們誤打誤撞走了正確的路，先把嫩狐狸收了，另外兩撥兒人走近路，反而如今要繞路了，我們得趕。至於第二個優勢是如雪，她能安撫這些蟲子，省去了我不少麻煩。」我指著地圖定好的路線分析著。

「這路線和以前那路線差不多，總之要經過的險地兒也就是那麼多，只不過險地兒從這處換成了大妖墓，小喜你有啥見解沒有？」說話的是老張，自從和小喜認了老鄉以後，他對小喜的態度可就親熱多了，老張是有自己的驕傲的，他自認為是老林子裡的活地圖，也是好獵手，如今肯請教小喜，就是一種極大的肯定了。

「其實，你們別看我知道那麼多消息，畢竟是老林子裡有靈的存在在互相傳播著的，我們活動的範圍還是有限定的，不然就得打起來。你們說的這些深處有啥危險我不瞭解，充其量也就知道大妖墓在哪兒，不過老張你問這一處，我倒是知道的，我們過去沒啥危險，因為這裡原本是有隻狼妖的，我昨天告訴了他們，被咬死了。」小喜認真地說著。

這情況倒是說得我心中一喜，儘管再後來的事不可預料，但小喜說這個情況，意味著我們至少可以過三、五天的清淨日子，畢竟走完地圖上標示的這兩個區域，三、五天總是要的。

在老林子的日子過得雖然簡單，辛苦了一點兒，但看看風景，聽聽奇聞異事倒也算是充實。

何況在當地棍兒陪伴下的我們一路是那麼的安全。

日子很快過去了四天，在搶著時間一般的趕路下，我們終於來到了這個山坳附近，比預計來這裡的時間快了整整兩天。

眼前這個白雪覆蓋像盆兒一般的山坳就是傳說中第二個大妖的埋骨之地了。

「那入口就在那山坳的底部，我們只要翻過這片山嶺，爬上那個山坳再下去，就到地方了。」小喜的語氣略微有一些興奮。

這話聽得可繞口，我隨意開口問道：「這雪蓋著，還真看不出來哪裡有入口啊。」

「我可是記得的，到時候只能挖……」

我們說話的時候，吳老鬼就在上空飄著，可是還不待小喜的話說完，吳老鬼的聲音就從我們的上方傳來：「不對勁兒，不對勁兒。」

「是啥不對勁兒啊？不能夠讓老娘把話說完嗎？」小喜東北虎妞的性格又流露了出來。按平時，吳老鬼少不得要和它貧兩句，可這時吳老鬼罕有的嚴肅，它開口問老張：「老張啊，這個節氣，可有人會到這片林子裡來？」

老張不明白吳老鬼突頭突腦的是在指什麼，隨口就答道：「這可是深林子了，莫說這天寒地凍的時節，就是物產豐富的時節，沒有三、五十個人敢上這裡來？嫌命長了？」

「那幾個人騎著馬呢？」吳老鬼忽然這麼一問。

我心底莫名緊張了起來，我有點兒明白過來吳老鬼是在說什麼了，老張還沒弄清楚重點：「這片兒只是林子深，路不難行，馬自然是上得來的，可一般都用來馱貨啥的，誰家馬不寶貝，捨得在這雪地裡騎啊？」

吳老鬼沒理搞不清楚重點，還在說著馬的老張，直接對我說道：「承一，在那山坳的另外一邊，來了一隊人，大概五、六個人，我不知道是不是我仇人，太遠了，瞅不清楚，我先過去看看，我速度快。」

說話間，吳老鬼就朝著那邊快速飄了過去，這吳老鬼提起它仇恨的人，就會少有的有個正形。

承心哥一聽說道：「快走吧，既然有人來了，我們趕在前面。」

我望著承心哥，吐出了一口長長的白氣兒，然後說道：「承心哥，不用急了，畢竟到了地方還得把洞口挖開，早一分鐘晚一分鐘都是沒有用的，這必須得打一架了。」

承心哥點頭，可嘴上還是忍不住說了一句：「遇見的真快，優勢沒了！」

可到底是誰來了？我忍不住瞇起了眼睛。

第五十七章　山坳中的小碰撞

可惜的是那邊的山頭顯然是要高於這邊，我們不是吳老鬼可以飄在天上，所以到底是誰來了，看不見，也猜不到，索性也就懶得去多想，速度不急也不快，我們朝著目標走著。

一邊走，我一邊就在調整呼吸，時不時的握一下拳頭，打架的事兒，沒話說，就是該我上，我在這個時候調整一下自己的精氣神兒！

走了沒多遠，吳老鬼飄了回來，他還沒來得及說話，承心哥開口了：「你認識的？」

「不認識。」不認識的自然就不是自己的仇人，吳老鬼一副意興闌珊的樣兒，表現得蔫巴巴的。

「普通人？」承心哥又問。

「顯然不是，有個牽著馬的傢伙厲害，我還沒靠近，就覺著他厲害了，肯定不是普通人。」吳老鬼這個「斥候」在很多時候還是負責的，我們沒有責怪它此時的蔫巴，只因為剛才緊張、害怕、興奮、期待的心情落了一場空，誰都會這個樣子。

我沒說話，只要是修者，多半都是衝著大妖墓去的，有那功夫說話，還不如省點兒力氣等一下打架，這種事情，尤其還關係到一個極大的祕密仙人墓，顯然是沒有道理可以講的。

相隔的路很近，下坡是個緩坡，短坡，而山坳又是一個小山坳，所以不到半個小時，我們就爬到了山坳頂上，望一下那邊沒人來，索性就繼續往下走，他們那邊的山頭高，下坡怕就比我們遠了不少，而且就那個高度，有馬也得牽著，慢點兒也是正常。

我們的速度也不快，朝著山坳底部的那一小片兒平地走去，走著走著，承心哥忽然笑著對我說：「等一下下去，別傻乎乎就開始挖洞口啊，有那功夫，不如打打坐，調整一下體力。」

「我還能不明白？有那力氣，不如省著來打架，我還巴不得他們先到呢。」我也笑著對承心哥回應道。

「廢話，他們先到，等他們挖坑兒去，給咱們省事兒了。」承心哥笑得更如沐春風了。

老張自始到終聽著我們的對話，忽然悶聲接了一句：「承一小子就不老實，沒想到承心小子看著老實，蔫兒壞！」

這話引得小喜一陣兒笑，說道：「就是，論起實誠，誰能和咱們東北人比啊？」

得，還東北人呢，東北黃鼠狼吧。

我心裡這樣想著，可實際上卻是在感慨另外一件事兒，我和承心哥到底是多沒個正形？小喜和小毛才和我們接觸多久，就變得和我們一個德行？要打架了，還能調笑，這夥人真是不靠譜啊！

說說笑笑，我們很快就到了山坳的底部，這裡倒也真奇怪，一棵樹也沒有，就光禿禿的一片兒白雪覆蓋的平地，我也不客氣，到了這兒以後，就坐下來開始打坐調息，至於承心哥他笑得更加溫和了，手上卻在擺弄他的金針，時不時又摸出一兩包包好的小紙包，也不知道笑著在想什麼。

這個時候，嫩狐狸出來了，脆牛生地叫喚了一聲，蹲承心哥肩頭了。

我才坐下，剛好就看見這小傢伙一副出來透透風的模樣，衝它做了個鬼臉，說道：「您敢情早，別人睡一覺，頂天了十個小時，您老人家一睡就是兩天，真本事。」

小狐狸一聽，那表情得意啊，那模樣敢情還真以為我在誇它呢，我忽然覺得我自己很無聊，誰不逗來逗這白嫩狐狸，嗯，白癡嫩狐狸的簡稱。

承心哥不滿了，趕緊跳出來維護他的小可愛，然後我也不打坐了，和承心哥有一句，沒一句地吵了起來。

在這過程中，我聽見了小毛焦急的叫聲，接著就聽見小喜解釋：「算了，賊船已經上了，咱們還能嘎哈啊？天要下雨，娘要嫁人的，只能隨他們去了，就算我也覺著不靠譜。」

「八個咪咪，你說啥呢？」承心哥「憤怒」的轉頭罵道，小毛立刻做出了一副炸毛的真怒狀，要咬承心哥了。

「小喜，我看錯你了！」我也「憤怒」的轉頭罵道，小喜馬上裝無辜，裝可憐，見裝不下去了，乾脆就裝和老張親熱的聊天狀。

老張茫然！

可是，就在這時，我忽然聽見吳老鬼那變得尖細的聲音大吼道：「承一，救命！」

救命？聽吳老鬼這聲音絕對不是開玩笑，我和承心哥幾乎是同時猛地一轉頭，卻見吳老鬼驚恐地飄在天空，天空卻是空蕩蕩的一片。

目光一轉，我卻看見在山坳的頂端出現了一群人，其中幾個人騎在馬上，另外一個人牽著馬，隔得太遠，穿得太厚，根本看不清楚他們的樣子，倒是看見其中一個騎在馬上的人遞了一個望遠鏡給那牽著馬的人。

下一刻我就反應過來了，天眼立刻洞開，這下就看得清清楚楚了，天空中幾個充滿了怨氣的厲鬼，正朝著吳老鬼撲去。

吳老鬼吊兒郎當地當了幾百年的老鬼，論本事他真沒有多大，遇見不死不休的怨鬼，它還真敵不過。

可是，這於我卻真的只是雕蟲小技，當下氣沉丹田，屏住一個帶著純淨陽氣的氣息，按照老李一脈特有的運轉方式，運轉了一下氣息，然後朝著天空，大吼了一聲：「滾！」

老李一脈的吼功可是厲害的，這吼聲中含了一口陽氣，又包含了可以引起氣息震盪的功力，外加上強大的瞬間爆發的個人意志，吼開幾個怨鬼完全沒有問題。

我是功力尚淺，畢竟有時間上的限制，換成我師傅來，一聲「滾」字，生生震散一個這種初級的怨鬼是絕對沒問題的。

不過，這一手功夫表現形式雖然簡單，可實際上沒個苦練多年的功夫，是使不出來的。

那邊放出來的怨鬼被我一聲滾字，立刻被震得四散飄去，彷彿身體都不受控制，連靈魂的氣息都弱了幾分，一時間竟然不敢上前，畢竟這只是一些低級怨氣鬼，哪能和真正厲害的傢伙比？就如小鬼！

也就趁這個功夫，吳老鬼趕緊飄回了我的身邊，一到我跟前，這傢伙就得瑟起來了。

我懶得理他，此時我的目光正和那個牽著馬的傢伙對上了，因為他的舉動很怪異，竟然手一招，收回了幾個怨鬼。

這是示弱嗎？我還沒弄明白！

吳老鬼更加得瑟了，在我旁邊飄米蕩去的大吼道：「承一，你要幫我報仇，你看見的，就是那個無馬的傢伙放出的那些怨鬼來吞噬我，打那個無馬的傢伙。」

我總覺著吳老鬼的話有些什麼不對，卻不想已經收了怨鬼的那個傢伙，忽然間就憤怒了，什麼都不顧地往下衝，衝著吳老鬼大罵：「看老子不抽死你丫的，你才是無馬的，你全家都是無馬！」

承心在旁邊笑得蔫壞，對我小聲說道：「有馬的其實比較有意思，架不住人家有劇情啊？承一，這可是咱們修心的必經之路啊。」

我望了一眼承心哥，忽然就望著那個衝下來的傢伙樂了，就這傢伙那驕傲的脾氣，被吳老鬼說成無馬的，不憤怒才奇怪了。

誰來了？也許隔著那距離，加上厚實的衣服，我認不出來是誰，可是我一聽聲音就知道了，來的那無馬的傢伙是肖承乾。

也顧不得解釋什麼了，我衝著往山坳裡奔的肖承乾大喊道：「肖承乾，你咋來了？」估計那傢伙正在火頭上，對我嚷了一句：「你來的，我就來不的？」然後只顧往下衝，即便在這山坡上摔了幾個跟斗也在所不惜。

短短幾分鐘，肖承乾就衝到了我們面前，他後面的人也趕緊跟了上來。

可是肖承乾一衝過來，根本顧不得跟我說什麼，就衝著吳老鬼要用道術了，我攔著他，讓他冷靜，肖承乾對我吼道：「陳承一，你今天就算是大爺中的戰鬥爺，我也不會給你面子了，我非得抽丫的。」

吳老鬼一臉無辜，眨巴著眼睛望著我，對我說道：「承一，是你熟人啊，我說錯什麼，得罪他了嗎？」

第五十八章　肖承乾帶來的消息

吳老鬼捂著屁股，用鄙視的眼光望著我，承心哥和肖承乾，嘴上喊著：「你就算用柳條鞭征服了我的身體，可你們的行為讓我鄙視，永遠征服不了我的心。」

肖承乾看了吳老鬼一眼，吼道：「你懂個屁。」

承心哥倒是淡定，用眼睛斜著老吳，說道：「我用得著征服你的心嗎？」

吳老鬼在剛才被肖承乾用沾了符水的柳條鞭抽了兩下屁股，心中暗恨，乾脆飄到了如雪跟前，大聲說道：「雪姑娘，妳剛才也聽見了吧？在他們那齷齪心思裡，無礙是個什麼意思了吧？雪姑娘，他們身為修者如此下作，真是恬不知恥。想我吳言五，如果有心看那齷齪之事，根本就不用買什麼光碟，隨便飄去一個錄影廳就看了，可是我有做過嗎？對比之下，我就是那高山白雪，他們就是那池塘淤泥。」

「哦？」如雪若有所思地望著我，忽然就開口問我：「承一，好看嗎？」

我一下子臉脹得通紅，肖承乾大少爺脾氣大，開口就罵道吳老鬼：「我老吳一脈講究的，你懂什麼？我們是道士，又不是和尚，用不著壓抑本性，心不通透，反而適得其反。」

承心哥也接口道：「老李一脈講究的也是本性盡情的釋放，說到底那是一個入世的過程，既然要做普通人，嗯，普通男人，避之如蛇蠍，反倒虛偽，師傅曾說，沒有拿起，又哪有放下？」

老吳一脈，果然和我師祖是同出一源，不管他們選擇的路是多麼的不同，但是對一顆道心的看法，倒是出奇的一致，要拿起七情六欲，最後才能放下，心合自然。

至於我，如雪似笑非笑的看著我，我只能磕磕巴巴地說道：「那個如雪，我首先是……是一個男人，然……然後才是一個道士吧？」

如雪轉過頭，小聲地說道：「也是，這和心思齷齪與否倒是沒有關係，道士也可娶妻生子，難道還怕看什麼無碼嗎？都能做，不能看，也是假了。」

這一次，連老實人老張都笑了，估計從此對修者的看法又深了一層，那的確是跟仙風道骨、清風白雪沒有必然聯繫的，只有小喜和小毛還在迷茫。

吳老鬼已經飄到了承心哥面前，小聲的說：「我以前在錄影廳看過，可憐我已經是靈體，看著只能兀自悲傷啊，但是我真沒有見識過什麼無碼的啊？你供奉我是吧？哪天弄個光碟給我看看啊？」

承心哥再次斜了一眼吳老鬼，說道：「你不是高山白雪嗎？」

吳老鬼訕訕地笑，我懶得理會這個吳老鬼，反倒是看著肖承乾，此時他的人馬已經都下來了，有些保持警惕地在離我們十米遠的地方等著。

我望著肖承乾說道：「咱們有話直說吧，你到這裡來，也是為了那傳聞中的仙人墓吧？尋到這裡，也是為了那個傳言？」

肖承乾摸出了一枝雪茄，在這冰天雪地的天氣裡，也不嫌麻煩，精心地剪了，又是麻煩地慢慢預熱，然後還撕了一片不知道什麼的木柴來點火，吸了一口這才慢條斯理地說道：「對你是沒有隱瞞的必要，的確是為了那仙人墓，你走吧，你爭不過我們的。」

「怎麼說？」我伸手推開了肖承乾遞過來的雪茄，點了一枝香菸，但是神色平靜。

「土包子。」肖承乾鄙視地看了我一眼，然後說道：「坐下來說吧，這幾天趕路，我骨頭都快被顛散了，一騎馬兩條腿就磨得難受。」

「然後就成了無馬？」說話間，我已經隨意坐在了雪地裡。

肖承乾笑著給了我一拳，挨著我坐下了，說道：「別扯淡，說正事兒吧，詳細的說就是這一次我們來了大批的人，有長輩來，進了老林子聽了那大妖之魂開墓的傳聞，才分出了四支隊伍分別朝四個地方趕，其餘的人依然朝著仙人墓奔，你是運氣好，遇見了我，否則少不得就要打一場。」

「你要不讓，咱們還是得打一場。」我吸了一口菸，很直接地說道。

「半年多以前，你在鬼市把林辰那丫的給抽了一頓，是吧？」肖承乾忽然這樣說道。

「嗯。」我不明白肖承乾問這個是什麼意思來著，

「我是想說兩個意思，第一是林辰也來了，第二是你既然打得贏林辰，也就打得贏我，我身後這些傢伙是我們『公司』的人，也不頂用。我現在可以二話不說轉身就走，可是你得到了大妖之魂也沒用。」肖承乾很直接地說道。

「為什麼沒用？」問出這句話的時候，我就已經想到了肖承乾為什麼會這樣說了，仔細想來，的確是沒有用的，說原因，也很簡單，我們就算得到了大妖之魂，也會朝著仙人墓趕，那個

時候，要面對的就不是肖承乾了，而是一群他們的人，還有長輩參與其中。

我皺著眉頭，大口吸菸沒說話。

肖承乾歎息了一聲，然後說道：「看來不用我解釋了，你也明白你是過不了這最後一關的。承一，我明人不說暗話，那個時候我不可能幫你的，友情是友情，可是立場是立場，而且你真的退出吧，那仙人墓對我們來說，非常的重要！」

「對我也很重要。」我悶聲說道。

「能有對我們重要？你師祖是明明確確的失蹤了，有消息流傳，是回了昆侖。可是，我們師祖，也就是我外祖爺爺，那是生死不明，雖然也有極大的可能，也是回了昆侖，所以……」肖承乾說到這裡有些黯然。

我拍了拍肖承乾的肩膀，說道：「所以，才會被我師傅帶走了一大批你的長輩，是嗎？」

那批走的長輩和肖承乾的關係很深，畢竟他們那一脈，和我們老李「光棍」一脈真的「光棍」，人丁凋零不同，是真正的廣收弟子，還是家族式的傳承，肖承乾做為真正的少爺，走的那批人，很有可能在血緣上也和肖承乾有著莫大的關係。

「我不想提這個，但若非如此，又怎麼會讓林辰那個傢伙得勢？總之，簡單的說，我們的先祖也有傳說說是死掉了，這個仙人墓，很有可能是我們先祖的葬身之地。你說，對我們來說，是不是很重要？承一，你退出吧？」肖承乾還在勸說著我。

我的眉頭緊皺，實話實說，這個消息震撼到我了，要說和我完全沒關係，那是不可能的，老李是我們師祖，那如果真的是肖承乾師祖的墳墓，那麼也可以說是我師叔祖的墳墓，這裡面的線索是不是更多一些呢？

畢竟尋找昆侖已經是我的執念，不管是我對我師傅的找尋，還是說對修道一路的執著，都是構成這個執念的主體！

「現在放棄是不可能的，到時候如果沒有辦法，再說放棄吧。你們人多勢眾，給我說點兒情報吧，我知道這一次來仙人墓的，除了你們這一脈，還有一撥兒人，是誰？有消息嗎？」我問肖承乾。

「另外一撥兒人是邪修，你去參加過鬼市，應該知道，有明、暗兩大勢力，那一撥兒人是暗組織的！說起來，是我們在他們組織安插了一顆重要的棋子，才得到了這個消息，分析之下，覺得有可能是我們老祖宗的墳墓。」肖承乾很直接地把消息賣給了我。

「我覺得你們想多了，這不可能，這個仙人墓明朝的時候就存在了，那時候你們老祖宗還在活躍吧？怎麼可能葬身於此？這點兒你們都想不通？」我越想越覺得我的分析是對的。

要知道，我的師祖就在解放後，都還有活動的蹤跡，而且我判斷我的師祖是明末清初之人，怎麼可能他的師祖……？

肖承乾望著我，高深莫測地笑了笑，說道：「這個就是祕密了，我不會告訴你的。」

祕密？我想不通什麼祕密能把兩件事情聯繫起來，但是我也不會費盡心思地去想這個，直接問道：「給我一點兒那撥兒人的消息。」不知道怎麼的，我想起了馮衛，那個在鬼市上，被我鑽了空子，然後打敗的人。

如果是的話，我怕是得必須感慨一句，人生何處不相逢了。

第五十九章　邪修何龍

面對我的問題，肖承乾答得很直接：「那撥人挺神祕的，我們進山，自然遇見了妖修，得到了這個消息就馬不停蹄地趕來，我想那撥人身為修者，沒道理會不發現妖修，那也就沒道理不得到這個消息來尋找大妖之魂，可是至少我沒見著他們有任何動靜，也或者我們快馬加鞭趕在了前面。」

「妖修很多？」我想起了老張地圖上標示的七個險地。

「如今這光景，哪裡算得上多？我外公曾經跟我說過，在早些年，哪一片大山裡沒有幾個妖物？不過說起來，遇見本事大點兒的，應該起來也不輕鬆，其中一位長輩還受傷了。」肖承乾說到這裡的時候，臉色有點沉重。

我沒說什麼，我絕對相信肖承乾的話，就如小喜和小毛，它們是先天有靈之物，所以化形簡單了些，但是本體是黃鼠狼，不是什麼厲害的存在，加上時間尚短，也沒個傳承，如果是放在以前妖物尚多的時候，應該是屬於很底層的小妖物了。

肖承乾見我沒說話，接著說道：「其實明、暗兩個組織也是內鬥不斷，我們這一脈算是中間派，夾雜在中間，不過實力擺在那兒，想動我們也不容易。那撥兒人挺重視這次的行動的，聽說來的人全部是精英一般的存在，二十個以上的人應該是有的，承一，你這勢單力薄的，無疑是虎口奪食，退出吧？」

「當年，是你們帶走楊晟，楊晟如今在哪裡？還在你們那裡嗎？」我沒有回答肖承乾，我的態度已經很明顯，不試試怎麼知道？楊晟其實是我和肖承乾的禁忌話題，畢竟牽扯的太多，可是這一次我就是忍不住提起了，那一次慘烈的小鬼之戰，說到底和楊晟有脫不了的關係。

「他？」肖承乾的臉色顯得有些為難。

原本我還想說什麼的，可是在此時，我的臉色忽然一變，下一刻就下意識打開了天眼，在我做完這一切之後，肖承乾的臉色也變了。

論靈覺小輩當中很少有比我強的，但是肖承乾做為那邊優秀的後代，自然也不差，他也察覺了，有靈體在旁邊！

這是什麼靈體，連吳老鬼都沒有發現？

但是在天眼之下，我很快就看明白了，天空中漂浮著一個淡黑色的氣息團，只有一張扭曲的臉的存在，這是比較統一的形態——鬼頭！

邪修的招牌養鬼之術！

被我們發現了，自然就不可能讓它走掉，我剛要掐訣，卻發現那鬼頭忽然就不見了，這個問題很簡單，把鬼頭召喚回去，自然就很快，我們的術法是跟不上的，也只因為我們發現得太晚。

「我們剛才的談話被偷聽了。」肖承乾臉色難看。

「也沒被偷聽多少吧，就算操縱著鬼頭，要聽到我們談話，也是有距離限制的。」我答道，這是我對自己靈覺的自信。

我們死死盯著兩邊的山頭，而我們各自的人馬看見我和肖承乾的不對勁兒，也快速聚集在了我們的周圍。

「他們來了。」我簡單地說道，看見鬼頭，如果還聯想不到邪修，就是我傻了。

「給個你的看法。」這是肖承乾對我說的。

「暫時聯手吧，不管這大妖之魂最後的歸屬是誰，總不能讓邪修得了去，從我手裡面搶，總比從他們手裡面搶要來得方便吧？」我很直接地說道，肖承乾要的也就是一個聯手的態度。

「陳承一，你以前沒那麼能說，倒是要衝動得多。」肖承乾忽然笑著說道。

「彼此彼此。你以前和林辰比起來就是一個愣頭青。」我說的也是實話，林辰顯然有心機得多。

只是歲月讓人成長，現在的肖承乾在組織的內鬥之下，不快速成熟那才奇怪了。

我們輕鬆的說著話，但也就在這時，一隊人馬終於出現在了那邊的山頭之上，也不下來，就是死死地看著我們。

吳老鬼飄到了我的面前，小聲對我說道：「承一，就是他們，其他人那天我沒看見，但站在中間，穿藍色外套那個，那天在的，很厲害的，我脫離那個門派之前，就知道他，他幾乎是那個門派小輩中的第一人了。」

我點頭沒有說話，因為在這時，我發現傻虎醒來了，有一股憤怒的敵意，一直在我體內咆哮著，我不明白傻虎為何會那麼憤怒，不停在給我傳達，它要動手的意思，所以也就來不及回答吳老鬼的話。

也在這時，肖承乾在我耳邊說道：「承一，我得承認，你比我厲害一點兒，那個穿藍色衣服的，看見了嗎？他叫何龍，在明暗組織的名氣都很大，反正屬於邪修那邊小輩的頂尖幾個了，而且為人最是爭名奪利，虛榮得很。你上次在鬼市大出風頭，他就放過話，說有空的時候要和你鬥上一鬥。」

我倒是不知道我在鬼市做下的事情，已經引起了那麼多的連鎖反應，但是鬥上一鬥嗎？那誰怕誰？

雖說在道家修者裡，一直有個說法，論起心境的穩固，功法的進境，修邪修之法的傢伙絕對不如修正法的傢伙，但是要論起鬥法的手段，正道之人是不如那修邪之人的。只能憑藉功力去硬壓！

這個說法是有道理，也有根據的！正道之人本身只重功，而不重術，而且行事手段頗多顧忌，但邪修沒有什麼顧忌，手段無所不用其極，他們鬥法厲害是正常的。

可惜，我們老李一脈祕術最是多，還真的不會怕了邪修。

我和肖承乾沒有說話，反倒是那邊的人全部在山頭上不動了，那個穿著藍色衣服的下了馬，我們看不清楚他的表情，可是下一刻他那有些尖細邪氣的聲音就傳入了我和肖承乾的耳朵：「喲，肖承乾，你這個落魄少爺倒是趕在了前面，也怪不得你，現在你的地位可是不如從前了，不爭著立個功勞，可怎麼好啊？你說對吧？不過，趕著立功勞也是沒有用的，因為就算你們是中間派牆頭草，不是咱們暗組織的人，也是要憑拳頭說話吧？誰的拳頭大，當然誰就有話語權，你是比不上林辰的，呵呵呵呵……」

這個何龍，一開始說話嗓音雖然有一點兒尖細陰險的感覺，我還能接受，畢竟邪修嘛，心性容易扭曲，表現在各個方面也正常，可是他開口一笑，我是忍也忍不住地起了一身雞皮疙瘩。

那聲音比女人還「嫵媚」，雖然距離遠，可是我清楚看見了，他竟然伸出一隻手故作姿態地去捂嘴，他翹著蘭花指。

我很想問肖承乾，這何龍到底是怎麼回事兒，可是此刻的肖承乾已經捏緊了拳頭，但是還是一臉平靜，開口回應道：「收起你的蘭花指吧，你再怎麼故作嬌柔，你也不是真的女人，另外我們組織的事情，也不會容你這個外人三言兩語的來挑撥，我和林辰再怎麼樣，也是一個組織的人，他上位或者我上位，都是為組織做事兒，難道還能照顧你這個嬌滴滴的漢子？」

嬌滴滴的漢子？我忍不住放聲大笑，但心裡也佩服，果然肖承乾是成熟沉穩多了，何龍故意刺激他，他竟然不為所動。

畢竟等一下肯定是要打一場的，能讓對方心裡充滿怒火，在鬥法中多少是占了一些優勢！

「你說什麼？」何龍的聲音一下子憤怒了，變得更加尖細，他想挑動肖承乾的怒火，自己倒是先憤怒了起來。

下一刻，何龍念了一句很間斷的咒語，手上掐了個手訣，立刻就有七、八個鬼頭從他的身體裡出現，圍繞在他的周圍。

這些鬼頭氣勢不凡，全部都充滿了森冷陰邪的氣息，連那一邊的天空彷彿都快變得黑暗，像夜就要來臨了一般。

看著這一幕，承心哥瞇了瞇眼睛，而我的神情也變得鄭重了起來，能培育出有這種氣勢的鬼頭，這個何龍絕對不簡單。

對啊，我可不能因為你是一個嬌滴滴的漢子，就小看了你！

（林深藏秘(上)完）

高寶書版集團
gobooks.com.tw

DN 172
我當道士那些年 II（卷五・林深藏秘(上)）
作　　者　仐三
編　　輯　蘇芳毓
排　　版　趙小芳
美術編輯　宇宙小鹿
出　　版　英屬維京群島商高寶國際有限公司台灣分公司
　　　　　Global Group Holdings, Ltd.
地　　址　台北市內湖區洲子街88號3樓
網　　址　gobooks.com.tw
電　　話　(02) 27992788
電　　郵　readers@gobooks.com.tw（讀者服務部）
　　　　　pr@gobooks.com.tw（公關諮詢部）
傳　　真　出版部　(02) 27990909　行銷部 (02) 27993088
郵政劃撥　19394552
戶　　名　英屬維京群島商高寶國際有限公司台灣分公司
發　　行　希代多媒體書版股份有限公司/Printed in Taiwan
初版日期　2014年3月

國家圖書館出版品預行編目(CIP)資料

我當道士那些年 II（卷五・林深藏秘(上)）／仐三著
-- 初版. -- 臺北市：高寶國際出版：
希代多媒體發行, 2014.3
面；　公分. -- (戲非戲172)

ISBN 978-986-185-986-6(卷五：平裝)

857.7　　102027160

GOBOOKS
& SITAK
GROUP©